엑소더스

이시원 희곡집 2

엑소더스

이시원 희곡집 2

평민사

차 례

작가의 말

....

2016년 제 곁을 떠나신
엄마와 아버지께 이 책을 바칩니다.

이시원

김왕근,유승일,박종태,오민석,김동현,문상희,이갑선
도,백종승,이창민,김설빈,조수지,박석원,김수민

무대디자인 이창원 / 조명디자인 성미림 / 의상디자인 한복희 / 소품디자인 박현이 / 음악 이남우 / 사진 이강을
조연출 강수현, 김윤아, 추태영, 신시현 / 기획 아트리버 / 제작 극단 내 마음의 지도 / 후원 서울문화재단

7일(토) 3시

아트리버 02-6498-0403   인터파크 1544-1555 / 예스24 1544-639

달려! 우리는 폭탄이 될거야!

엑소더스

Exodus

2019.
3.3 Sat **- 17** Sat   동양예술극장 2관

엑소더스

■등장인물

지호
변신본부 구조대원1, 2
경찰1, 2
중년 여자
뮤지션
주희
사회자
생물학자
관료
기자
정신과 의사
폭탄 해체반1,2,3
조폭1,2,3,4,5
지호 부(父)

조사원
노숙자
변신본부 직원1,2
교복1, 2
밴드 맴버1.2.3
학부모들
정치가
사회학자
장군
학원 선생1,2,3
상담 여, 남
보람
전당포 주인
지호 모(母)

※ 지호를 제외한 나머지 배역은 일인다역을 한다.

■무대

무대는 기본적으로 비어 있다. 장소들은 각각 구체적으로 재현되기보다는 공간, 디테일, 조명 등으로 처리되며 소도구는 극의 진행에 따라 사용한다. 시간과 장소의 전환은 '지호'의 회상을 재현하는 것에 바탕을 두되 특별한 논리성을 필요로 하지 않는다. 인물의 이동 또한 사실성에 얽매이지 않고 시간여행 하듯 자연스러워야 한다.

프롤로그

무대 밝아지면, 의자 하나가 덩그러니 놓여 있다.
곧이어 과학수사대와 경찰, 변신대책관리본부 구조대원들이 들어온다.
경찰들은 폴리스라인을 설치하고, 방호복을 입은 국과수 연구원들이
비밀작전을 수행하기라도 하듯 조심스럽게 의자를 살핀다.
구조대원들도 의자의 사진을 찍고, 치수를 잰다.

구조대원1   (자료를 보며) 자료에 의하면 하루 24시간 중 의자에서 평균 22
시간을 보냈다고 합니다.

구조대원2   잠은?

구조대원1   의자에서 잤다고 합니다.

구조대원2   밥은?

구조대원1   의자에서 먹었다고 합니다.

구조대원2   그렇다면 우리 예상이 맞군.

구조대원1   확실한 것 같습니다!

구조대원2   (무전기로) 본부. 여기는 진돗개. 실종자를 확보했다. 본부로 이
송하겠다. 오버!

구조대원들, 현장을 정리하려는데
요란한 사이렌 소리가 들려오며 비상등이 점멸한다.

본부구조대장   (소리) 비상사태 발생! 시청사거리에서 집단 변신 진행 중. 시
청사거리에서 집단 변신 진행 중. 모든 대원 즉시 출동 바람!

구조대원1   이건 어떡하죠?

구조대원2 경찰에 협조 요청하고 일단 이동해.

구조대원1 네!

더욱 요란하게 점멸하는 비상등과 사이렌 소리.
구조대원들, 나간다.
노숙자가 들어온다. 쓸 만한 것들을 찾던 노숙자, 의자를 발견하고
이리저리 살피더니 앉는다.

노숙자1 ! (좋군!)

노숙자, 의자에 올라 뛰어본다.
경찰1, 2 깜짝 놀라 호각을 불며 뛰어 들어온다.

경찰1 꼼짝 마!

경찰2 내려와!

경찰1,2 노숙자에게서 나는 냄새에 당황하며 물러난다.
노숙자, 영문을 몰라 주위를 둘러보며 의자를 끌고 간다.

경찰1 (권총을 꺼내들며) 꼼짝 말라니까! 이거 뭐야? 발자국이잖아? 아 저씨가 밟은 거지. 미성년자폭행죄로 체포한다!

노숙자1 (어리둥절)

경찰2 당신은 묵비권을 행사할 수 있고, 변호사를 선임할 권리가 있 습니다.

노숙자1 ….

경찰2 (의자에게) 괜찮아? 다친 데는 없어?? 말 좀 해봐! 진짜 괜찮은

거야? (의자를 끌며) 이쪽으로 와. 아저씨가 구해줄게.

노숙자1 (의자를 뺏기지 않으려고 잡아끈다)

경찰1 이거 안 놔?

노숙자1 ("내놔. 내가 찾은 거야.")

경찰, 노숙자의 밥통을 발견한다.

경찰1 밥통 뭐야? 밥통! 밥통!!

경찰2 밥통! 밥통! 밥통!

경찰1 밥통 내려 놔!

경찰2 밥통 내려 놔!

노숙자1 ("전기밥통을 들어 보이며, 이거?")

경찰1 (총을 꺼내) 손들어! 당신을 미성년자 유괴 납치죄로 체포한다!!

경찰2 손들어!

노숙자1 (손든다, 냄새 풍기는)

경찰1 (코를 틀어막고) 손내려!

경찰2 손들어!

노숙자1, 경찰 1,2의 퇴장과 함께 무대 어두워진다.

1장

중앙변신대책관리본부 민원실

민원창구에 앉아 있는 직원1.

한 중년 여자가 헐레벌떡 뛰어 들어온다.

직원1   어서 오십시오. 시민의 안전을 지켜드리는 중앙변신대책관리
                본부입니다.

중년 여자   (가쁜 숨을 내쉬며) 내 아들 어디 있어요?

직원1   무슨 일이십니까? 어떻게 도와드릴까요.

중년 여자   내 아들이요.

직원1   연락을 받고 오셨습니까?

중년 여자   전화요. 전화가 왔었어요.

직원1   네. 아드님 이름이 어떻게 되시나요?

중년 여자   김수혁.

직원1   김수혁님… (컴퓨터로 조회해보고) 혹시 관리번호 받으셨습니까?

중년 여자   아, 번호. (휴대폰을 꺼내 보여주며) 이건가요?

직원1   네 맞습니다. 3-17이면… (찾고) 아, 저희 쪽에 계시네요. 잠시
                만요. (인터폰으로) 3-17번 보호자 분 오셨습니다. (끊고 중년 여
                자에게) 잠시만 기다리십시오.

중년 여자   우리 아들, 괜찮은 거죠?

직원1   저희가 안전하게 모시고 있었습니다.

중년 여자   어디 다친 데는 없구요? 머리 같은 데요.

직원1   그럴 거라 예상되지만, 나중에 정확한 검진은 필요하실 겁니다.

중년 여자   (안도의 한숨을 쉬고) 얼마나 걸리나요?

직원1   … 네?

중년 여자   원래대로 돌아오는 시간이요.

직원1   개인차가 좀 심해서, 보통은 하루 이틀, 길어야 삼사 일인데,
                요즘은 일주일 넘게 걸리는 경우도 종종 있습니다.

직원2가 상자를 들고 나온다.

중년 여자 (직원2의 손에 들린 상자를 보자마자, 와락 달려들며) 수혁아.

직원2 (중년 여자를 조심스럽게 제지하며) 깨지는 물건이라 조심하셔야
합니다.

직원2 상자를 내밀고는 뚜껑을 열어 중년 여자에게 보인다.
상자 안에는 덩그러니 머그컵 하나가 들어있다.

중년 여자 (직원1을 쳐다보고는) 컵이네요?

직원1 (들여다보고는) 컵이네요. 뭘로 변신했는지 전해 듣지 못하셨
나요?

중년 여자 (컵을 본다)

직원2 아드님은 오늘 아침 종로3가 대로에서 컵으로 변신하셨습니다.

중년 여자 머그컵으로요?

직원2 예.

중년 여자 설마 이게 우리 아들이라고 말하는 건 아니죠?

직원2 (주머니에서 아들의 학생증을 꺼내 건네며) 정확한 변신 추정시간
은 오전 8시 50분경이고, 학원버스를 타고 가다가 변신하는
바람에 학생들로 꽉 찬 버스 안이 일대 혼란에 빠졌습니다만,
다행히 저희 관리국의 발 빠른 긴급대응으로 더 이상의 동요
는 없었습니다.

중년 여자 말도 안 돼… 아침까지 말짱했는데요.

직원2 요즘 유행하는 변신의 가장 흔한 유형입니다. 옷도 소지품도
남기지 않은 채 신분증만 덩그러니 남는 경우죠.

중년 여자 (컵을 꺼내서 바라보다가) 우리 애는 이제 어떻게 되는 건가요?

직원2 빠르면 일주일 내에 본래의 모습으로 돌아올 겁니다.

중년 여자 돌아오기는 하는 거죠?

직원2 (직원1에게) 안내를 충분히 안 해드렸나요?

직원1 그게….

중년 여자 영영 안 돌아올 수도 있다는 거예요?

직원2 대개는 돌아온다고 보고 있습니다. 시간이 문제죠. 발생한 지 몇 달 안 되는 질병이라 아직 임상단계를 거치고 있는 중이니까, 지켜보는 수밖에요.

중년 여자 그건 안 돌아온 사람도 있다는 얘기잖아요.

직원1 안 돌아온 사람은 없었을 겁니다….

직원2 (직원1을 제지하고) 돌아오실 겁니다. 다만 깨지지 않게 주의하셔야 합니다. 깨지기 쉬운 물건으로 변신했을 경우에는 특히 주의가 필요하거든요. 잘못하다가는 본래의 모습으로 돌아온다 해도 어느 한 곳이 잘못돼 다칠 수도 있고, 기억이나 신경들이 뒤엉켜버릴 수도 있습니다.

중년 여자 (컵을 보며 울먹이는) 수혁아….

직원2 아드님께서 본 모습으로 돌아오시면 저희 본부 민원실이나 희망2과로 연락 주십시오. 그럼 저희가 직접 방문하여 도와드리겠습니다.

직원1 언제든지 전화 주시면 최선을 다해 도와드리겠습니다. (종이를 내밀며) 여기 인수증에 사인해주시겠어요?

직원2, 머그컵을 챙겨 상자에 담으려고 하는데
중년 여자가 컵을 들어 바라본다.

중년 여자 (컵에 그려진 그림을 보며) 곰이네요?

직원1,2 (그림을 보고) 곰이네요.

중년 여자 우리 애는 동물을 아주 좋아했어요.

직원2 ….

중년 여자 그런데 머그컵이 된 애도 있었나요?

직원2 글쎄요. (직원1을 쳐다보며) … 잘 모르겠습니다.

직원1 머그컵이 흔한 건 아니지만 불가능한 건 아닙니다. 어떤 학생은 칫솔이 되기도 했고, 선풍기나 베개가 된 사람도 있거든요. 심지어는 스티커가 된 학생도 있는 걸요.

중년 여자 스티커요?

직원1 네. 영화 코코 스티커 있잖아요. 태블릿 피시에 안전하게 붙어 있다가 본래 모습으로 복귀했다는 얘길 들었습니다.

중년 여자 (그림을 보며) 수혁아 너 이렇게 뚱뚱하지 않았잖아. (직원에게) 우리 아들 곰처럼 생기진 않았거든요.

직원1 외모와 변신은 별개랍니다.

직원2 왠지 여유로워 보이는데요, 아드님. 꿀을 넣은 차 한 잔 생각했을지도 모르죠, 변신하던 그 순간에요.

직원1 네. 머그컵은 아주 낭만적인 물건이라고 생각합니다.

직원2 그럼, 아드님의 쾌속 복귀를 기원하겠습니다.

지호가 들어온다.

지호 저… 여기가 중앙변신대책본부인가요?

직원1 네, 어서오십시오. 시민의 안전을 지켜드리는 중앙변신대책본부입니다.

지호 제가 변신 했다가 돌아온 거 같은데요….

직원1 다시 사람으로 돌아오신 겁니까.

지호 네….

직원1 잘하셨습니다! 잠시만 기다리십시오. (중년 여자에게) 시민의 안전과 행복을 위해 최선을 다하는 중앙변신대책관리본부 희 망 2과도 아드님의 쾌속 복귀를 기원하겠습니다. 여기 인수증에 사인 부탁드립니다.

중년 여자가 인수증을 받아 사인하려는 순간,
들고 있던 머그컵이 미끄러지면서 바닥으로 떨어진다.
도자기 깨지는 소리와 함께 산산이 부서지는 머그컵.
놀라서 얼어붙은 직원들.
중년 여자가 비명을 지른다.

2장

어둠 속에서 뉴스캐스터의 목소리 들려온다.

소리 최근 무작위적인 변신이 청소년층을 중심으로 빠르게 확산되고 있는 가운데, 사회 곳곳에서 사건 사고가 끊이질 않고 있습니다. 오늘 오후 2시경 화양동에서는 마흔여섯 살 강모 씨가 머그컵으로 변신한 아들을 깨뜨리는 안타까운 사건이 일어났습니다. 아들을 인수받기 위해 중앙변신대책관리본부를 찾았던 강 씨는 인수증에 사인을 하려다 들고 있던 아들을 떨어뜨린 것인데요. 강 씨가 평소 아들과 사이가 좋지 않았다는 주변의 진술을 확보한 경찰은 고의성이 짙은 것으로 보고 목격자를 참고인으로 소환해 진상 조사를 하고 있습니다. 또 서울역에서는 의자와 전기밥솥 등으로 변신한 청소년들을 주워가던 노숙자들이 청소년 유괴납치죄로 긴급 체포되는 일이 벌어지기도 했습니다.

뉴스가 시작되고 잠시 후,
희미하게 조사실이 보이기 시작하면
지호와 조사원이 문서를 작성하며 이야기를 나누고 있다.
뉴스가 끝나면 무대 완전히 밝아진다.

컴퓨터에 뭔가 기록하는 조사원과 맞은편에 앉아있는 지호.

조사원 깨어났는데 새벽이었단 말이지.

지호 네.

조사원 쓰레기 집하장….

지호 네.

조사원 사방이 쓰레기봉투였고… 잠에서 깨어났는데 니 머리 위로 쓰레기더미가 쌓여 있었다?

지호 네.

조사원 사실대로 말 안 해?

지호 네?

조사원 어제 친구들이랑 술 먹고 필름 끊긴 거 아냐?

지호 아니에요. 그리고 어제가 아니고 그동안 일들이 기억 안 난다고요.

조사원 말이 안 되잖아. 얼마 동안 변신해 있었는지도 기억이 안 나고. 어떤 걸로 변했었는지도 기억이 안 나고.

지호　네.

조사원　휴대폰은 어디서 잃어버렸어.

지호　모르겠어요….

조사원　기억나는 마지막 날짜는 8월 1일.

지호　네. 그날 저녁에 아빠가 집에 온다고 연락이 왔었거든요.

조사원　아빠가 집에 온다… 잠깐. 아빠가 집에 온다니?

지호　얼마 전에 이혼하셨는데 정리 안 된 게 좀 있어서요.

조사원　아. 그럼 니가 찾는 집은 엄마집이야 아빠집이야.

지호　그냥 우리집인데요. 아직까지는 우리집이에요.

조사원　아직까지는 우리집이다… 그럼 8월 1일날 뭘 했는지 말해봐.

지호　기억이 가물가물해요.

조사원　그 전날 밤엔 뭐했어.

지호　게임하고… 그냥 누워있었는데요.

조사원　술 마셨지?

지호　아니요.

조사원　(쳐다본다)

지호　이건 술이랑 상관없어요. 머리가 띵하더니 깨지게 아프고 가슴이랑 머리가 막 타들어 가는 것 같더니, 어느 순간 기억이 없다니까요.

조사원　변신 순간에도 혼자였어?

지호　잘 모르겠어요.

조사원　오늘이 9월 30일이야. 두 달 만에 돌아온 사람도 니가 처음이야. 이렇게 전혀 기억을 못하는 사람도 없었고. 니가 변신이라면 문제가 심각해진다.

지호　사람에 따라 기억이 돌아오는 속도가 다르다면서요.

조사원　넌 변신인지 아닌지부터 판단해야 돼. 다들 주변에서 일어난

일들까지 기억하는데, 너는 왜 기억을 못하냐?

지호 저도 미치겠어요.

조사원 나도 미치겠다. 니들 때문에 나도 돌아버릴 거 같애.

지호 그냥 저는 집만 찾아주시면 돼요.

조사원 집이랑 부모님이랑 다 없어졌다면서.

지호 제가 알아보면 돼요. 우리 엄마 아빠는 원래 잘 나가요.

조사원 부모님 뭐하시는데.

지호 그러니까… 집을 잘 나간다구요.

조사원 우리는 니가 변신인지 아닌지 여부를 판단할 의무가 있어. 범죄가능성도 배제할 수 없고.

지호 저 그냥, 아까 그 여자 선생님한테 조사 받으면 안돼요? 그 선생님한테 다 얘기했다니까요. 그리고 어딘가에서는 저 같은 케이스의 변신이 또 있었을지 누가 알아요.

조사원 니가 변종인지는 조사를 해봐야 아는 거고. 보통은 변신을 했을 경우 신고가 들어와. 그런데 넌 찾는 사람이 아무도 없었어. 집에서 변신했는데 가족들이 신고를 안했다? 이상하지? 니네 부모님이 널 쓰레기장에 갖다 버렸다? 이상하지?

지호 CCTV는요? 쓰레기장 주변에 CCTV 없어요?

조사원 경찰이 조사 중이니까 기다려봐. 조만간 돌아올 거라 생각해서 신고하지 않는 경우도 있으니까 기억을 더듬어 봐.

지호 (풀이 죽는다)

조사원 지금으로서는 그 방법뿐이야. 니 기억 속에 없는 너를 증명할 수 있는 건 니 기억뿐이야.

3장

지호가 기억을 더듬어 회상으로 넘어간다.

그때, 돌멩이 하나가 지호 앞으로 데굴데굴 굴러 온다.

돌을 주워드는 지호.

자동차가 도로를 달리는 소리가 들린다.

지호　생각났어요! 육교로 갔어요. 그날, 육교 앞에서 소라랑 이슬이
　　　가 경찰이랑 얘길 나누고 있더라구요.

경찰의 모습은 관객에게 보이지 않고 교복을 입은 두 여학생만 경찰
과 인터뷰하듯 이야기한다.

지호는 육교 건너편에 서서 그들을 바라보고 있다.

교복1　진짜예요. 한순간에 변했다니까요.

교복2　저희가 두 눈으로 똑똑히 봤어요.

교복1　바로 이 육교예요.

교복2　그 시간에는 원래 사람이 없어요. 이 육교가 존나 길고 뜨거워
　　　서 지옥교라고 부르거든요.

교복1　진짜 지옥교 녹아내리는 줄 알았어요. 살인폭염에 미세먼지까
　　　지, 세상을 녹일 것 같은 그런 날 있잖아요. (교복2에게) 영화
　　　같지 않았냐?

교복2　신과 함께였지.

교복1　(앞을 보며) 그런데 그때! 육교 저쪽 편에서 교복 입은 남자애가
　　　올라오고 있더라구요.

교복2　우리 학교 교복이요.

교복1	딱 봐도 찌질한 게 쭈구리 민성이더라구요.
교복2	쭈구리요? 끼리끼리 노는데, 아무 데도 못 끼는 애 있잖아요. 아싸요.
교복1	걘 맨날 혼자 찌그러져 있거든요. 킥킥.
교복1,2	(재밌다는 듯 웃다가, 동시에 강하게 부정하며) 아니에요! 우리는 왕따 같은 거 안 시켜요.
교복1	졸라 착해요.
교복2	얼마나 착한데요.
교복1	아무튼 우리는 반대쪽에서 올라가다 걔를 봤는데요.
교복2	걔가 우리를 보더니 갑자기 멈추더라구요. 미친, 우리는 아무 것도 안했는데, 진짜 빡쳐서, 너 딱 걸렸어 그러고 있는데, 뭔가 이상한 거예요.
교복1	맞아요. 걔 몸이 흐물거려 보였거든요.
교복2	아냐. 희미해 보이는 것 같았어.
교복1	흐물거렸거든.
교복2	희미해졌거든.
교복2,1	(동시에) 거짓말 아니라니깐요.
교복1	우리 둘이 표현방식이 다른 거예요.
교복2	같은 걸 봐도 다르게 느낄 수 있잖아요.
교복1	아무튼 그 쭈구리가 갑자기 멈추더니,
교복2	뒤로 몸을 돌리더라구요.
교복1	그리고 점점 줄어들더니…
교복2	한순간에 펑.
교복1	'펑'은 맞는데 스모그는 없었지?
교복2	맞아. 스모그가 없어서 더 마술 같았어요.
교복1	만화영화 보면 사이즈가 팍팍 줄어들면서 변신하는 장면 있잖

아요.

교복2 슬로우모션처럼요. 좌르르르륵.

교복1 딱 그랬다니까요. 그러더니 펑,

교복2 하고, 돌멩이가 됐어요.

교복1 돌멩이요?

교복2 그게요….

교복1 사실 그 돌멩이 때문에 저희가 제보를 드린 건데요… 얘가요… 장난으로 그 돌멩이를 차버렸거든요.

교복2 그러니까 제가 일부러 그런 게 아니라요… 쭈구리가 돌멩이로 변하니까, 그걸 보는 순간 제 눈을 믿기 힘들어서요, 야 괜찮아? 하고 한번 건드려본다는 게 그만….

교복1 제가 봐도 진짜 살짝 찼는데 밑으로 굴러 떨어지더라구요.

교복2 그래서 우리가 막 찾았는데 이 돌멩이가 어디로 갔는지 보이지도 않고.

교복1 가로수 밑이랑 인도 쪽도 샅샅이 뒤져 봤어요.

교복2 그런데 안보이더라구요

교복1 그 돌멩이는 어디 있는지… 우리도 모르죠….

교복2 몰라서 신고한 거죠.

교복1 아, 중.변.대(중앙변신대책관리본부)에도 신고하려고 했는데요.

교복2 일단 돌멩이부터 찾아야 될 거 같아서요.

교복1 원래 뭐 찾는 건 경찰아저씨들이 더 잘하잖아요. (깜짝 놀라며) 왜 화를 내고 그러세요? 돌멩이 들고 가서 신고 안 한 건 잘못이지만,

교복2 목격자 신고는 했잖아요.

교복1 그런데… 그 돌멩이 못 찾으면 큰일 나요?

지호가 돌멩이를 들고 두 여학생에게 다가간다.

지호   니네 혹시 이거 찾아?

교복1   (눈이 휘둥그레져서) 오 마이 갓! 박지호!

교복2   너 이거 어디서 찾았어?

교복1   (뺏듯이 가져가서 경찰에게 보여주는) 바로 이거예요. 이 돌멩이에요. 이런 짱돌이 육교에 있는 거 보셨어요?

교복2   육교에 굴러다닐만한 돌이 아니잖아요. (돌을 바닥에 내려놓고 살짝 차본다) 맞아요. 느낌이 똑같아요.

지호   이거 뭔데?

교복2   (돌을 주워들고 돌멩이를 향해) 야 김민성 어디 갔다 왔어.

지호   김민성이라고?

교복1   박지호 잠깐 빠져줄래?

지호   니네 민성이한테 어떻게 한 거야.

교복2   우리가 뭘 어떡해. 얘는 원래 아싼데.

교복2   넌 웬 드립이야? 너 김민성이랑 사귀냐?

지호   (돌멩이를 빼앗는)

교복2   내놔!

교복1,2 경찰서로요?

교복2   우린 무죄인 거죠? 이왕이면 중변대로 가면 안돼요?

교복1   (나가면서) 참, 돌멩이 찾았으니까 포상 같은 건 없어요?

교복2   구조 활동한 거잖아요.

교복1   사회봉사 가산점 같은 건요?

교복1,2 재잘거리며 경찰을 따라 나간다.

4장

무대 중앙은 어두워지고 조사원이 앉아 있는 조사실 쪽이 밝아진다.
지호가 원래 있던 자리로 가서 앉는다.

조사원 돌멩이라면 나도 기억해. 돌멩이로 변신한 학생은 유일했거든.

지호 민성이는 괜찮은 거죠?

조사원 내 담당이 아니라 잘 모르겠지만, 또 다시 신고 된 게 없는 걸
보니 잘 지내고 있는 것 같은데. 그때 그 학생이 돌멩이로 변
신한 게 천만다행이었어.

지호 무슨 말씀이세요?

조사원 그 학생이 집을 나가고 나서, 동생이 경찰에 신고를 했어. 형
이 아무래도 자살하려고 하는 것 같다고.

지호 네?

조사원 학교 근처에 아파트 공사장이 있잖아. 거기로 가는 길이었대.
그러다가 변신을 하게 됐고.

지호 아. 천만다행이네요. 돌멩이로 변한 게.

조사원 자, 계속해 보자. 그다음엔 어디로 갔니?

밴드멤버들이 무대 위로 나온다.
한 줄로 서서 지호 옆을 천천히 지나가는 밴드멤버들.
그들은 공원에서 배식하는 점심을 받아들고 벤치에 나란히 앉는다.

지호 늘 가던 공원에 갔어요.

무대는 벤치가 있는 공원으로 바뀐다.

밴드멤버들이 '사랑의 밥차'에서 타온 도시락을 먹고 있다.
지호가 공원으로 들어서면,
한 남자가 지호에게 다가와 도시락을 건넨다.

지호　　저는 괜찮은데요.
뮤지션　받아.

지호, 무섭게 노려보며 도시락을 내미는 뮤지션의 기에 눌려 별수 없
이 도시락을 받는다.

뮤지션　니네들이 왜 물건으로 변하는지 알아? 밥을 안 먹고 햄버거만
　　　　　먹어서 그래. 밥을 먹어, 밥!

지호가 도시락을 들고 어색하게 벤치에 앉는다.

뮤지션　우리 구면이지?
지호　　(기억이 안 난다는 듯, 글쎄요… 고개를 젓는다)
뮤지션　그래. 초면인 거 같다. 나도 여긴 처음이야.
지호　　….
뮤지션　노숙자도 아니고 매일 같은 시간 같은 장소에서 밥 타먹기 쪽
　　　　　팔리잖아.
지호　　….
뮤지션　반찬이 부실하네.
지호　　….
뮤지션　집회 나왔니?
지호　　집회요?

뮤지션	청소년 노동자 궐기대회.
지호	아니요.
뮤지션	우리도 아니야. (지호가 옷차림을 쳐다보자) 우리는 너희 같은 청소년이 있는 곳이라면 어디든 찾아가는 청소년 친화 밴드야!
밴드멤버들	YB!
지호	와. YB라면 그 YB!
뮤지션	아니야. 우리는 그 윤밴드랑은 달라. 완전 달라. 우리는,
밴드멤버들	유스 버스커!
뮤지션	유스 버스커. YB! 윤도현밴드랑은 완전 달라! 먹어. 먹어.

밴드 멤버들 도시락을 먹는다.

지호	그런데… 무슨 음악 하세요?
밴드멤버들	(뭔가 자신들의 음악에 대해 말하려는 몸짓)
지호	…. (호기심에 바라본다)
뮤지션	(지호에게) 있어. (밴드멤버들에게) 있어. 가만히 있어, 신비롭게.
밴드멤버들	(말할 기회를 놓친, 다시 먹는다)
뮤지션	올 여름은 더 덥다. 이런 날씨는 우리를 끓어오르게 하지. 우드스탁의 전설은 이런 날 쓰여진 게 아니겠니? (도시락을 보며) 도시락 상하겠다. 먹어. 먹어.
지호	….
뮤지션	참, 들었니?
지호	… (뭘요?)
뮤지션	패밀리레스토랑 단체 변신사건. 어제 뉴스에 나왔잖아.
지호	아, 그거요.
뮤지션	그 지점 교육실에서 무려 다섯 명이나, 똑같은 시간에, 변신을

했다, 대단하지 않니? 교육을 받던 알바생들이 단체로 러버덕이 됐다, 홀 안에 거대한 오리 배들이 앉아있다고 생각해봐. 진짜 웃기잖아.

지호 그러네요.

뮤지션 그거 점장한테 엿 먹이려고, 단체로 변신한 거야.

지호 ….

뮤지션 그 지점 유명하거든.
하여튼 문제는 애들이 단체로 변신하고 발버둥쳐봤자 근본적인 문제는 해결되지는 않는다는 거야. 왜냐, 그런 점장은 애들을 자르고 새로운 알바를 뽑는단 말이지. 애들은 돈이 필요하고, 돈이 필요한 애들은 알바를 할 수밖에 없고. 알바가 있는 이상 점장의 갑질은 계속 될 테고… 뽑고, 갑질하고, 자르고, 뽑고, 갑질하고, 자르고! 도돌이표야! 갑질(Gapjil)…. (갑질 노래를 흥얼거린다)

밴드멤버들 갑질! 갑질! 갑질! (노래한다)

지호 (쳐다본다)

뮤지션 요즘 연습하는 노래야. 신곡. 아무튼 너희 같은 애들만 사물로 변한다… 신기하지 않니? 어딘가 소설 같기도 하고.

지호 우리 같은 애들이요?

뮤지션 그래서 말인데… 혹시 너도 변신할 줄 아니?

지호 네?

뮤지션 잘 생각해봐.

지호 변신을 어떻게 마음대로 해요.

뮤지션 사실은 말야, 내가 거의 다 알아냈거든. 진짜 딱 2% 부족한 거 같은데, 그게 뭔지를 모르겠어. 가슴과 심장이 부글거리면서 뭔가 뜨거운 게 솟구친다고는 하는데 실제 변신까지는 안 된

단 말이지.

지호 …?

뮤지션 내가 이 방법만 알아내면 자유롭게 변할 수 있는 엄청난 변신곡을 만들 수 있을 텐데… 팁 좀 줘봐.

지호 저 진짜 모르는데요.

뮤지션 야, 우리가 음악으로 너희를 해방시켜 준다니까. 들으면 그냥 펑! 펑! 변해! 대박 아니야? 너희는 내 음악을 통해 자유를 얻는 거야. 아픔, 책임, 의무, 이런 짐들을 한꺼번에 떨쳐버릴 수 있는, 그런 변신곡. 아름답지 않니? 내가 변신곡만 완성해서 유튜브를 장악하면 세상은 뒤집어지는 거야. 음악으로 변신을 지배하는 자! 멋있지? … 너 이름이 뭐니?

지호 박지호요.

뮤지션 그래 지호야. 내가 아까 보니까, 아우라가 보통이 아니던데. 너한테 뭔가 풍긴다구. 여기 딱 혼자 서 있는데, 스멀스멀한 게… 아무튼 뭔가 있어. 자, 내가 음악을 들려줄 테니까 한 번 해봐. 니 안의 분노를 끄집어내는 거야. (니 머리 위로) 이글거리는 태양, (집회 현장에서 전해져오는) 멀리서 들려오는 함성소리. 니 안의 분노를 끄집어 내봐.

지호 여기서요?

뮤지션 (밴드 멤버들에게 변신을 유도하듯이) 자, 몸의 기를 몽땅 정수리에 모아야 돼. 그러면 (밴드멤버들의 가슴을 탁 치며) 여기랑 (머리를 치며) 여기가 타들어가면서, 불꽃이 이는 느낌이 들 거야.

지호 그게… 가능하다구요?

뮤지션 믿음. 믿음이 중요해. 가능은 한데, 먼저 믿어야 가능하다. (노래하는) 나는 왜 태어났나. 나는 왜 살고 있나, 나는 무엇 때문에 살고 있나, 나는 왜 이렇게 살고 있나, 나는 어떻게 살아야 하나… 나는 어떻게 끝내야 하나. (간주 부분) 아주 간절히 혼신의 힘을 다해서… 분노와 절망을 머리에 넣고, 가슴으로 우는 거야.

지호 가슴으로 울어요? (모르겠다는 표정)

뮤지션 그러니까 그런 거 있잖아. (노래하듯이) 가슴으로 우는 거. Crying Heart~!! 찢어버릴 거야~ 부셔버릴 거야~ 태워버릴 거야~ 뜯어먹을 거야~~ 찢어버릴 거야~ 부셔버릴 거야~ 태워버릴 거야~ 뜯어먹을 거야~~

뮤지션과 밴드멤버들 광기에 사로잡힌 듯 변신곡을 부르며 헤드뱅잉을 하고 연주하던 악기들을 물고 뜯는다.
지호도 신기하게 바라보다가 조금씩 동요되어 리듬을 타고 있다.

주희가 지호를 발견하고 들어온다.

주희 (뮤지션이 밟고 선 벤치를 보고는) 으악!

지호 어, 누나

주희 으악, 이 벤치 언제부터 있었어요?

뮤지션 그건 나도 모르지!

주희 이 벤치 변신한 거잖아요!!

뮤지션 (당황하며) 정말?

주희 아니, 여기서 이렇게 막 앉고 뛰어 놀면 어떡해요! 미성년자 폭행죄로 신고할 거예요.

뮤지션 나는 이 친구가 앉아 있길래 나도 모르고 올라간 거야!

주희 (벤치에 난 상처를 발견하고) 이거 뭐야? 깨졌다! 여기 머리 같은데 뇌진탕이야!

지호　거기 아저씨가 올라가서 뛰었잖아요.

뮤지션　아니라니까! 너네도 봤지, 나 그렇게 세게 안 뛰었어.

멤버들　그래, 뛰진 않았어.

주희　이거 살인 미수야! 변신대책본부에 신고해야 돼. 거기 변신대
　　　책본부죠?

뮤지션　(휴대폰을 뺏어서 끄고는) 잠깐만. 내가 한다. 내가 나를 신고할
　　　거야!

뮤지션 폼 잡으며 퇴장한다.
밴드멤버들도 따라 나간다.

지호　누나 나도 아까 잠깐 앉은 거예요.

주희　너 지금이 어떤 세상인데 벤치에 앉아? (의자에 올라가 뛴다)

지호　저는 이게 원래 벤친 줄 알고…?? 뭐하는 거예요?!

주희　너도 참 여전하다.

지호　네?

주희　이건 진짜 벤치잖아. 옛날부터 여기 있었어.

지호　예?

주희　딱 봐도 이상하잖아.

지호　아… 그렇구나. 깜짝 놀랐잖아요. (그제야 이해하고 웃는)

주희　짜식 쫄기는. 그런데 넌 무슨 애가 공원에서 만나자고 그러냐?

지호　좋잖아요, 조용하고.

주희　요즘도 혼자 궁상 떨고 그러냐? 친구라도 만나.

지호　친구 없어요.

주희　너도 참.

지호　근데 웬일로 연락했어요. 지금 일하는 시간 아니에요?

주희 잘렸어.

지호 잘려요?

주희 이 몸은 최저시급이 아니시잖니.

지호 무슨 소리예요.

주희 3년 넘게 일한 베테랑 알바의 비애다.

지호 말도 안 돼. 일은 누나가 제일 잘하는데.

주희 (생각하니 열 받는) 지들이 받으라는 교육 다 받고, 인턴과정 다 채우고, 검정고시로 고등학교 졸업장까지 받았더니 티오가 없대. 난 중학교 때부터 일해서 자격증 열 개도 넘는데, 졸업생 아니라고 완전 애 취급하더니… 생각하니까 또 열 받네.

지호 쉬운 게 없네요. 예전에 누나가 학교 그만두고 돈 벌어서 창업한다고 할 때 진짜 멋있었는데.

주희 그러게. 생각처럼 쉽지가 않다. 넌 요즘 알바 안 해?

지호 수능보고 하래요, 엄마가.

주희 좋겠다. 용돈 받아쓰는 게 최고지.

지호 용돈 받아쓰는 자의 어려움이 또 있죠.

주희 아휴 애늙은이.

지호 나 그 말 완전 싫어한다니까요.

주희 알았어… 그나저나 난 언제 이런 생활을 벗어나냐.

지호 엄마는 좀 어떠세요?

주희 그냥 그래. 점점 안 좋아지는 거지 뭐.

지호 걱정이 많겠어요.

주희 저기… 나 너한테 부탁이 있어서 연락한 건데.

지호 네. 뭐든 얘기해요.

주희 혹시 곤란하면 안 해도 돼.

지호 걱정 말고 얘기해요. 누나 아니었으면, 나 그때 소년원 들어가

　　　　　서 지금까지 못나왔을 거야. (웃는다)

주희　또 그 얘기야? 나는 그냥 사실만 얘기해준 건데 뭐.

지호　아무도 그 사실을 얘기 안 해줬잖아요. 사장도 매니저 말만 믿고.

주희　매니저나 사장이나 똑같으니까 그렇지.

지호　아무튼 누나는 나의 '정의의 사도'. 누나 부탁은 뭐든지 오케입니다.

주희　그게….

지호　빨리 얘기해요.

주희　혹시 너 변신기법 터득했니?

지호　그거 진짜였어요?

주희　나도 잘 되는 건 아닌데, 몇 번 해본 적이 있거든.

지호　진짜요? 와 대박!

주희　너 우리 엄마 아프신 거 알지? 가슴도 잘라내고 자궁도 들어냈는데 또 전이됐대… 지금 다른 일을 알아보고는 있는데, 월세도 밀리고 내 동생도 중학생이라 일을 할 수는 없어서 말야… 그래서 말인데, 내가 돈 되는 걸로 변신할 테니까 나 좀 전당포에 맡겨줄래?

지호　예?

주희　난 밤에 몰래 변해서 집으로 돌아오면 되니까 걱정 말고, 맡겨주기만 하면 돼. 부탁할 사람이 없어서 그래.

지호　하지만 내가….

주희　알아. 쉽지 않다는 거.

지호　그런 게 아니라요.

주희　내 동생은 어려서 전당포 같은 데서 잘 안 받아주고… 그렇다고 아무한테나 금덩이로 변할 테니 맡겨달라고 할 수는 없

	고. 너밖에 생각이 안 나더라구.
지호	지금… 여기서… 변신을 할 거라구요?
주희	내가 명품자전거로 변신해볼 테니까, 성공하면 무조건 전당포로 가. 시계나 보석 같은 건 흔해서 잘 안 받아주지만, 명품자전거면 받아줄 거야. 천만 원도 넘으니까.
지호	… 그래도 그게….
주희	내가 자전거로 변하면 우리 엄마한테 연락 좀 해줘. 전당포에 맡기게 되면 돈도 좀 보내주고. (카톡을 보내고) 카톡 봐봐. 이거 우리 엄마 번혼데, 나 오늘 지방으로 일하러 갔다고 하면 알 거야.
지호	누나….
주희	난 알아서 빠져나올 테니까 걱정 말고.
지호	잠깐만요.
주희	돈 받으면 네 몫도 떼서 챙겨.
지호	(걱정스레 쳐다본다)
주희	할 수 있겠어?
지호	누나는요, 누나는 괜찮겠어요?
주희	날 믿어.
지호	누나….
주희	쫄지 말고! 나 변신하는 거 보고 놀라지나 마!

주희, 벤치에서 일어나 몸부림에 가까운 춤을 춘다.
한동안 알아들을 수 없는 자기만의 언어로 중얼거리더니
얼굴이 일그러지고, 미세하게 경련하기 시작된다.
공기 중에 보이지 않는 불똥이 튀는 것을 느끼는 지호.
그 순간, 눈앞에서 주희가 사라진다.

벤치 위에 덩그러니 놓여있는 자전거.

지호 (자전거를 살피며 다급히) 누나. 괜찮아요? 누나 (자전거에 귀를 대보고) 주희누나 괜찮은 거죠? (안절부절 못하는) 이거… 어떡하지?… 누나 (휴대폰을 꺼내 신고하려다가) 변신대책본부… 아니지… (전화를 끊고) 아냐. 이거 어떡하지. 전당포. 아니 돌아올 때까지 기다려? (자전거에 대고) 누나, 말 좀 해봐요. 말은 못하는 거예요? (자전거를 흔들어보는) 괜찮은 거죠?

지호는 멍하니 앉아 자전거를 본다.

주희목소리 난 내가 알아서 복귀하면 몰래 빠져나올 테니까 걱정하지 말고. 우리 엄마한테 돈 좀 보내줘. 꼭!

결심이 섰는지 벌떡 일어서는 지호. 자전거를 탄다.

5장

거리의 학부모들이 가상의 기자와 인터뷰를 한다.

학부모1 학교도 못 보내겠어요. 언제 변신할지 모르잖아요.
학부모2 변신할 것 같으면 숨을 참으라고 했어요.
학부모3 한번 변신하면 면역이 생긴다고 하던데요.
학부모4 약으로 조절이 가능한데 일부러 임상시험을 안 하는 거 맞죠.

학부모5　도와주세요. 우리 딸한테 문자가 왔는데, 변신하면 죽인다고 그러면서, 왕따를 시킨대요.

학부모7　변신하면 수능 시험 안 봐도 되나요? 우리 첫째가 머리가 나빠서요.

학부모8　우리 애가 하루 종일 카톡 확인을 안 하네요.

학부모9　이를 어째. 수학 학원만 가면 변해버리네.

학부모7　변신 기술을 개발해서 체육특기생이 될 수는 없을까요? 우리 둘째가 머리가 나빠서요.

학부모10　선생이 애한테 변신하라는 벌을 줬다니 말이 돼요?

학부모11　변신이 가능하면 투명인간도 가능한 거잖아요.

학부모12　어떤 애가 강아지로 변한 것 같은데, 동물도 가능해요? 우리 막내가 머리가 나빠서요.

학부모13　애가 안보일 땐 집안 물건을 맘 놓고 못써요.

학부모14　제 딸이 남학생한테 고백했다 거절당해서 변신했는데, 쪽팔려서 그런지 돌아오질 않아요.

요란한 사이렌 소리가 들려오며 비상등이 점멸한다.
학부모들, 깜짝 놀라 우왕좌왕 뛰쳐나간다.

학부모15　도와줘요, 우리 애가 냉장고로 변했어요!

학부모17　(축구공을 주워) 아싸, 개이득.

학부모16　막내야. (축구공을 쫓아간다)

학부모18　우리 애가 약으로 변했어요.

학부모19　와, 태블릿 피시다, 뭐야 액정 깨졌잖아.

학부모17　(농구공을 주워) 아싸, 개이득.

학부모16　막내야. (농구공을 쫓아간다)

학부모20 (알약을 먹고 물을 마신다)

학부모18 아이고, 그거 당신 딸이야.

학부모20 (알약을 게워낸다)

학부모25 우리 애가 비누로 변했어요.

학부모21 (에프킬라를 뿌리며) 바퀴벌레데스.

학부모22 안돼. 우리 딸 뿌리지 마.

학부모23 오, 아이폰XS!

학부모17 (짐볼을 주워) 아싸, 개이득.

학부모16 막내야. (짐볼을 쫓아간다)

학부모24 아들이 데쌍트 패딩 안 사준다고, 패딩이 돼버렸어요.

학부모25 (이불을 가져나온다) 우리 쌍둥이가 베개랑 이불이 됐어요.

학부모26 (급히 뛰어 들어와 소리친다) 수학경시대회에 참가한 애들이 모두 의자로 변신했대요!

학부모들 모두 몰려간다.

학부모들 (수많은 의자들 사이에서) 내 아들 어딨니? 우리 딸 어딨니?

학부모들의 웅성거리는 소리가 절정에 오르고
곧이어 '99분 토론'의 시그널 음악으로 바뀐다.

무대는 방송국 스튜디오가 된다.
사회자와 패널들이 보인다.

사회자 여러분 안녕하십니까? 99분 토론입니다. 오늘 이 시간에는 현재 우리 사회를 송두리째 뒤흔들고 있는 십대 청소년들의 변신 사태를 진단하고 어떻게 해결할 것인지 토론하고자 합니다. 문제가 심각한 만큼 오늘 이 자리에는 한국 최고의 전문가들을 모셨습니다.

정치가 안녕하십니까. 국회의원 박명표입니다.

생물학자 신인류진화연구센터 생물학 박사 권상희입니다.

사회학자 S대학교 사회학과 교수 이상구입니다.

관료 선진복지부 장관 허생수입니다.

장군 야전사령관 대장 엄위령입니다.

사회자 이제 본격적인 토론을 시작해 보겠습니다. 일단 청소년들의 변신 사태의 원인부터 짚어볼까 합니다.

사회학자 제가 볼 때는요.

사회자 네. 사회학자 이상구 교수님의 의견을 들어보죠.

사회학자 우리 사회에 이런 해괴한 일은 여태껏 한 번도 없었어요. 그럼, 왜 이런 일이 벌어졌을까? 사회학적 분석이 필요해요. 이런 일이 벌어진 건 요즘 청소년들의 인성 교육에 문제가 있기 때문입니다. 한마디로 요즘 애들은 인간이 덜됐다. 싸가지가 없다.

사회자 교수님, 방송 중이니까 언어 사용에 각별히 유의해 주시면 좋겠습니다.

사회학자 요즘 청소년들 보세요. 예의가 있습니까? 부모한테도 덤비고 학교 선생님한테도 덤비고. 어른들 뻔히 보는 앞에서 담배 피우고. 노인들한테 자리 양보하는커녕 주먹질하잖아요. 이건 완전히 막장이에요. 막장. 종말의 징조라 이거죠. 인성이 없으니까 사물로 변신하는 거죠. 안 그래요? 내 말이 틀려요?

사회자 그 말씀에 대해선 여러 반론이 있을 것 같은데요. 교수님께선 어떤 해결책을 제시해주실 수 있을까요?

사회학자 먼저 부모님들 마인드가 바뀌어야 해요. 내 자식을 먼저 인간으로 만들자! 그런 측면에서 저는 인성교육 전문 학원을 만들어서 학생들에게 철저히 인성 교육을 해야 한다고 봅니다.

사회자 　요즘 청소년들은 학교 수업이 끝나면 학원에서 하루 종일 공부를 하는데요. 인성교육 전문 학원까지 생기면 오히려 더 스트레스를 받아서 역효과가 나지 않을까요?

사회학자 　사람이 된다는데 그 정도 고생은 해야죠. 세상에 공짜가 어딨습니까?

생물학자 　두 분께서 청소년들의 변신 사태에 대해서 부정적인 의견을 주셨는데요. 제 생각은 다릅니다.

사회자 　그럼, 이번 사태가 긍정적인 면도 있다는 말씀인가요?

생물학자 　물론이죠. 이번 사태가 긍정적인 면도 있습니다. 청소년들의 변신은 인류가 새로운 진화의 길목에 접어들었다는 것을 보여주는 역사적인 사건입니다. 인간이 사물로 변신한다? 이건 말이죠. 앞으로 도래할 신인류는 사물과 결합한 완벽한 존재가 된다는 것을 예견하는 겁니다.

자, 보세요. 사람이 컴퓨터와 결합했다. 그건 뭡니까? 천재죠. 또 사람이 자동차와 결합했다. 쉬지 않고 서울에서 부산까지 달려갈 수 있는 겁니다. 철인이죠. 저는 청소년들의 변신 사태를 오히려 정부 차원에서 적극적으로 권장해서 신인류의 도래를 앞당겨야 한다고 생각합니다.

사회자 　혹시라도 사람이 엉뚱한 사물과 결합할 수 있는 위험이 있을 수도 있지 않습니까? 예를 들면 사람하고 고장 난 전화기나 뭐 깨진 유리병 같은 거랑 결합하거나 그럴 수도 있지 않을까요?

생물학자 　생물학에서는요. 우성 유전자만 살아남는다고 말합니다. 이건 백퍼센트 검증된 사실이에요. 고장 난 전화기나 깨진 유리병하고 결합한다면 그건 애초 가능성이 없는 거예요. 생물학적으로 완전한 열성 유전자거든요.

관료 저도 권상희 박사님 말씀처럼 이 사태를 비관적으로 볼 필요는 없다고 생각합니다. 오히려 이러한 청소년 변신 사태는 국가적 차원에서 봤을 때 매우 고무적이다 할 수 있습니다.

사회자 청소년들이 물건으로 변신하는 게 고무적이라고요?

관료 그렇죠. 청소년들의 변신 사태는 여러 가지 국가 지표에 긍정적인 청신호다, 이렇게 말씀드릴 수 있습니다. 다들 아시겠지만, 지금까지 우리나라 청소년 자살률은 OECD국가 중 1위였습니다. 하지만 변신 사태로 인해 1위 자리를 넘겨주고 중위권으로 안착하게 됐단 말이죠. 이뿐만이 아닙니다. 우리나라 15세 이상 술 소비량이 세계 1위였는데, 이번 사태로 순위 하락이 예상됩니다. 청소년 흡연율도 세계 1위에서 중위권으로 접어들었고요, 학교 폭력 문제도 급격히 줄어들면서 OECD국가 중 좋은 학교환경을 가진 국가 베스트 5에 뽑히기도 했습니다. 다시 말해 청소년 변신 사태로 말미암아 한국 사회가 마침내 선진국 진입에 성공했다! 이렇게 평가할 수 있겠습니다.

사회자 하지만 청소년들의 행복지수는 여전히 OECD국가 중 꼴찌 아닌가요?

관료 그건 말이죠. 앞으로 청소년 변신이 더욱 활성화되면 순위 상승을 기대할 수 있다고 판단됩니다.

정치가 제가 웬만하면 허 장관님 말씀에 반론을 하지 않으려고 했는데, 도무지 듣고 있을 수가 없네요. 아니 장관님, 청소년 자살률이 줄어 든 게 선진복지부가 한 일입니까? 자살하려는 청소년들이 사물로 변신해서 생긴 일이잖아요? 지금 OECD 순위가 중요합니까? 당장 생각해보세요. 우리나라에서 가장 큰 국가적 행사가 뭡니까? 수능 아닙니까, 수능! 이 사태가 지속되면 올해 수능시험은 어떻게 합니까? 이 사태가 지속되면 시험 볼 학생이 없을 수도 있어요. 이건 국가적 재난이에요, 재난! 만에 하나라도 수능 시험장에서 학생이 시험을 보다가 변신을 했다. 이거 어떻게 처리할 겁니까? 실수로 시험답안지로 변신한 학생을 OMR 카드 채점기에 넣었는데 그때 사람으로 돌아온다. 이거 상상만 해도 끔찍합니다.

장군   저도 한 말씀 드리겠습니다.

사회자   예, 엄 장군님 말씀하시죠.

장군   바야흐로 지금! 바로 이 시기가 이 위대한 조국 대한민국이 세계 최강국이 될 수 있는 기회다! 저는 감히 이렇게 말씀드리고자 합니다.

사회자   그건 무슨 말씀이신지요?

장군   저는 이 자리에서, 이 중요한 역사적 순간을 놓치지 않기 위해서는 즉시 수능 시험을 폐지해야 한다고 주장하는 바입니다. 지금 이 시간부로 전국의 모든 초, 중, 고를 군사학교로 바꾸고 청소년들에게 사격, 유격, 특수 훈련을 시켜야 합니다. 이렇게 단련된 인간 병기가 갑자기 사물로 변신한다! 이거 대박 아닙니까? 이렇게 변신한 학생들을 우리를 위협하는 적국에 파견하는 겁니다. 세탁기, 냉장고로 변신해서 오는데 누가 의심하겠습니까? 이거 진짜 대박입니다.

사회자   그러니까 장군님 말씀은 우리 청소년들을 비밀군사무기로 쓰자… 이 말씀이신가요?

장군   적국이 청소년 변신 기술을 습득하기 전에 우리가 먼저 기선 제압을 해야 합니다!

패널들, 서로 티격태격 싸운다.

사회자 저도 경제학자의 관점에서 한 말씀 드리겠습니다. 청소년들이 모두 사물로 변신해버리면… 앞으로 누가 일해서 세금 내고 누가 우리한테 연금을 줍니까? 노령화 사회에서 청소년이 사라지면 누가 우리를 부양하죠? 백세시대는 시작도 하기 전에 끝난 건가요? 우리나라 망합니다. 우리가 받을 연금 어떡합니까?

사람들, 엄청난 사실을 알게 되기라도 한 듯 일제히 탄식을 지른다.

6장

어둠 속에서 아나운서의 소리가 들려온다.

소리 정부는 오늘 오전 국가안전보장회의를 개최하고 최근 들어 더욱 급격히 진행되고 있는 청소년들의 변신 사태를 국가 재난으로 선포했습니다. 정부는 이에 모든 학교에 휴교령을 내렸으며, 중앙변신대책관리본부를 대통령 직속 기관으로 개편하였습니다. 이런 정부의 발표와 맞물려 전국에서 입시 학원들이 폐업하는 사태가 잇따르고 있습니다.

마이크를 든 기자가 들어온다.
학원 선생들은 기자가 뉴스를 전하는 중에도 쉬지 않고 데모를 한다.

기자 여기는 학원 강사들이 집회를 열고 있는 광화문 광장입니다. 학원 공화국이라고 불리는 우리나라에서 학원 강사들이 생존

권을 보장하라고 집회를 여는 것은 매우 이례적인 일인데요, 청소년들의 변신사태가 장기화되면서 학원들이 속수무책으로 줄줄이 폐업을 하고 있는 상황입니다.

이 사이, 비가 몰아치는 폭풍 속에서 지호가 자전거를 타고 들어온다. 학원선생들이 지호를 보자 '학생이다!'를 외치며 몰려간다. 지호, 깜짝 놀라 도망치려 하지만 학원 선생들에게 잡힌다.

학원선생들 학생이다!!

학원선생1 이게 얼마 만에 보는 학생이야!

학원선생2 학생, 어느 학원 다녀?

지호 저… 성실학원이요.

학원선생2 그게 어딨는 건데?

지호 (한쪽을 가리키며) 저쪽….

학원선생2 학생 스카이 학원 알지? 나 스카이 학원 스타강사야. 우리 학원으로 와.

지호 스카이 학원이요? 거긴 시험 봐서 들어가는 학원이잖아요?

학원선생2 그냥 오기만 해. 무조건 합격이야! 거기다 수업료 50퍼센트 할인!

학원선생3 스카이 학원 한물간 지가 언젠데. 우리 울트라메가플러스 학원에 오면 수업료 전액 면제야.

지호 진짜요?

학원선생1 (학원선생들을 밀치며) 어디 감히. 삼류 학원들이 끼어들어! 학생, 빅쓰리 학원 알지? 우리 학원 오면 수업료 면제는 기본. 1시간 수업 들을 때마다 10만 원 현금으로 줄게.

지호 진짜요!

학원선생2 우리 학원은 20만 원!

학원선생3 20만 원 받고, 10만 원 더!

학원선생1 50만 원 콜!

학원선생3 50만 원 따블!

학원선생2 따따블!

지호, 광기 어린 학원 선생들이 무섭다.
지호, 도망치려다가 학원 선생들에게 다시 붙잡힌다.
지호와 학원 선생 쪽 무대 어둠에 잠긴다.

무대 한쪽 밝아지면 정신과 의사 상담실이다.
정신과 의사와 학생의 엄마, 아빠(상담 여, 남)가 앉아 있다.

상담 여 (무척 초조한 듯) 선생님, 검사 결과가 어떤가요?

정신과의사 (검사 결과를 보다) 심각합니다.

상담 여 (울음이 터질듯) 얼마나 심각한가요?

정신과의사 비유하자면 폭발하기 일보 직전의 시한폭탄이라고나 할까요?
(부부 통곡한다) 아드님이 분노조절장애가 있다는 건 아셨나요?

상담 여 말도 안 돼요. 우리 아들이 얼마나 순둥이고 착한 아이인데요.
내가 뭐라고 하면 무조건 "네!"라고 하는 애였다구요!

상담 남 남자는 "네!"야.

정신과의사 대화는 자주 하시는 편이었나요?

상담 여 대화할 시간이 어딨어요. 우리 아들 잠도 하루에 4시간밖에
안 자고 공부했는데!

정신과의사 중학생이 벌써 그렇게 공부를 합니까?

상담 여 그래야 서울대에 가죠! (감정이 북받쳐 오르는지 더욱 서럽게 운다)

상담 남 (또 시작이라는 듯 고개를 젓는다)

정신과의사 (손수건을 건네며) 괜찮으세요?

상담 여 괜찮지 않아요!

정신과의사 이런 말이 있습니다. 강남에 학원이 하나 생기면 정신과도 하나가 생긴다. 그만큼 스트레스를 받는 학생들이 많다는 거죠. 이대로 아드님을 방치하면 분노조절 장애로 본인뿐만 아니라 남에게도 큰 피해를 줄 수 있습니다.

상담 여 그냥 살짝 때린 거라니까요.

상담 남 때리려면 화끈하게 때려야지.

정신과의사 껌 씹는다고 다짜고짜 알지도 못하는 사람 뺨을 때리는 게 정상일까요?

상담 여 그럼, 어떡해야 되죠?

정신과의사 일단 일주일에 두 번씩 상담을 하는 게 좋을 것 같습니다.

상담 여 일주일에 두 번이나요? 우리 아들 학원 가야 하는데요. 거기 아시죠. 탑클래스 학원이요. 거기 들어가는 게 서울대 들어가는 것보다 더 어려워요. 우리 아들 그 학원에 들어가려고 학원에서 얼마나 열심히 공부했는데요.

정신과의사 학원에 들어가려고 학원에서 공부했다고요?

상담 여 그러니까 학원계의 서울대죠. 다른 학원 다 망해도 거긴 끄떡 없어요. 지금도 거기 가면 애들이 얼마나 열심히 공부하는지 아세요? 내 아들의 경쟁자들이 지금도 공부를 하고 있다고요!

정신과의사 ….

상담 여 줄여주세요. 한 달에 한 번!

정신과의사 어머니께서 아드님이 어떤 상황인지 잘 모르시는 것 같네요.

상담 여 제가 왜 몰라요. 내 아들인데! 절대 양보 못합니다. 약이나 처방해주세요.

정신과의사 이제 약으로만은….

상담 여 한 달에 한 번! 안 되면 저 그냥 아들하고 갈 겁니다!

정신과의사 아버님 생각은 어떠신가요?

아버지 절대 양보 못합니다!!

정신과의사 … 아드님과 한 번 얘길 해보죠.

정신과의사, 나간다.

상담 여 저 의사 사이비 아니야. 미쳤지, 어떻게 학원을 일주일에 두
번이나 빼먹으라고.

상담 남 울지 좀 마. 세상 창피해서 못 살겠어.

잠시 후, 정신과의사가 심각한 표정으로 시한폭탄을 들고 온다.

상담 여 그건 뭐예요?

정신과의사 아드님이 사라지고 이게 남아 있던데요. (폭탄 전달하고 아빠가
받으면 폭탄이 켜진다)

상담 남 이게 뭐야?

상담 여 설마… 우리 아들이 변신했단 말이에요?

정신과의사 그런 것 같습니다만….

상담 여 근데 이게 뭐예요?

정신과의사 폭탄 같은데요. 시한폭탄.

상담 여 폭탄이요?

상담 남 이 녀석이 날 닮아서 한 번 한다면 하는 성격이지.

상담 남의 말이 끝나자 "쨱각쨱각" 타이머가 작동한다.

사람들, 긴장하여 서로를 본다.

잠시 후, 폭발음과 함께 무대 어둠 속에 잠긴다.

7장

어둠 속에서 들려오는 폭발음.

마치 전쟁이라도 난 것 같다.

잠시 후, 무대 밝아지면 마이크를 든 기자가 보인다.

종군기자처럼 철모를 쓰고 방탄복을 입었다.

기자 뉴스 속보입니다! 여기는 마치 전쟁터와 같습니다. 지금도 들리시겠지만, 곳곳에서 폭발이 일어나고 있습니다. 폭탄으로 변신한 청소년들이 전국에서 동시다발적으로 폭발하고 있습니다.

기자 근처에서 폭탄이 터진다.

기자, 재빠르게 엎드렸다가 다시 뉴스를 전한다.

기자 학원, 분식집, 편의점, 패스트푸드 매장, PC방처럼 청소년들이 자주 출입하는 곳은 물론 버스와 지하철에서도 폭발 사고가 연달아 벌어지고 있습니다. 폭발 사고로 시민들의 부상이 늘어나고 있습니다. 대치동에서는 폭탄으로 변신한 학생을 수거하던 중앙변신대책관리본부 구조반 대원들이 폭발사고로 사망하는 안타까운 사건이 벌어지기도 했습니다. 정부는 현시간부로 준전시 사태를 선포하고 전국에 군경 폭탄해체반을 투

입하겠다고 밝혔습니다.

장갑차가 지나가는 소리가 들린다.
곧이어 확성기 소리가 들린다.

소리 시민 여러분께 알립니다! 절대 청소년에게 다가가지 마십시오! 다시 한 번 말씀 드립니다. 시민 여러분께서는 절대 청소년에게 다가가지 마십시오. 청소년은 언제 폭탄으로 변신해 폭발할지 모릅니다. 폭탄으로 변신한 청소년을 발견하면 즉시 폭탄해체반에 연락해주십시오.

다시 곳곳에서 폭탄이 터진다.
기자가 무대를 빠져나간다.

무대 한쪽 밝아지면 보람이의 집 앞이다.
보람이가 울고 있다.
폭탄해체반이 들어온다.

해체반1 전화했었죠?
보람 예, 제가 신고했어요.
해체반1 부모님은?
보람 모두 일하러 가셨어요.
해체반1 동생이 중학생이라고 했죠?
보람 중2요.
해체반1 성별은?
보람 남자요.

해체반1 자, 이제 우리가 왔으니까 학생은 안전한 곳으로 대피해요.

해체반2,3 곰인형을 들것에 싣고 나온다.

해체반2 이거 처음 보는 사이즌데요.
해체반3 확인 불가한 종류 같습니다.
보람 제 동생은 어떻게 되는 거예요?
해체반1 우리가 안전하게 해체할 겁니다.
보람 해체요?

조심스럽게 폭탄에 접근하는 대원들.

해체반2 진짜 요즘 학생들 무섭구만.
해체반3 중2병이 그냥 있는 게 아니야.
해체반1 폭탄 상태는 어떤가?
해체반2 아직 타이머는 작동 안했습니다.
해체반3 바로 해체하면 문제없을 것 같습니다.
해체반1 즉시 진행하도록!
해체반2,3 알겠습니다!

해체반2,3은 의사처럼 여러 가지 장비를 꺼내 폭탄을 해체한다.
보람이는 긴장한 채 그 광경을 지켜본다.
해체반2,3 폭탄에 얽힌 선들을 뚫어지게 바라보다 잘라내기를 반복
한다.

해체반2 끝났습니다!

해체반3 이제 안전합니다!

해체된 폭탄의 부품들이 바닥에 널브러져 있다.

해체반1 가자.

보람 잠깐만요! 아저씨… 이건 제 동생이라고요. 저 상태로 사람으로 돌아오면 어떻게 되는 건데요?

해체반1 (해체된 폭탄들을 보며) 이건 간, 이건 신장, 이거랑 이거는 소장 대장.

해체반3 쓸개는 여기 있습니다.

해체반1 그래. 근데 이건 뭔지 모르겠네.

해체반2 아무래도 심장 같습니다.

보람 당장 다시 원상태로 만들어요. 어서요!

해체반1 학생 냉정하게 생각해요. 저건 동생이 아니라 폭탄이야. 선량한 시민들을 위협하는 불법 무기라고.

보람 살인자!

해체반2 (무전을 들으며) 대장님, 긴급 사태입니다. 이번에는 탱크로 변신한 학생이 나타났다고 합니다.

해체반1 탱크? 보자보자 하니까 대가리에 피도 안 마른 것들이 지금 우리랑 전쟁이라도 하겠다는 거야! 이동한다.

해체반2 바로 이동하겠습니다.

해체반1 당장 폭격 요청해!

해체반3 예, 알겠습니다!

탱크, 비행기가 날아가는 소리가 들린다.

해체반1 나간다. 그 뒤를 따르는 해체반들.
혼자 남은 보람은, 망연자실하다.

보람   준서야. (해체된 폭탄 부품을 하나씩 모으며 부품을 끌어안고 오열
한다)

8장

자전거를 끌고 가는 지호.
곧이어 반대쪽에서 카트를 끌고 조폭들이 들어온다.
카트에는 금덩이, 보석, 도자기 등 값진 물건들로 가득하다.
지호, 겁을 멈춰선다.

조폭3   이번에는 뭐가 좋을까요, 형님?
조폭1   (상품 카탈로그를 보며) 롤렉스 금시계.
조폭2   딱입니다. 형님!
조폭3   (지호에게 카탈로그를 보여주며) 자, 이제 이걸로 변신해 봐.
지호   … 예?
조폭2   왜 이렇게 말귀를 못 알아들어. 시계로 변신하라니까.
지호   변신을 어떻게 마음대로 해요?
조폭1   마음대로 되더구만.

조폭들, 카트를 지호에게 들이민다.

조폭2　이게 다 네 친구들이야. 인사해.

지호　강제로 다 이렇게 변신하게 만들었다는 거예요?

조폭4　그러니까 너도 희망을 가져.

지호　애네들로 뭐하려고요?

조폭5　팔아야지. 비싸게. 부산에도 보내고, 미국에도 보내고.

조폭2　소말리아에도 보내고!

조폭5　또 어디로 보낼까?

조폭, 다같이 웃는다.

지호　택배 상자에 넣어서 애들을 보낸단 말이에요? 그러다가 도중
　　　에 사람으로 돌아오면요?

조폭2　그럼, 조금 답답하겠지.

지호　그러다 죽기라도 하면요?

조폭4　지 팔자지. 지 팔자인데 우리보고 어떡하라고? 너 공부하기 싫
　　　잖아. 우리가 멀리 보내줄게.

조폭3　롤렉스 금시계는 알래스카에서 예약한 손님 있습니다.

조폭1　딱 좋네. 알래스카! 바다도 있고, 태양도 있고, 수영하기 딱
　　　좋아.

조폭2　맞고 변신할래, 그냥 변신할래?

지호　저는 변신할 줄 몰라요.

조폭4　다들 말은 그렇게 하던데 빠따 몇 대면 술술 잘도 변하더구만.

조폭5　우리가 도와줄게 걱정 말어.

조폭 모두　(웃는다)

조폭들 몽둥이를 들고 지호에게 다가간다.

지호, 도망치려고 하지만 금방 잡힌다.

조폭2와 3, 다짜고짜 지호를 몽둥이로 때리기 시작한다.

조폭3　딱 5분 준다.

지호　살려주세요! 잘못했어요.

조폭들이 낄낄거리며 지호가 변신하는지 지켜본다.

조폭2,3,4,5가 더 큰 몽둥이를 든다.

그때 경찰들이 호루라기를 불어대며 달려온다.

조폭1　아이. 짭새들. 어딜 가나 재잘재잘 지저귀네.

조폭2　새소리가 참 아름다운데요, 형님.

조폭3　종달새 소리 같습니다, 형님.

조폭1　그렇지? 언제 들어도 흥분 돼. 튀자.

조폭2,3,4,5　예, 형님!

조폭들, 도망간다.

9장

무대는 전당포 거리가 된다.

무대 한쪽 밝아지면, 상처투성이의 지호가 전당포로 들어간다.

전당포주인 학생증.

지호   없는데요.

전당포주인 부모님 동의서나 선생님 동의서.

지호   없는데요.

전당포주인 뭘 맡기려고?

지호   자전거요.

전당포 주인, 자전거를 이리저리 살피며 감정을 한다.

전당포주인 이거 어디서 난 거냐?

지호   원래 제 건데요.

전당포주인 이거 타고 학교 다니냐?

지호   … 저 자전거 선수예요.

전당포주인 제품은 쓸 만한 것 같은데… 갖고 가.

지호   네?

전당포주인 그냥 가져가라고.

지호   왜 그러시는데요. 훔친 거 아니라니까요.

전당포 주인, 지호를 물끄러미 쳐다본다.

지호   왜 그렇게 보세요?

전당포주인 훔치지 않았으면 어디서, 주웠어?

지호   ….

전당포주인 그런가 보네.

지호   됐어요. 전당포가 여기 하나 있는 것도 아니고 다른 데서 맡기
        면 돼요.

전당포주인 (자전거를 다시 보며) 고등학생 물건 받아주는 데가 있을까 모르

겠네.

지호 이 정도 자전거면 아저씨도 손해 볼 거 없잖아요.

전당포주인 변신품이면 얘기가 다르지. 이거 황금마차일 수도 있잖아.

지호 네?

전당포주인 땡, 땡, 땡, 땡. 밤 12시가 되면 사라지는 신데렐라의 황금마차. 요즘 애들 진짜 영악해. 어떻게 변신한 친구들을 전당포에 맡길 생각을 하냐.

지호 전 친구 없어요….

전당포주인 친구가 아니어도 사람일 수는 있잖아. 롤렉스 금시계 때문에 손해 본 전당포가 한둘인지 알아. 소문을 들어보니까 어떤 애는 변신을 마음대로 하나봐. 완전 프로야, 프로. 그렇게 변신을 하면 몸은 괜찮은 건가?

지호 무슨 얘기를 하시는 건지 모르겠지만, 이건 진짜 자전거예요.

전당포주인 어떻게 장담해?

지호 이건 우리 아빠가 엄마랑 헤어지면서 저한테 사주신……

전당포주인 자! (말을 자르듯 망치를 내놓는다) 이걸로 한번 내리쳐봐.

지호 예?

전당포주인 증명해보라고.

지호 제가 못할 거 같아요?

전당포주인 나는 모르지.

지호 자전거가 망가지면 가격이 떨어질 텐데 그건 어떻게 책임지실 거예요.

전당포주인 그래도 사람으로 변하는 것보다야 덜 손해지. 망가져도 제값은 쳐줄게. 하지만 만약 사람이 변신한 거라면, 사람으로 다시 못 돌아오고 죽을 수도 있다는 거 명심해. 저번엔 진짜로 내려친 사람이 있었는데… 얼마나 끔찍하던지. 돌아오긴 했는데 반병신이 됐더라고. 평생을 병원에 누워 사는 수밖에 없지 뭐. (지호를 보다보며) 빨리 쳐봐.

전당포 주인은 빨리 쳐보라는 시늉을 한다.
지호는 망설인다.

전당포주인 (떠보듯) 아빠가 사주신 거라면서… 아까우면 그냥 갖고 가든가.

지호, 결정한 듯 망치를 내리치려 하지만 손이 부들부들 떨린다.

전당포주인 뭐해. 안 내려치고.
지호 이거 진짜 자전거란 말이에요.
전당포주인 그래. 그러니까 보여달라고.

지호 질끈 눈을 감아보지만, 차마 치지 못하고 손을 내린다.
지호, 운다.

전당포주인 됐어. 맡아주지. (돈을 세면서) 길에서 변신한 애들 주워다 돈벌이 하는 사람들, 내가 좀 봤지. 나도 돈을 좋아하긴 하지만, 그래도 사람으로서 도리라는 게 있는데, 지킬 건 지키고 살아야지. 사람이 있어야 사람한테 사기도 치고 돈도 뜯고 그럴 거 아냐. 양심은 한번 망가지면, 다시는 복귀가 안 돼. (돈을 주며) 학생의 양심을 믿어보지. 아빠가 주신 거라고 했지? 소중한 것일 테니까 꼭 찾으러 와.
지호 …. (돈을 받아든다)

전당포 주인은 가게 불을 끄고 자전거를 끌고 들어가 문을 닫는다.
지호, 대답 없이 돈을 들고 나간다.
눈물을 훔치며 휴대폰을 꺼낸다.

지호　(통화한다) 안녕하세요. 주희누나 어머니시죠. 전 주희누나랑 같이 일했던 박지호라고 하는데요, 주희누나가 어머니께 돈을 보내드리라고 해서요. (잠시 듣다가) 주희누나는 지방에 일하러 갔는데, 아마… 며칠 안에 집에 갈 것 같아요. ATM기 찾아서 금방 보내드릴게요.

지호, 전화를 끊는다.
멈추었던 눈물이 다시 흐르기 시작한다.

10장

무대는 지호네 집으로 바뀐다.
식탁만이 덩그러니 놓여 있다.
엄마는 식탁에 앉아 지호를 기다리고 있다.
잠시 후, 지호가 집으로 들어간다.

지호 모　인사 안 할 거면 인기척이라도 해라.
지호　(한숨) 다녀왔습니다.
지호 부　(방에서 나오며) 넌 시간이 몇 신데 이제 들어와.

지호, 말없이 방으로 들어가려 한다.

지호 부 앉아봐.

지호는 그대로 서 있다.

지호 부 앉아봐.

지호, 마지못해 식탁에 앉는다.

지호 모 밥은.
지호 배 안 고파.
지호 모 먹었어 안 먹었어.
지호 먹었어.

지호 모, 나간다.

지호 부 생각은 해봤냐?
지호 ….
지호 부 어디서 살지 결정했냐고.
지호 나 혼자 살 거야.
지호 부 어디서.
지호 방 구할 거야.
지호 부 네가 돈이 어딨어.
지호 알바한 거 있어.
지호 부 너 학원 안 가고 일했냐?

지호   ….

지호 부   박지호 너 아빠 말 안 들려? 너 학원 안 가고 알바 했냐고 묻
잖아?

지호   옛날에 겨울방학 때 했었어.

지호 모   (케이크 상자를 들고 나온다) 애한테 윽박 좀 지르지 마.

지호 부   이 자식 대답하는 말본새 좀 봐. 말이 곱게 나와?

지호 모   당신 닮아 그런 걸 어떡해.

지호 부   뭐?

지호, 식탁에서 일어난다.

지호 모   케이크 먹고 들어가.

지호   됐어.

지호 모   오늘 니 생일이야.

지호   ….

지호 부   앉아.

지호   ….

지호 부   … 박지호.

지호   ….

지호 부   … 박지호!

지호   ….

지호 모   앉아. 할 말 있어.

지호 자리에 앉는다.

세 사람 침묵.

지호 할 말 있음 빨리해.

지호 모 ….

지호 부 아빠 이사한 거는 알지. 네가 온다고 하면 작은방을 정리해둘
생각이야.

지호 ….

지호 부 이 집은 팔리는 대로 정리할 거야. 니 엄마도 당분간은 지방에
좀 내려가 있는다고 그러고….

지호 ….

지호 모 그러니까 너도 이 집 팔리기 전에 어디로 갈지 결정해.

지호 둘 다 싫어.

지호 모 무슨 소리야?

지호 아무 데도 안 간다고. 그냥 혼자 살 거야.

지호 모 말이 되는 소릴 해.

지호 그게 둘이 원하는 거 아니야?

지호 부 너 진짜!

지호, 눈을 내리깔고 식탁만 노려본다.

지호 모 당신은 이제 그만 가봐. 지호랑은 내가 얘기할 테니까.

지호 부 … (일어나며) 이제 이런 일쯤 이해할만한 나이잖아.

지호 모 빨리 짐 챙겨서 가라니까 그러네.

지호 부는 지호를 노려보다가 화를 삭이며 방으로 들어간다.

지호 모도 한숨을 쉬고는 부엌으로 들어간다.

혼자 남은 지호. 케이크 상자를 바라본다.

케이크 상자에서 케이크를 꺼내본다.
케이크에 초를 꽂으려고 하는데, 하나 꽂는 게 너무 힘들다.
결국 초를 꽂지 못하는 지호.
케이크를 다시 상자에 넣는다.

지호   아… 힘들다….

어디선가 들려오는 피아노 소리.
눈을 뜨고 주위를 둘러보지만, 피아노는 없다.
창밖을 바라보는 지호.
보이는 것은 자신의 마음과 닮은 형체도 색깔도 없는 허공뿐…
피아노 소리가 지호의 가슴을 쓰다듬는 것 같다.
자신도 모르게 한숨과 함께 짧은 탄성이 터져 나온다.
식탁 위의 조명이 꺼질 듯 말 듯 불안하게 깜박인다.

지호   이게 왜 이러지?

지호가 일어나서 전구를 이리저리 만지며 돌려본다.
피아노 소리 점점 커지다가 뚝 멈추면, 짧은 암전과 함께 지호가 변
신한다.
지호가 앉아 있던 식탁의자 위에는 장난감 피아노 하나가 놓여 있다.
지호 모가 나온다.

지호 모   얘는 또 어딜 간 거야. (피아노를 발견하고) 이건 또 누가 꺼내
놨어.

지호 부가 가방을 들고 방에서 나온다.

지호 모 지호, 아무래도 당신이 데리고 있는 게 좋겠어.

지호 부 내가 왜.

지호 모 저렇게 반항하는 애를 내가 어떻게 감당해. 남자애는 아빠가 잡아줘야지.

지호 부 내 말은 귓등으로도 안 듣는 애를 무슨 수로 잡아.

지호 모 좀 솔직해져 봐. 그 여자가 우리 지호 싫어한다며. 작은방을 정리하긴 뭘 정리해.

지호 부 당신도 그냥 이 집에서 살면 될 걸. 무슨 지방으로 간다고 그래. 지호 내년에 수능 봐야 돼.

지호 모 누가 몰라? 그러니까 당신이 내년까지 데리고 있으면 되잖아.

지호 부 여기 살다가 졸업하고 대학생 되면 그때 옮겨도 돼.

지호 모 요즘 누가 대학생활을 집에서 해?

지호 부 당신이 귀찮아서 그러는 거잖아.

지호 모 말 다했어?

지호 부 관두자 관둬. 17년도 버티며 살았는데 뭐.

지호 모 그래, 적어도 서류에 잉크 마를 때까지 주먹질 하지 마. 나도 지호 아니면 당신한테 맞으면서 안 살았어. 이제 지호랑 같이 깨끗이 좀 사라져줄래? 허구한 날 집에 들어오기 싫어하는 애 당신이 데려가든지 말든지 마음대로 해. 아니 너랑 똑 닮은 니 새끼, 니가 데리고 꺼져.

지호 부 저 살고 싶은데 가서 잘 살겠지. 어디서 살든 말든 내가 알게 뭐야.

지호 모 나가. 당신부터 이 집에서 나가. 당장 나가.

지호 부 걱정 마. 다시는 여기에 발 안 들여 놓을 테니까!

지호 모 (장난감 피아노를 차며) 이것도 가져가. 내가 쓰레기 청소부야! 깨끗이 다 치워놓고 가! 니 새끼 물건 다 버리고 가.

지호 모, 방으로 들어가 버린다.

지호 부 (분노를 삭이며) 그래. 내가 깨끗하게 나가준다.

지호 부는 주방에서 쓰레기비닐봉투를 들고 와서
엎어진 케이크상자와 피아노장난감을 쓰레기봉투에 담는다.
지호 부, 쓰레기봉투를 던져버리고는 나간다.

11장

전화벨소리.
조사실의 불이 켜지고 조사원이 들어온다.
지호는 다시 조사실의 자기 자리로 가서 앉는다.

조사원 그래? 알았어. (끊고) 찾았단다.
지호 뭐를요?
조사원 니네 부모님 찾았대. 이제 힘들게 기억하지 않아도 돼. 그날 무슨 일이 있었는지 부모님은 알고 계시겠지.
지호 엄마랑 아빠요? (표정 어두워진다)
조사원 부모님 얘기 들어보면 뭔가 실마리를 찾을 수 있을 거 같다. 여기로 출발하셨다니까 조금 있으면 도착하실 거야.

지호　여기로 온다구요?

조사원　안 좋아? 표정이 왜 그래.

지호　아니요. 그냥….

조사원　조사받느라 힘들어서 그래? 여러 정황으로 봐서는 변신일 가능성이 높은 것 같은데, 뭘로 변신했었는지만 알게 되면 큰 문제는 없을 거다.

지호　다 끝난 건가요?

조사원　그래. 집도 찾았으니까 먼저 부모님 만나고 나머지는 천천히 마무리 하자. 잠깐만 기다려봐.

조사원 밖으로 나간다.

지호 초조해진다.

긴장한 얼굴. 안절부절 못하며 자리에서 일어나 서성인다.

밖에서 조사원의 목소리 들린다.

조사원　(목소리) 박지호 파일, 오늘 중으로 마무리해서 미래3과로 넘길게. 변종 여부는 내일 오전 중으로 파악해서 보고한다고 얘기해줘.

조사실의 불빛이 깜박인다.

지호, 고개를 들어 깜박이는 불빛을 쳐다본다.

불이 꺼진다.

조사원 들어온다.

조사원　어? 불이 왜 꺼졌지?

조사원, 불을 켠다. 지호의 모습은 보이지 않는다.
지호가 앉았던 자리 옆에 똑같은 의자가 하나 더 놓여있다.
조사원 나간다.

조사원 (목소리) 지호, 화장실 갔어?
직원 (목소리) 아뇨, 못 봤는데요.

지호가 변한 의자 위로 불빛이 쏟아진다.

— 끝 —

딱 한번 찾아오는
가장 뜨거운 순간

내 심장의 전성기

작 이시원   연출 최원종

출연 손병호 | 이아이 | 전일범 | 노승진 | 이황의 | 배상돈 | 윤충 | 김원석 | 오형근 | 천후

2014.4.3-6.1 대학로 자유극장

평일 8시 / 토요일 3시, 6시 / 공휴일 3시, 6시 / 일요일 4시 / 월요일 쉼 / 단, 5월 5일(월), 6일(화)3시, 6시 / 5월 7일(수) 공연 없음

인터파크 1544-1555   옥션티켓 1566-1369   예스24 1544-6399   대학로티켓닷컴 1599-7838   클럽 02-765-1776

제작 (주)기억속의 매미   홍보마케팅 공연기획 김천사   협연 안드레아차표

딸 때문에
메탈을 시작한
손병호

아빠 때문에
권투를 시작한
이아이

내 심장의
전성기

2014.4.3 - 6.1
대학로 자유극장

작 이시원 | 연출 최원종 | 출연 손병호 | 이아이 | 전일범 | 노승진 | 이황의 | 배상돈 | 윤충 | 김원석 | 오형근 | 천후

평일 8시 / 토요일 3시, 6시 / 공휴일 3시, 6시 / 일요일 4시 / 단, 5월 5일(월), 6일(화) 3시, 6시 / 5월 7일(수) 공연 없음

예매 인터파크 1544-1555 옥션티켓 1566-1369 예스24 1544-6399 대학로티켓닷컴 1599-7838 공연문의 02-765-1776

제작 (주)가억속의 메미 홍보마케팅 공연기획 강한나 합안 안드레아카페

내 심장의 전성기

■등장인물

광현(최광현) — 남. 52세. 그룹 '핵폭발'의 리더이자 보컬. 민속주점 '핵폭발'을
　　　운영한다.
석주(이석주) — 남. 50세. 대기업 인사부장. 핵폭발 재결성 후 드럼을 맡는다.
두영(장두영) — 남. 52세. 트로트 가수. 핵폭발 재결성 후 리드기타를 맡는다.
박사장(박정철) — 남. 52세. 주점 핵폭발의 단골손님이자 이웃 카페 사장. 핵폭
　　　발 재결성 후 베이스를 맡는다.
보람(최보람) — 여. 18세. 광현의 딸. 여자복싱 국가대표를 꿈꾸는 여고생.
유찬(정유찬) — 남. 30살. 민속주점 핵폭발의 주방장.
김창식(김창식) — 남. 28세. 젊은 날 죽은 핵폭발의 전 멤버.
칼슘과마그네슘1,2,3 — 남. 18세. 고등학생 밴드.
학생주임 — 남. 30대 중반. 보람과 칼슘과마그네슘의 학교, 학생주임 선생님.
그 외 의사, 코치, 심판, 카페매니저, 윤과장, 경찰관, 간호사, 각종 멘트목소리

＊학생주임이 다역을 맡되, 연출의 의도에 따라 다역을 결정한다.

■무대

무대는 기본적으로 민속주점 '핵폭발'을 중심에 두고, 여러 장소로 전환된다.

1장. 핵폭발 - 1984년

어둠속에서 사람들의 환호성(공연장에서의 환호성) 들린다.
환호에 답하듯 육중한 일렉기타 사운드가 들려오면 환호성 높아지고
무대 뒷면이 이글거리는 불길에 휩사인다.
불길 거세지고 사이렌 소리가 기타 사운드와 겹쳐진다.

멘트 *대한민국 헤비메탈 그룹의 미래!*
가공할 파괴력으로 당신의 몸과 마음을 초토화시킬 지옥의 전
사들!
억만년 동안 잠들어 있던 지구의 심장을 향해 절규한다!
그 이름 '핵폭발'~

불길에 휩싸였던 뒷배경은 폭발과 함께 연기 속으로 사라지고
하나 둘 켜지는 무대조명.
조명 사이로 그룹 **핵폭발**이 모습을 드러내면, 환호성 높아진다.
그들은 머리를 기르고 80년대의 다소 촌스럽지만 파격적인
메탈가면과 메탈복장을 하고 있다.
기타, 베이스, 드럼을 맡은 멤버들과 중앙에서 마이크를 잡은 젊은
광현.
광현은 그로울링과 스크리밍 창법으로 환호성에 답한다.
멤버들 〈최후의 전쟁터〉의 전주 부분을 연주하고, 광현의 노래 이어
진다.

광현 *어둠이 가고 있어 이제 그만 일어나*

새벽이 오고 있어 이제 그만 가야해
역겨운 이곳과는 작별이야
너의 힘찬 발걸음에 침을 뱉고
신음하는 네 입술에 저주의 키스를
숨이 막혀 쓰라린 괴로움이 피를 토할 때
내 목을 조르던 니 손길 기억해두지
여기가 어디야 날 그냥 내버려둬

멤버들　**날 그냥 내버려둬~ Destroy~**

광현　어디로 가는 거야 내 앞을 막지 마

멤버들　**내 앞을 막지 마~ Destroy~**

광현(Na)　이곳은 어디인가 막다른 골목

이곳은 어디인가 최후의 전쟁터
피바다를 건너 내 잘린 목을 찾아
찢어진 심장을 씹으며 내 목을 찾아
역겨운 이곳과는 작별이야
너의 힘찬 발걸음에 침을 뱉고
신음하는 네 입술에 저주의 키스를
숨이 막혀 쓰라린 괴로움이 피를 토할 때

광현　막다른 골목

멤버들　파괴하라!

광현　최후의 전쟁터

멤버들　부셔버려!

광현　하나도 빠짐없이

멤버들　*Destroy!*

광현　최후의 전쟁터

멤버들　*Destroy!*

다같이 *핵폭발! 핵폭발! 핵폭발! 핵폭발!*
핵폭발! 핵폭발! 핵폭발! 핵폭발!

광현의 노래와 함께 본격적인 공연이 시작되고 거침없는 다운 턴 기타 플레이와 스피디한 피킹, 그로울링 코러스가 한데 어우러져 무대는 열광의 도가니로 변한다.
익스트림한 사운드를 펼치던 그룹 핵폭발의 멤버들은 간주 부분에 이르자 미친 듯이 헤드뱅잉을 해댄다. 노래는 클라이맥스로 치닫고, 광현은 고릴라처럼 가슴을 쳐대는 드러밍을 불사한다.
그리고 짐승 같은 포효로 노래는 끝이 난다.
사람들의 환호성이 이어지고 무대 어두워지면 광현에게 탑조명 떨어진다.
거친 숨소리, 긴 머리 사이로 비치는 패기어린 시선, 야수 같은 눈빛.

심의위원 멘트 "어둠이 가고 있어", "새벽이 오고 있어", "역겨운 이곳과는 작별이야", "침을 뱉고", "신음하는", "저주의 키스를", "숨이 막혀", "피를 토할 때", "목을 조르던 니 손길", "날 내버려 둬", "나를 막지 마", "막다른 골목", "최후의 전쟁터", "피바다", "찢어진 심장", "파괴하고 무너뜨리리", "**Destroy**"… 이상, 폭력적인 용어 스물여덟 번에 난무한 외국어 사용 열네 번. 심히 불량하고 저속한 제스처 일흔다섯 번 추가. 무엇보다 무슨 말인지 도대체 못 알아먹겠음. 심의규정 위반 총 아흔두 번으로 그룹 핵폭발의 음반 '최후의 전쟁터'의 방송을 불가 판정합니다. 음반발매 금지! 본 밴드의 음악 활동을 전면 금지합니다!!

광현   (내장 깊은 곳에서 마그마를 토해내듯 욕을 날린다)
       Fuck you~~

핵폭발 멤버들, 마구 날 뛰며 **Fuck you~**를 외쳐댄다.
Fuck you~를 외치며 세월 속으로 사라져가는 멤버들.
무대에 홀로 남아 **Fuck you~**를 외치는 광현.

조명 변하고, 광현이 메탈 가면을 벗으면, 30년이 흐른다.
50대가 된 광현의 내레이션이 이어진다.

광현 Na   저는 80년대에 대학을 다닌 386세대입니다. 불란서 학번으로
       대학에 들어가 84년도에는 헤비메탈 그룹 '핵폭발'을 결성했
       습니다. 당시의 사회 분위기는 너나 할 것 없이 민주화를 외치
       며 독재에 항거하던 시기였습니다. 음악조차 투쟁의 도구였고
       사람들은 노래를 부르며 독재 타도와 변화를 요구했죠. 하지
       만 우리 핵폭발은 순수한 음악으로서의 헤비메탈을 동경했습
       니다. 오직 헤비메탈! 우리의 심장을 뛰게 하고 영혼을 자유롭
       게 해주는 그것만이 우리의 전부였습니다. 그렇게 해서 우리
       의 데뷔곡 '최후의 전쟁터'가 탄생했습니다. 그런데 어느 날,
       누군가 우리의 노래를 부르며 민주화를 외쳤고, 분신자살을
       하면서 우리의 인생도 달라졌습니다. 우리는 경찰서에 끌려가
       취조를 당하고 고문을 당했습니다. 자존심이었던 장발의 머리
       도 잘렸습니다. 선배에게 얻어 피운 대마초가 더 깊은 나락으
       로 우리를 떨어뜨렸습니다.
       그룹 '핵폭발'은 해체되었고, 베이시스트 김창식은 교통사고로
       세상을 달리했습니다. 그가 남긴 기타만이 우리의 슬픔을 만져

줄 뿐이었습니다. 한 멤버는 미국으로 이민을 가서 가족들과 큰
세탁소를 열었고, 또 다른 멤버는 회사에 입사를 했습니다. 저
는 이루지 못한 꿈의 언저리를 맴돌다 결혼을 했고 딸도 하나
태어났습니다. 결혼생활도 음악만큼이나 생각처럼 풀리지 않
더군요. 그 옛날 구치소에서 나온 저에게 두부를 건네던 어머니
는 세상을 떠나셨고, 딸애의 손을 잡고 두부를 건네던 아내와도
헤어졌습니다. 두부를 먹으며 30년이 흘렀습니다.
어려서는 아빠처럼 음악을 하겠다던 제 딸은 14살 때 복싱을
시작했습니다. 15살, 16살, 17살, 18살… 딸은 여전히 복싱을
합니다. 음악은 아주 싫어하죠. 특히 제가 하는 메탈은 진저리
를 칩니다.

광현, 기타를 치며 노래한다.
광현의 노래, Helloween(헬로윈)**의 A Tale That Wasn't
Right**

무대 어두워진다.

2장. 민속주점 핵폭발

30년 후. 무대는 핵폭발의 리더이자 보컬이었던 광현이 운영하는 민
속주점 '핵폭발'이다. 홀에는 테이블과 의자들이 놓여있고, 홀 한쪽에
공연 무대가 마련돼 있다. 벽면에는 유명 헤비메탈밴드들의 사진이
든 액자들이 걸려있고 그 사이로 젊은 날의 그룹 '핵폭발' 사진도 보

인다.

홀에는 중년의 남자 손님(박사장)이 혼자 앉아 조용히 술을 마시고
있다.

고등학생 밴드 '칼슘과 마그네슘(칼마)' 멤버들 시끄럽게 떠들며 들
어온다. 옷차림과 행동에서 고등학생 티를 내지 않으려 노력한 흔적
들이 보인다.
칼마 멤버들은 이미 조금 술을 마신 듯 얼굴이 발그레하다.
칼마1 · 2는 기타 케이스를 어깨에 메고 있다.

칼마1　　니가 임마, 거기서 치고 들어와야지.

칼마2　　야 거기서 놓친 건 씨발 너거든.

칼마1　　치고 들어와야지. 니가 그래서 발전이 없는 거야.

칼마3　　지가 틀려 놓고 누구한테 물릴라고.

칼마2　　하나 둘, 셋에 들어가야지. 니가 놓치면 씨발 존나 헷갈리거든.

칼마1　　이 새낀 존나 뺑만 쳐. 너 박치 아니냐? 하나 둘, 세엣에 들어
　　　　　　가야지.

칼마2　　존나 후진 새끼. 셋이지 왜 세엣이야.

칼마1　　세엣이지 왜 셋이야.

칼마3　　야, 이그나이터 노래 개 좋지 않냐.

칼마1 · 2　(동시에 칼마3을 째려보며) 이그나이터 뭐가 좋아. 존나 개구려!

칼마2　　술 먹다 들어서 좋은 거지 뭐가 좋아.

칼마1　　연습할 때 술 좀 먹지 마.

칼마3　　내가 신곡 쓴다니까.

칼마2　　이 새낀 저번에도 쓴다고 해놓고. 너 곡 발로 쓰냐?

칼마3   씨발 발로 썼으면 내가 천재지.

칼마1   손으로 썼는데 어떻게 그런 곡이 나오냐.

칼마3   내가 팔꿈치로 드럼을 쳐도 너보다는 낫겠다. 니네가 음악을
아냐?

칼마 멤버들 자리를 잡고 앉으면, 유찬이 메뉴판을 들고 와 칼마에게
주고 중년 손님에게 주문을 받는다.

유찬   안주 고르셨어요?

박사장   저번에 하드코어새우락튀김 괜찮던데, 메뉴에 없네요?

유찬   죄송합니다. 요즘 대하가 금값이라 메뉴에서 뺐습니다.

박사장   아. 그럼 핵폭발모듬꼬치로 주세요. 맥주 한 병 추가요.

유찬   예, 핵폭발모듬꼬치와 맥주 한 병이요. (칼마에게 주문을 받으러
와 멤버들의 얼굴을 살피는) 실례지만 신분증 확인 좀 할게요.

칼마3   우리 대학생인데요?

유찬   예. 요즘은 워낙 어려보이는 분들이 많아서….

칼마1   (가방에서 지갑을 꺼내며) 형, 설마 우리가 민증도 없이 술 마시
러 왔겠어요? (신분증을 보여주며) 됐죠?

유찬   (칼마의 것을 확인하고) 네. (다른 멤버들도 확인하려는)

칼마2,3   우린 가방을 두고 왔는데요.

유찬   확인 안 되면 술을 드릴 수가 없는데.

광현이 안쪽에서 나와 유찬에게 다가온다. 그는 블랙 가죽재킷을 입
었다.
짧아진 머리, 주름진 얼굴, 탁해진 목소리.
나이 오십을 넘긴 그의 모습에선 세월의 모습이 엿보이지만 여전히

락커의 포스가 남아있다.

광현 뭔데 그래.

칼마23 가방을 두고 와서 신분증이 없거든요. 얘하고 친구예요.

칼마1 (신분증을 보여주며) 같은 과거든요.

광현 (들고 온 기타케이스를 보고) 기타 쳐?

칼마1 네. 밴드 하거든요.

칼마2 저희 뮤지션이에요.

광현 (유찬에게) 그럼 술이 있어야지. 갖다 줘.

칼마2 동동주부터 주세요.

칼마3 시원한 걸로 주세요.

주방으로 들어가는 유찬.
광현은 무대로 가서 기타를 조율한다. 목이 불편한지 기침을 한다.
칼마 멤버들 저희들끼리 시시덕거리더니 담배를 꺼낸다.

칼마3 여기 쫌 신기하지 않냐? (사진들을 보며) 레드 제플린. 블랙 사
바스. 조상님들 다 모아놨네.

칼마2 핵폭발 이름 구리다고 들어오지 말쟀지?

칼마1 특이하달 땐 언제고.

칼마3 여기요, 물 좀 주세요.

칼마1 (폼 잡으며 담배를 하나 무는) 여기, 재떨이도 좀 주세요.

칼마2, 숟가락과 젓가락을 멤버들 앞에 놓고 안주를 고른다.
박사장이 칼마1, 2, 3을 못마땅한 표정으로 쳐다본다.

칼마123	(박사장에게) 뭘 봐요.
박사장	(벌떡 일어나 칼마들을 째려본다)
칼마123	(순간 쫀다)
박사장	(주방쪽에 대고) 저도 재떨이 좀 주세요.

쟁반을 들고 나오는 유찬. 박사장에게 맥주를 갖다 주고, 칼마에게도 막걸리와 잔, 기본 안주 접시들을 갖다준다.

박사장	저도 재떨이 좀 주세요.
유찬	예. 더 필요한 거 있으면 말씀하세요.
박사장	오늘 공연도 8시 맞죠?
유찬	예. 조금 있다 시작할 거예요.
칼마1	(자신의 앞에 놓인 숟가락을 들어 보고는) 형, 여기 뭐 묻었는데요.
유찬	(받아들고 보는. 다른 숟가락으로 바꿔준다)
칼마1	(다른 숟가락을 받아들고 보는) 이것도 더러운데요.
유찬	(옆 테이블의 수저통과 통째로 바꿔준다)
칼마3	(술잔을 들어 바라보고는) 형, 여기 잔에도 뭐 묻은 거 아니에요?
유찬	(보고) 양은그릇이라 닦을 때 기스 난 거예요.
칼마2	형, 익스트림메탈닭발이 뭐예요?
유찬	먹으면 입에서 3000℃의 불이 나는 불닭발이요.
칼마2	그거 주세요. 입에서 불 안 나면 환불해주세요~!!
유찬	예. (메뉴를 가져가려는데)
칼마3	(메뉴를 잡으며) 야 입속에 불낼 일 있냐? (유찬에게) 그거 취소하고요. 둠메탈빈대떡 주세요.
칼마2	(칼마3에게) 그게 뭔지 아냐?
칼마3	빈대떡이래잖아.

유찬　녹두를 진하게 갈아서 만든 헤비한 맛의 빈대떡이에요.

칼마3　개쩔. 좋네. (유찬에게) 그거 주세요.

유찬　예. (메뉴를 갖고 주방으로 가려하면)

칼마2　(칼마2에게) 닭발도 시켜. (유찬에게) 닭발도 주세요.

칼마3　닭발보단 족발이 낫지. 닭발 취소하고 족발로 주세요.

칼마2　장난하냐? 동동주엔 닭발이지. 닭발 주세요.

칼마3　닥치고 족발 시켜.

칼마2　족 같은 소리하네. 닭발 시켜.

칼마3　족발.

칼마2　닭발.

칼마1　다 시켜 그냥! 족발 닭발 다 주세요.

유찬 열 받는 걸 참으며 주방으로 들어간다.

칼마 멤버들 술잔을 들어 건배한다.

칼마123　(시끄럽게 노래하며) 술이 들어간다. 쭈욱 쭉쭉쭉 쭈욱 쭉쭉쭉.
언제까지 어깨춤을 추게 할 거야. 내 어깨를 봐. 탈골 됐잖아.
마셔라 부어라, 쩨리 부어 밟아 넣어 오오오오오~~~~~ (짠,
건배하는)

칼마123　(동시에) 오오 존나 시원해. / 오오 살 거 같애. / 세포들 발광한
다. 오오

칼마1　야 아까운 술을 왜 흘려. 여기요, 테이블 좀 닦아 주세요.

광현　(행주를 들고 와 닦는다. 그러다 기침한다)

칼마2　(광현의 기침을 피하며) 뭐야.

칼마1　여기 재떨이 좀 바꿔주세요.

광현　(비어있는 재떨이를 쳐다본다) 비었는데?

칼마1	제가 담배 냄새나는 걸 싫어하거든요, 재떨이에서.
광현	(아무 말 없이 재떨이를 들고 나간다)
칼마3	(킬킬거리며) 미친 새끼. 재떨이에서 향수 냄새 나겠냐?
칼마1	나 냄새에 민감하거든. 진짜거든. (킬킬거리다가) 아저씨. 아저씨이.
광현	(재떨이를 갖고 와 테이블 위에 쾅 놓으며) 조용히들 먹고 가지.
유찬	(달려와 말린다) 사장님, 제가 서빙 할게요.
칼마2	(서로에게) 우리 시끄러웠어?
칼마1	우리 뭐했어?
칼마3	뭐 한 거야?
광현	나가. 당장 나가.
유찬	(광현을 당기며) 사장님, 왜 이러세요. 병원 가신다면서, 빨리 다녀오세요.
광현	술 안 파니까 나가라고. 안 나가 새끼들아?
칼마3	뭐야 왜 욕을 해.
칼마1	아, 진짜 뭐 이런 데가 다 있어.
광현	여기 있다 이 새끼야! (주먹을 날린다)
칼마1	(맞고 쓰러진다)
칼마2	아저씨 왜 이래요. (반사적으로 광현의 허리를 안으며 달려든다)

광현이 칼마2, 3에게도 주먹을 날린다.
광현을 도와주려 달려드는 유찬과 박사장. 3:3으로 싸움이 붙는다.
여섯 사람이 얽히고설켜 주먹질과 발길질하는 모습이 슬로우모션으로.

칼마1	(취기에 호기를 부리며) 야, 애들 좀 불러.
칼마3	(같이 꺼드럭거리며) 다 불러.

칼마2　　야 내가 이 아저씨들 한방에 다 해결한다. (어디론가 전화하는) 여보세요? 거기 경찰서죠? 여기 송도에 있는 핵폭발이란 술집 인데요, 싸움 났어요, 순찰차 좀 보내주세요.

뒤엉켜 싸우던 다섯 사람, 칼마2의 어이없는 신고전화에 다들 쳐다 본다.
칼마2, 한방에 해결했다는 뿌듯한 미소를 날린다.
경찰차의 사이렌 소리가 그들의 모습 위로 오버랩되면서
암전.

잠시 후 무대 밝아지면

한쪽에 광현과 유찬, 박사장이 서 있고, 다른 한쪽에 '칼슘과마그네슘' 멤버들 서 있다.
문밖에서 학생주임 선생이 경찰관들을 배웅하고 가게 안으로 들어 온다.
학주가 째려보자, 바짝 긴장하는 칼마들.

학주　　(광현에게 다가와) 죄송합니다. 이런 일로 뵙게 되서 면목 없습 니다.

광현　　저야말로, 선생님 뵐 낯이 없습니다.

학주　　무슨 말씀을요… 보람이는 잘 지내죠?

광현　　예….

학주　　이젠 담임 아니라고, 찾아오지도 않아요. 보람이야 워낙 똑 부 러지니까 신경 쓸 일도 없지만, 저 녀석들이 문제죠. (칼마에게 버럭) 술 좀 깼냐?

칼마123　　(일동 차렷) 네!

학주 어서 아버님께 잘못했다고 사과 드려!

칼마123 (대충) 죄송합니다.

학주 똑바로 안 해?

칼마123 (차렷 자세로 꾸벅 인사하며) 죄송합니다!

학주 아버님이 이해해주십시오. 공부를 못해서 그렇지 나쁜 놈들은 아닙니다.

칼마123 (자기들끼리 구시렁구시렁) 뭐래 진짜. /우릴 뭘로 보고. /42등이 면 괜찮지 않나?

유찬 (어이없다는 얼굴로 칼마3을 쳐다본다)

학주 얘기는 잘 해놨으니까 무혐의처분으로 끝날 겁니다. 신분증 확인도 했다고 진술했으니까 큰탈 없을 거구요.

광현 ….

학주 저 녀석들은 사회봉사 2천 시간쯤 때려서 알아듣게 만들겠습 니다.

칼마123 (잘못은 했고, 학생주임은 밉고, 눈치만 보는)

광현 … 죄송합니다.

학주 무슨 말씀을. 제가 애들을 잘못 가르쳐서 그렇습니다. (멤버 들에게) 니들, 이 분이 누군지 알고 개겼냐? 욕까지 했다면서?

칼마2 아니에요. 욕은 안했어요.

칼마1 진짜 안했어요.

칼마3 우리가 더 욕먹었어요..

학주 컷! 니네 밴드 한다면서. 거 뭐… 인가 뭔다 한다고 맨날 기타 치고 북 치고 그랬잖아.

칼마3 북 아니고 드럼인데요.

칼마2 그리고 거 뭐… 아니고 메탈인데요.

칼마1 블랙메탈.

학주   알어알어, 드럼. 메탈. 그렇게 잘난 놈들이 핵폭발의 리드보컬 도 몰라보냐?

칼마123   (서로에게) 너 알어? / 졸라 생소해. / 술집 아냐?

학주   컷! 전설의 헤비메탈그룹 핵폭발 몰라?

광현   그만하면 알아들었을 겁니다 선생님.

학주   아닙니다. 제 불찰입니다. 고등학생이 술집 가서 술 처먹고 담 배 핀 것도 모자라서 패싸움까지 하다뇨. 제가 단단히 손을 보 겠습니다.

칼마123   (구시렁구시렁)

학주, 멤버들을 휙 째려본다. 칼마 멤버들 잠시 긴장했다가, 학주의 시선이 광현에게 돌아가면, 다시 구시렁거리며 죽상이 된다.

학주   (광현에게 부드럽게) 저 아버님… 이렇게 뵙게 된 것도 영광인데 사인 한 장만. (가방에서 종이와 펜을 꺼내며) 저희 막내이모가 핵폭발 팬이었습니다. 자다가도 최광현 하면 벌떡 일어날 정 도였다니까요.

광현   아 예…. (종이를 받아들고 사인하는)

학주   김경천입니다.

광현   막내이모가 메탈을 좋아하셨나 보네요. 제 노래 아는 사람 거 의 없거든요.

학주   좋아하다 뿐인가요. (광현의 노래를 따라해 보는) ♪ *피바다를 건 너 내 잘린 목을 찾아 찢어진 심장을 씹으며 내 목을 찾아* ♬ 켁켁켁켁 (높은음 때문에 사래가 걸린다) 아 스크리밍 창법은 여 전히 어렵네요. 막내이모 따라서 저도 전곡을 다 외웠습니다. ♪ *저기 걸린 내 목을 향해~* ♬

유찬 　(자신이 칭찬 들은 듯 뿌듯해져서) 감사합니다. 선생님도 음악을
　　　좀 들을 줄 아시네요.

학주 　예. 막내이모 덕분에.

　　　사인 받은 종이를 소중히 가방에 넣는 학주.
　　　칼마 멤버들, 어이없다는 듯 학주와 광현을 쳐다보고 있다.

유찬 　의심의 눈빛들 거둬라.

광현 　애들 데리고 먼저 가시지요.

학주 　아 예. 그러겠습니다. (칼마에게 인사하라는 시늉을 해보인다)

칼마123 　(성의 없이 대충 고개 숙이며) 안녕히 계세요.

학주 　컷!

칼마123 　(90도로 숙이며 깍듯하게 큰 소리로) 안녕히 계세요!

유찬 　안녕히 가세요.

　　　학주 인사하고 칼마 멤버들을 데리고 나간다.
　　　광현 뒤에서 인사를 하던 유찬이가 주방 쪽에서 서 있는 보람이를
　　　발견한다. 보람은 트레이닝복 차림에 복싱글러브가 든 가방을 메고
　　　있다.

유찬 　야 최보람… 언제부터 거기 있었냐.

광현 　언제 왔냐?

보람 　….

유찬 　이 시간까지 연습하다 오는 거야?

보람 　….

유찬 　저녁은?

광현	유찬이가 저녁 먹었냐고 물어보잖아.
보람	… (광현에게) 이제 내 친구들하고도 싸우는 거야?
광현	….
유찬	그런 게 아니라, 사장님은 학생들을 바른 길로 인도하려고 그랬는데 그 자식들이 대학생이라고 거짓말해가지고, 그러다가 걔들이 덤빈 거야. 걔네들 너랑 친하지도 않다면서.
보람	또 영업정지야?
광현	….
보람	벌써 몇 번째야.
광현	알았어. 그만 하고, 집에 가.
보람	창피하지도 않아? 도대체 언제까지 이럴 건데!
광현	창피해. 창피해 죽겠어. 아빠도 뭐든 해보려고 이러는 거잖아.
보람	뭘 해봤는데. 이러려고 가게 시작한 거야? 반은 영업정지에, 반은 음악 한다고 장사도 하는 둥 마는 둥 하고. 언제쯤이나 어른처럼 행동할 건데!
광현	(뭔가 말하려다 삼키며 한숨을 뱉어낸다)
유찬	야, 넌 아빠한테 말투가 그게 뭐냐.
보람	내가 뭐. 틀린 말 했어? 고등학생하고 싸움이나 하는 게 당당한 일이야?
유찬	당당하진 않지만, 그래도 아빠한테 그러면 안 되지.
보람	우리 아빠가 그렇지. 이제 놀랍지도 않아. 늘 그랬는데 뭐.
유찬	야 야!
광현	둘 다 그만해. (보람에게) 앞으로는 이런 일로 경찰서 불려 다닐 일 없어. 아빠가 약속할게.
보람	지키지도 못할 약속. 그것도 레퍼토리 아냐?
광현	아빠가 원래 일관성은 있다. 일관성 있게 끝까지 가는 거. 간

다면 간다! 내가 한다고 해놓고 안한 거 있냐?

보람 (말 끊으며) 한다고 하는 건 다 했지. 하고 싶은 건 다했잖아.

광현 난 안 한다면 안 해. 넌 왜 아빠 말을 그렇게 못 믿냐?

보람 아빤 그냥 다른 아빠들처럼 한번이라도 평범해질 수 없어?

광현 ….

보람 적어도 내 친구들 트위터에는 오르내리지 않을 수 있잖아…
아빠 내가 왜 권투하는지 모르지? 내가 왜 권투를 시작했는지
생각해 본 적도 없지?

보람은 광현을 노려보다가 어깨에 메고 있던 복싱글러브 가방을 바
닥에 내동댕이 쳐버린다. 나가버리는 보람.

유찬 저거저거 성질 봐. (글러브를 주워들며) 야! 글러브 갖고 가! 이
거 그냥 확 갖다 버린다!

광현 (기침한다)

유찬 저게 그냥 아빠가 기침해도 돌아보지도 않아. 피를 토해야 돌
아볼래?

광현 기침이 심해지자 의자에 앉는다. 피를 토하는 광현.
유찬이 그걸 보고 놀란다.

유찬 사장님!!! 피….

암전.

3장. 병원에서

MRI 촬영 기계음이 들린다.

진료실. 의사와 마주 앉은 광현. 의사는 모니터로 MRI 사진을 보고 있다.

의사 (모니터를 보며) 이 상태면 많이 아프셨을 텐데요.

광현 목이 불편하긴 한데, 젊을 때부터 늘 그랬거든… 많이 안 좋습니까?

의사 후두 쪽에 종양이 발견됐습니다.

광현 종양이요??

의사 생각보다 아주 큽니다.

광현 종양이면 암이잖아요. 암이면… 죽는다는 건가요?

의사 걱정 마십시오. 제 전문 분야이니 최선을 다하겠습니다. 우선 입원부터 하시고, 수술 일정 잡으셔야 합니다.

광현 아니 갑자기… 어떻게 수술을 합니까.

의사 정밀검사를 해봐야 알겠지만, 진행 상태로 봐서는 개방 수술 후에 예후를 보면서 방사선 치료와 항암치료를 병행해야 할 거 같은데요, 쉽게 말해서 후두를 절개해 성대를 절제하는 겁니다.

광현 잠깐만요, 성대를 자르면 목소리가 안 나오는 거잖아요… 아니 제가 평생 목으로 먹고 살았거든요. 제가 메탈을 합니다 헤비메탈. 가뜩이나 허스키해져서 스크리밍이 안되는데 목소리 없으면 어떡해요. (스크리밍 창법으로 노래하며) Fuck~ 보세요, 지금도 허스키하잖아요.

의사 그렇다고 목숨을 버릴 순 없잖습니까.

광현 목에 구멍 뚫고 살라구요? (이상한 목소리로 노래해보고) 이렇게 노래하라구요?

의사 ….

광현 수술은 어떤 방식으로 하는 겁니까? 목을 반으로 갈라서 엽니까?? 아니면 이렇게 입 벌리고 수술해요?

의사 레이저로 부분을 잘라낼 수도 있고요….

광현 아니 후두가 얼만한데 부분을 잘라요. 대체 후두가 얼만한 겁니까? (손가락으로 10cm 정도를 가늠해 보이며) 한 이만한가요?

의사 (손가락으로 4cm 정도를 가늠해보이며) 요정도…?

광현 Fuck! 뭐가 그렇게 짧아. 그럼 성대는요. 성대는 요만 합니까? (손가락으로 4cm 정도를 가늠해 보이는)

의사 (손가락으로 2cm 정도를 보이며) 더 작죠….

광현 (저도 모르게 욕하는) Fuck you! 그 짧은 걸 잘라요? 요만한 걸 자르겠다구요? 요만한 게 자를 데가 어디 있어요!

의사 ….

광현 딴 방법 있으면 알려주세요. 차선책 같은 거.

의사 그러면 목숨이 위험해집니다….

광현 Fuck! 아 죄송합니다. (진정하려 애쓰는) 요즘이 어떤 세상인데 차선책이 없습니까. 수술한다는 거 보면 4기는 아니잖아요.

의사 그게요….

광현 그럼 제가 목소리를 선택하면 어떻게 됩니까? 목소리를 갖겠다 그러면요.

의사 … 아직 그런 환자분은 못 봤는데요.

광현 왜 없죠? 그런 환자가? 목소리가 얼마나 중요한 건데 그런 환자가 없어요? 음악 하는 환자들 없어요? 내 주위엔 다 담배 피우는데 왜 없어요?

의사 ….

광현	그럼 시간은 얼마나 있는 겁니까? 목소리가 남아있는 시간이요.
의사	글쎄요, 종양이란 게 급속도로 퍼지는 거라….
광현	대충 병원에서 말하는 시간 있잖아요.
의사	… 한 6개월 정도 아닐까요?
광현	Fuck~ 아 자꾸 죄송합니다. (어이없는) 6개월 후면 목소리가 안 나오거나 죽는다구요? 잠깐, 근데 6개월이면… 긴 건가요? 긴 거죠? 영화에서 보면, 진짜 짧을 땐 한 달 두 달 그러던데….
의사	그건 영화구요.
광현	Fuck you! Fuck you! (담배를 꺼내 문다) 6개월 후면 목소리가 사라진단 말이죠. 6개월 후면… 6개월….
의사	선생님? 선생님…!
광현	아 예, 한 대 피세요. (담배를 건넨다)
의사	아니… 여기 금연입니다.
광현	아! 그럼 나가서 피우시죠.

광현과 의사 함께 나간다.

4장. 민속주점 핵폭발

어둠속에서 문 두드리며 광현을 부르는 소리 울려 퍼진다.

소리	선생님! (쾅쾅쾅) 선생님! (쾅쾅쾅) 선생님! (쾅쾅쾅)

무대 밝으면 오후의 주점. 출입문 바깥쪽으로 칼마 멤버들 서 있다.

병원에서 돌아온 광현은 테이블에 앉아 고개를 숙인 채 가만히 있다. 주방에서 도토리묵을 만들던 유찬이 나와 문을 열어주면, 칼마 멤버들 뛰어 들어와 광현에게 90도로 인사한다.

칼마123 안녕하십니까! 선생님. 칼슘과마그네슘입니다.

칼마1 저번 날엔 폐가 많았습니다. 진심으로 사과드립니다 선생님.

칼마3 저희의 어리석었던 실수를 너그러이 이해해주십시오.

칼마2 용서해주십시오.

유찬 (밀어내며) 나가 나가. 니네 왜 자꾸 와.

광현, 아무 말도 들리지 않는 사람처럼 멍하니 앉아 있다.

유찬 (광현의 안색을 살피며 칼마에게) 니네 민중 나와도 여기선 술 못 마셔. 빨리 가.

칼마2 오늘은 학주가 시켜서 온 거 아니에요.

칼마3 저희 의지로 온 거예요. 선생님 뵈러요.

칼마1 네! 저희는 최광현 선생님의 간지나는 포스와 욕을 배우러 왔습니다.

유찬 욕?

칼마1 예! 욕이요. 80년대를 주름잡았던 퍽(fuck)한 욕과 송곳같이 날카로운 스크리밍 창법을 전수받으러 왔습니다.

칼마23 (광현에게 90도로 인사하며) 꼭 부탁드립니다.

칼마1 저희가 밴드 결성한 지 2년이 다 됐는데, 제대로 된 공연 한번 못해봤습니다. 도와주세요.

칼마2 예 맞아요. 그래가지구 다른 학교 애들도 우리를 개무시하구요, 이번에는 뭔가 꼭 보여줘야 되는데요, 이대로 하다가는 또

개쪽이나 당할 거 같구요, 괜히 개고생하는 꼴이 될 거 같아가 지구요.

칼마3 k팝스타 오디션에도 나가야 하거든요. 뭔가를 보여줘야 합니다.

칼마123 한 달밖에 시간이 없습니다!

유찬 야, 니네가 뭔가 보여줘야 되는데, 그걸 왜 우리 사장님이 도와줄 거라 생각하냐? 니네 같이 건방진 애들을? 우리 맞짱 뜬 사이잖아.

칼마2 그땐 저희가 정신이 나갔었어요.

칼마3 네. 잠시 미쳤었거든요.

칼마1 (광현에게) 마지막 희망입니다 선생님. 도와주세요.

칼마23 (광현에게) 제발 도와주세요. (유찬에게) 선생님을 설득해주세요

광현 (갑자기 양손으로 귀를 막고 소리친다) Fuck you~ Fuck you~ Fuck you~~~~

모두 놀라 광현을 쳐다본다.

광현 유찬아, 내 목소리 어떠냐?

유찬 예?

광현 목소리. 괜찮냐?

유찬 (어리둥절) 평소하고 똑같으신데요.

광현, 카리스마 있게 일어나 칼마를 째려본다.
확 기죽는 칼마 멤버들, 고개를 숙인다.

광현 유찬아, 애네 술 주지 마라. (가게 안쪽으로 들어간다)

칼마123 선생니임~! (차마 광현은 못 잡고, 애타는 표정으로 유찬에게 매달린다)

유찬 들었지? 이제 가봐 자식들아.

칼마123 도와주세요. 살려주세요. 구해주세요.

유찬 니네 헤비메탈 왜 하려고 그러냐? 메탈 그거 아무나 하는 거 아냐.

칼마1 메탈은 거짓이 통하지 않는 음악이라고 생각합니다. 정면으로 부딪혀야만 승부를 볼 수 있는 음악이니까요.

유찬 어쭈. (칼마2·3을 차례로 본다) 넌.

칼마2 메탈은 파이팅이 있잖아요.

칼마3 메탈은 끓어오르는 뭔가가 있잖아요.

유찬 솔직히 말해. 니네 여자애들 꼬실라고 그러잖아.

칼마123 아니에요.

유찬 확 그냥. 개폼 잡을 때 알아봤는데 뭐가 아냐. 나도 그랬는데.

칼마123 아, 선배님! 잘 부탁드립니다.

유찬 너희들의 그 배움에 대한 열망은 높이 산다. 나도 사장님 처음 찾아왔을 때 그랬어. 그런데 메탈은 한 달 안에 완성되는 그런 장르가 아냐.

칼마1 진짜 개열심히 하겠습니다. 저희가 아주 조금, 딱 4% 정도 부족하거든요. 얘가 1%, 얘가 2%, 제가 1%요. 이것만 채우면 뭔가 보일 거 같아요.

칼마2 (칼마1을 가리키며) 얘는 노래를 존나 잘해요. 근데 남 앞에만 서면 삑싸리가 나구요. (칼마3를 가리키며) 얘는 드럼을 진짜 개 잘 치는데, 무대에만 서면 박자가 안 맞아요.

칼마3 (칼마2를 가리키며) 얘는 베이슨데 잘하는 건지 못하는 건지, 애매해요.

유찬　그러니까 니네는 수준이 애매한 거네. 그렇지?

칼마123　네….

유찬　애매한 거, 그거 안 좋은 건데.

칼마123　(간절히 바라보는, 안타까워하며) 아하~

유찬　알았다. 내가 사장님께 잘 말씀드려 보겠다.

칼마123　와~ (엄청 좋아하는)

유찬　대신 조건이 있다. 무언가를 배우는 데는 돈이 든다. 수강료를 지급하고 받는 수업은 공짜보다 수십 배의 능률향상을 올린다는 연구 결과도 있어.

칼마2　진짜요?

유찬　진짜야. 믿어. 그냥 믿어. 니들도 알다시피 너희와의 문제 때문에 우리 가게가 청소년법에 의거 기소유예판정을 받고 1개월 영업정지 또는 그에 준하는 과징금을 물게 됐다. 알고 있지?

칼마1　오늘부터 저희가 서빙하고 청소하겠습니다.

칼마2　주방도 보겠습니다.

칼마3　과징금도 벌어서 내겠습니다.

유찬　오버하진 말고.

칼마123　죄송합니다.

유찬　한 달밖에 시간이 없다고 하니까 속성과정으로 부탁드려보겠다. 저 무대가 너희의 연습장이다. 강습비와 연습장 사용료는 없지만, 내가 개발하는 신메뉴들은 꼭 사먹어야 한다. 알았나?

칼마123　네!

유찬　(알았으면 빨리 돈 내라는 제스처)

칼마1,2,3 주머니에서 돈을 다 꺼내 놓는다.

만 원짜리 몇 장, 오천 원짜리 한 장, 천원짜리와 동전들이 쏟아져

나온다.

많은 돈은 아니지만 흐뭇하게 돈을 챙기는 유찬.

유찬 메탈은 체력이 기본이다. 먼저 몸부터 풀고 와라. 송도 해변
      끝에 있는 방파제 알지? 거기까지 뛰어갔다 온다. 실시!

칼마1 … 근데 헤비메탈이랑 뛰는 거랑 무슨 상관이에요?

유찬 지금 의심하냐? 의심해?

칼마123 아닙니다.

유찬 그럼 뛴다. 실시!

칼마 멤버들 우르르 뛰어 나간다.

두영 들어오다, 뛰어나가는 칼마 멤버들을 본다.

두영 쟤네 뭐야.

유찬 오셨어요?

두영 어. 광현이는?

유찬 (안쪽에 대고) 사장님.

두영 야 근데 뭐 타는 냄새 나지 않아?

유찬 아. 내 도토리묵. (주방으로 뛰어 들어간다)

두영 오늘은 다들 왜 그렇게 뛰어다녀.

광현 나온다.

광현 왔냐.

두영 유찬이는 도토리묵까지 쑤는 거야?

광현 어디서 도토리를 한 푸대 사오더니, 방앗간에 가서 직접 빻아

왔대. 가슴속에서 터지는 메탈도토리묵이라나 뭐라나.

두영 저 열정을 양념 맛에 쏟았으면 얼마나 좋겠냐고. 재료는 엄청 좋은데 맛이 없어. 주점 개 삼년이면 개도 파전을 부치는데.

광현 개가 어떻게 파전을 부치냐. 너처럼 먹을 줄이나 알겠지.

두영 또 식구라고 편든다. 나한테 유찬이한테 하는 거 반만 해봐라. 내가 업고 다닌다.

광현 유찬이는 날 도와주지만 넌 나한테 폐를 끼치잖아.

두영 내가 뭔 폐를 끼쳐. 올 때마다 안주에 동동주에 신메뉴들 시식해주고 평가해주고. 눈 씻고 찾아봐라 나 같은 친구 있나.

광현 외상값이나 갚아. 그리고 신메뉴 시식한다는 핑계로 맨날 새로운 거 주문하니까 쟤가 저러는 거 아냐. 너 신메뉴는 시식이라고 돈도 안 내지?

두영 누가 그래? 내가 어디 가서 공짜술 먹고 다닐 찌질이로 보이냐?

유찬 (주방에서 나오며) 제가 그랬는데요. 매일 오셨다 그냥 가시는 거 맞잖아요.

두영 난 술 값 거른 적은 없다. 시식은 시식, 주문은 주문, 정확히 구분해서 냈어.

유찬 맞아요. (앞치마 풀며) 시식 메뉴 없는 날은 안주를 안 드시니까. (장바구니를 들고) 쑥갓 사러 가요. (나간다)

두영 저 자식 말하는 거봐. 야. 누명 풀어주고 가. (문득) 참 광현아, 아마존에 깁슨 기타가 하나 나왔는데, 1959년 거야. 섹시한 게 잘 빠졌더라구. 근데 얼만 줄 아냐?

광현 너 나한테 빌려간 돈은 얼만지 아냐?

두영 이런 섹시한 얘기하는데 그 쪽으로 말 돌릴래?

광현 두영아, 빌려간 돈 좀 갚아야겠다.

두영 저번에 갚았잖아, 백만 원.

광현	이 년 전이잖아. 이 년 전을 기준으로 그 전에 빌려간 잔금이랑 그 이후에 빌려간 거 몽땅 합해서 말일까지 갚아. 나 돈 필요해.
두영	뭐가 그렇게 급해. 종말 오냐?
광현	말일이 종말이야. 이자는 필요 없고 원금만 갚아.
두영	너 사고 쳤냐? 뭐 할 건데.
광현	자식 말 많네. 뭔가 하게 될 거 같다니까.
두영	이 나이에 하긴 뭘 해. 내가 빌려간 돈이 대체 얼만데?
광현	팔백만 원.
두영	팔백만 원? 그걸 내가 언제 다 빌렸냐?
광현	(스마트폰을 꺼내 보여주는) 자. 삼십만 원, 오십만 원, 사십만 원… 됐냐? 일이십만 원 빌린 건 적지도 않았다. 그리고 이거 니가 사인한 거야. 친구끼리는 꼭 차용증 써야 한다면서, 난 괜찮다는데 니가 쓰고 니가 사인해서 니가 사진 찍어 둔거야. 알지?
두영	야 그걸 어떻게 한번에 갚아.
광현	갚아. 나 돈 필요해. 내가 너한테 돈 필요하다고 하는 거 봤냐?
두영	알았어. 갚을게. 행사랑 카페 뛰는 거 돈 받을 때마다 조금씩 갚으면 되지?
광현	(작은 수첩을 꺼내며) 이참에 일수 찍자. 매일 출근해서 있는 돈만 내고 가라.
두영	야 친구끼리 무슨 일수를 찍어. 갚는다니까, 돈 생기면.
광현	그러니까 생길 때마다 와서 입금하고 가.
두영	나쁜 새끼. 너 나 같은 친구 만나려면 몇 년 걸리는 줄 아냐? 자그마치 십구 년이야 십구 년.
광현	그래. 십구 년 우정 지키려면 오늘부터 일수 찍자고. 주머니 뒤져봐, 얼마 있나.

두영　치사한 새끼. (2만원을 꺼내 주며) 자. 이거 받고 부자 되라.

광현　(받아서 주머니에 넣으며) 그리고 너 박사장한테 돈 빌리지 마.

두영　얌마 내가 언제 박사장한테 돈을 빌렸다고 그래. (일어나며) 너 19년 우정 이렇게 괄시하는 거 아니다. 사람이 갑자기 변하면 일찍 죽는 수가 있어.

광현　내일도 꼭 와라.

두영　안 온다 임마.

두영 나가는데, 칼마 멤버들 뛰어 들어온다. 우당탕탕.
열심히 달리고 와서 광현 앞에 뿌듯하게 서 있는 칼마 멤버들.
광현이 멤버들을 주점 밖으로 쫓아버린다.

무대 한쪽에서, 보람이 복싱 연습중이다.
입을 굳게 다문 채 맹연습중인 보람.
허공을 향해 펀치를 날리고 또 날린다.

5장. 찜질방에서 - 석주와 광현

찜질방. 광현이 한쪽에 놓여있는 TV를 통해 권투 중계를 보고 있다.
석주가 계란과 사이다를 사들고 들어오더니, 리모컨을 들고 야구 중계로 채널을 돌린다. 두 사람, 야구와 권투 중계를 보려고 리모컨을 가지고 싸운다.

석주　나 집에서 야구 중계 못 본단 말야.

석주, 리모컨을 사수하고 야구중계를 보기 시작한다.

두 사람, 계란을 까먹으며 TV를 본다.

광현　석주야, 나 좋은 일 생겼다.

석주　좋은 일? 아 저걸 쳤어야 되는데.

광현　되게 좋은 일 같애.

석주　뭔데. 아아 저저… 저걸 못 잡네. 보람이한테 칭찬 들었어?

광현　그런 거 말고. 살면서 잘 안 오는 일.

석주　애인 생겼어? (TV를 보다가) 아 기다려야지. 왜 헛스윙을 해가
　　　지고. 뭔데 그래.

광현　나 인간 될 거 같애.

석주　응?

광현　나 진짜 사람 될 거 같다구, 조만간.

석주　(어이없다는 듯 웃으며) 잘됐네. 좋은 일이네.

광현　(같이 웃으며) 너도 그렇게 생각하지. 진짜 잘됐지.

석주　잘됐네. 쟤는 살 쪄가지고 도루가 되나.

광현　너 아직도 한화 좋아하냐?

석주　당연하지. 빙그레 때부터 좋아했는데.

광현　야 너는 경상도가 무슨 한화를 응원하냐?

석주　나 충청도야.

광현　너 상주 아냐?

석주　나 청주야.

광현　너 청주야?

석주　참나. 우리 밴드 할 때 집 앞 개울가에서 매운탕 끓여 먹던 거
　　　생각 안 나?

광현　거기가 청주였냐?

석주   근데 왜 갑자기 인간이 될 거 같은데?

광현   나 죽을지도 모른대.

석주   (장난을 받듯) 그래? 삼진으로 죽는대? 파울플라이로 죽는대?
(TV 보다가) 아 도루~ 죽었네… 언제 죽는대?

광현   6개월 뒤에.

석주   6개월? 요즘엔 죽는 날짜까지 누가 가르쳐줘?

광현   나 후두암이래.

석주   (TV 보며) 아! 저걸… 알을 까냐. 뭐라구?

광현   후두암.

석주   뭐? 후두암? 형 저런 놈이 후두암이야. 알 까는, 암적인 존재!

광현   우리 어렸을 때는 김응룡 감독이 최고의 4번 타자였는데.

석주   응?

광현   나 4기는 아니라서 수술도 받을 수 있대.

석주   뭔 소리야.

광현   안 죽으려면 다 잘라내야 할지도 모른대. 후두랑 성대랑.

석주   농담이지?

광현   농담 같냐?

석주   농담 같지, 상식적으로.

광현   내가 상식적이지 않은 사람이잖아.

석주   그렇지! 삼진… 형 아까 술 먹고 불가마 들어갔지. 술 먹고 불가마 들어가면 위험해. 정신이 혼미해질 수 있다고. 술 깨고 내일 맑은 정신으로 다시 얘기해. (태연한 척 TV를 보는) 번트 번트! … 그리고 요즘 병원 오진이 얼마나 많은데. 다른 병원도 가보고. 거기선 그렇게 말했어도, 다른 병원에서 아무것도 아니라고 할 수 있어.

광현   ….

석주	그렇지. 포볼! (사이) … 근데 정말 암이래? 직접 확인했어?
광현	MRI 봤어. (목 쪽으로 종양이 퍼진 부위를 손으로 표현하며) 엄청 커.
석주	…. (한숨)
광현	… (TV를 본다) OB가 두산으로 바뀌었잖아…. 그런데 난 왜 안 바뀔까?
석주	(버럭. 까던 계란 껍질을 던지며) 그렇게 술 담배를 해 대는데 바 뀌겠냐?
광현	임마, (목을 가리키며) 우리가 불렀던 곡들이 다 여기서 나온 거 아냐.
석주	에이씨.
광현	… 석주야!
석주	….
광현	석주야.
석주	왜!
광현	나, 지금까지는 제정신 아니게 살았으니까, 이제 진짜 제대로 살아보려고 그래. 인간답게.
석주	형, 진짜 인간 되겠다.
광현	너도 그렇게 생각하냐? 나도 진짜 그렇게 생각한다. (사이다를 마신다)
석주	그 정도 될 때까지 몰랐어? 아프지도 않았어?
광현	꾸준히 아프니까. 난 사람들이 원래 이 정도는 아픈 줄 알았지.
석주	다른 건 안 그러면서 왜 그렇게 둔해?
광현	괜찮아. 살면서 이 정도 일 안 겪는 사람이 어디 있겠냐. 나 끄떡없다.

석주 계란을 입에 넣고 우걱우걱 씹는다. 사이다도 털어 넣는다.

석주　에이씨. 드럽게 맛없네.

광현　원래 찜질방 계란은 맛없어. 이거 되게 오래 된 걸걸.

광현　(계란을 먹는다. 사이다도 먹는다) 근데 말야, 인간이 되려면 어떡
　　　해야 되냐?

석주　몰라. 나도 안 해 봐서. (TV 볼륨을 올린다)

광현　다른 사람들은 다 어떻게 할까?

석주　내가 어떻게 알아. (볼륨을 올린다)

광현　잘 생각해보면, 방법이 있겠지? (생각해보다) 나도 그런 때가 있
　　　었겠지? 그나마 인간 같았던 때?

석주　있었겠지. (볼륨을 올린다)

광현　없었을 거 같냐?

석주　궁금해서 그래. 형이 언제 제일 멋진 인간이었었나.

광현　그러게. 잘 생각이 안 난다. 난 언제 제일 멋지게, 인간 같이
　　　살았을까?

석주　형은 그냥 음악 할 때, 연주할 때, 그때가 제일 인간 같았지.

광현　(솔깃) 뭐?

석주　(잘못 꺼냈다는 생각에 움찔) 인간 같다고.

광현　그 전에 말.

석주　그 전에 뭔 말.

광현　그 전에 말했잖아.

석주　모른다고 했는데?

광현　음악 뭐라고 했잖아.

석주　아이씨. 그건 그냥 해본 말이고.

광현　그 말 다시 해봐.

석주	왜 또.
광현	해봐 다시.
석주	싫어.
광현	(리모콘을 뺏어 TV를 끈다) 했던 말인데 왜 못해. 해봐 다시.
석주	아 진짜. 형은 음악 할 때 가장 인간 같았다고. 됐어?
광현	그렇지? 난 그래도 음악 할 때가 제일 인간 같았지, 응?
석주	몰라. 자꾸 물어보지 마.
광현	맞아. 그때가 제일 인간 같았어.
석주	….
광현	창식이 보고 싶다….
석주	사이다 먹고 취했어?
광현	그 새끼 그렇게 안 갔으면 우리… 어떻게 됐을까.
석주	창식이 형이 기타 하나는 진짜 끝내줬는데….

석주 다시 TV를 켠다.

석주	괜히 창식이 형 얘기는 꺼내가지고… (TV속 야구선수를 보며) 요즘은 니 덕분에 야구 볼 맛 난다.
광현	야 너는 한화 좋아한다면서 다른 팀 선수를 좋아하냐?
석주	내 맘이야.
광현	사람이 줏대가 있어야지! (말을 하다가 문득) 그리고 보면 말야, 이렇게 우리가 대화하는 거…, 이거 아무 것도 아닌 거 같았는데 정말 소중한 거였어, 그치? 어쩌면 나 수화도 배워야 되겠다….
석주	(TV를 끄고, 버럭) 형이 수화를 왜 배워.
광현	… 석주야.

석주	왜.
광현	석주야.
석주	왜 자꾸 불러.
광현	(석주 앞쪽으로 가까이 붙어 앉으며) 나 너한테 진지하게 할 말 있다.
석주	뭔데.
광현	석주야 우리….
석주	(뭔가 불길한 예감에 멈칫) 잠깐!
광현	우리….
석주	스톱! 형… 설마 그 얘기 아니지. 하지 마. 하지 마.
광현	내가 뭔 얘기하려는지 어떻게 알고.
석주	하지 마. 그 얘기는 안 돼!
광현	내가 하려던 얘기는….
석주	제발 하지 마!
광현	우리 밴드 다시 하자. 핵폭발 재결성하자.
석주	아! 내가 그 말 나올 줄 알았어.
광현	핵폭발 재결성하자는 데 표정이 왜 그래 임마.
석주	형 삼십 년 전이야.
광현	알어. 그래도 니가 나 음악 할 때 제일 인간 같았다며.
석주	그건 그냥 한 말이고.
광현	많고 많은 말 중에 왜 하필 그냥 한 말이 음악이었겠냐?
석주	형!
광현	나 한다. 우리, 밴드 재결성 하는 거다.
석주	(먹던 계란 바구니를 챙겨들고 일어나며) 형, 나 밴드 얘긴 안들은 거다. 나 오늘 형하고 찜질방 와서 내 돈으로 내가 찜질하고 계란이랑 사이다 사먹고 간 거야. 내가 형 것도 다 내고 갈 거야.

광현 야, 밴드하면 내년 한화 시즌티켓 내가 다 살게. 나 이제부터
한화 팬이야, 광팬. 한화! 한화!

석주 (나가며 소리친다) 퍽큐다!

광현 (따라 나가며) 얌마 너도 퍽큐다. 같이 가.

광현 리모컨을 들고 따라 나간다.

6장. 복싱연습실 – 보람과 광현

보람의 복싱 연습실.
한쪽에선 연습생들이 펀치 연습을 하고 있고,
다른 한쪽에선 보람이 연습생 한 명과 스파링을 하고 있다.
거칠게 몰아치는 보람이의 펀치를 휘청거리며 받아 내고 있는 연습생.
간신히 버티다가 보람의 주먹에 맞아 넉다운 된다.
코치가 들어와 보람이를 말린다.

코치 야 최보람! 너 사람 죽이려고 그러냐? 그게 사람 패는 거지 복
싱이야? 정신 차려 임마. 연습에 집중 안할래? (연습생에게) 괜
찮아? 이 자식이 그거 하나 못 받아내? 저쪽 가서 다른 거 연
습해. (미트를 끼며 보람에게) 너 그렇게 사람 패고 싶으면 날 패
봐. 어디 니 주먹이 얼마나 센가 보자.

보람 ….

코치 안 때려?

보람이 코치를 향해 주먹을 날리기 시작한다.

어느새 광현이 들어와 그 모습을 보고 있다.

광현   보람아.

코치   (펀치를 받아내며 힐끔 보는)

보람   (보지 않고 펀치만 날리는)

광현   보람아….

코치   누가 오셨나본데? (멈추고) 조금 있다 다시 하자. (미트 놓고 나가는)

보람   (아빠를 외면하는)

광현   보람아 아빠 왔어.

보람   (여전히 보지 않은 채) 왜.

광현   왜라니. 아빠가 딸 보러 오는데 이유 있어? 보고 싶으니까 왔지. 니가 연습실에만 있으니까 잘 지내나 궁금해서 왔어.

보람   ….

광현   저녁 먹었어? 안 먹었으면 저녁 먹으러 갈까?

보람   …. (샌드백만 치는)

광현   시합 언제랬지?

보람   (샌드백볼만 치는)

광현   이 달 말이랬나?

보람   (샌드백을 치며)

광현   (가까이 다가가서) 보람아, 아빠 할 말 있어서 왔는데.

보람   나 연습해야 돼. 방해하지 마.

광현   연습해. 방해 안 할게.

보람   (돌아가면서 샌드백을 치는)

광현   (비켜주면서 같이 도는) 잠깐 아빠랑 얘기 좀 하면 안 돼?

보람 말해. 들려.

광현 너랑 상의할 게 있는데.

보람 (샌드백을 치며) 왜, 악기 살 돈 없어서 돈 꾸러 왔어?

광현 아냐. 드럼 바꾼 지 얼마나 됐다고.

보람 (샌드백을 치며) 나 엄마한테 월세 얘기 못해.

광현 설마 내가 월세 때문에 왔겠냐. 가게 월세 정도는 내가 해결한다. 넌 아빠를 왜 그렇게 못 믿냐.

보람 그럼 믿게 해봐.

광현 보람아, 그거 잠깐 쉬고 아빠 말 좀 들으면 안 돼? 아빠 진짜로 할 말 있다니까.

보람 그러니까 하라구.

광현 얼굴을 봐야 말을 하지.

보람, 갑자기 멈추고 광현을 본다.
보람이 멈추자 광현은 어떻게 말을 꺼내야 할지 몰라 뻘쭘해진다.
보람이 옆에 놓인 스파링미트를 광현에게 끼라고 눈짓한다.

광현 (스파링 미트를 끼며) 와 오랜만에 이거 해보네. 한번 붙어볼까?

광현이 스파링 미트를 끼자마자 펀치를 날리는 보람.

광현 야 살살 해.

보람 얼굴 보고 말해야 한다며. 할 말 있음 빨리 해.

광현 넌 주먹이 왜 이렇게 쎄냐. 아퍼 살살해.

보람 선수가 살살하면 돼?

광현 상대선수랑 할 때 쎄게 해야지. 지금은 연습이잖아.

보람	연습도 실전처럼! (쎈 펀치를 날린다)
광현	(휘청)
보람	(펀치를 날리며) 몰라?
광현	(더욱 휘청)
보람	(그때를 놓치지 않고 광현의 옆구리를 공격한다)
광현	아야. 아. 아퍼. 아퍼. 갑자기 옆구릴 공격하면 어떡하냐?
보람	(펀치 날리며) 피해야지. 막아야지.
광현	스톱. (피하며 막으며) 그만해. 진짜 아파. 아빠 진짜 아프다니까.
보람	(쫓아가며 펀치를 날리는) 인생에선 피할 수 없고 막을 수 없는 것들이 있다. 그래도 절대 물러서면 안 된다. 포기하면 안 된다. 한번 물면 놓지 않는다! 다 아빠가 한 말이야.
광현	(미트 낀 손으로 겨우 막으며 도망 다니는) 상대 선수를 물어야지. 아빠를 물면 어떡해. 니 주먹 얼마나 아픈지 알어? 아. 아. 아.
보람	(쫓아가며 펀치를 날리는)
광현	(멈추고 항복의 표시로 손을 들어 보이며) 진짜 스톱. 진짜로 스톱! 더 이상 못해. 숨차서 못해. 죽을 거 같애.

두 사람 숨을 몰아쉬며 서로를 쳐다본다.

| 보람 | (글러브를 빼며) 할 말이 뭔데. |

광현 숨을 몰아쉬며 생각해보니 딸한테 할 말도 못하고 두들겨 맞은 게 짜증나고 억울하고 화가 난다.

광현	(미트를 빼며) 몰라. 까먹었어.
보람	중요한 거라며?

광현   몰라! 너한테 맞아서 닭대가리 됐다.

광현 미트를 바닥에 던져버리고 씩씩댄다.
생각할수록 열이 받고 힘들다.
링 바깥쪽 벤치에 앉아 쉬는 광현.
코치 들어와 보람에게 다가온다.

코치   누가 쉬랬냐? (스파링 미트를 주워들며) 시합 얼마 안 남았으니까
         집중 좀 하자. (스파링 미트를 끼고, 치라는 신호를 보낸다) 어이.

보람   (친다)

코치   지금 장난해? 국대(국가대표) 타이틀전이 우습지!

보람   (친다)

코치   눈빛 봐. 힘 안 줘? 상대를 봐야 할 거 아냐. 힘줘.

보람   (친다)

코치   주먹에 힘 싣고! 뭐라고 했어. 치라고. 싫어하는 사람을 치란
         말야. 죽여. 힘 실어! 더 실어!

보람   (친다)

코치   욕해. 씨발, 씨발, 욕하라고 새끼야!

보람   (치며, 작게) 씨발, 씨발, 씨발.

코치   크게 못해? 아빠라도 죽었냐? 힘만 담지 말고 마음을 담으란
         말야! 씨발! 씨발!

보람   (치며) 씨발! 씨발!

코치   더 쎄게! 죽일 듯이!

보람   씨발! 씨발! 씨발!

보람의 씨발 소리 커지면서, 한쪽에서 연습하고 있던 연습생들의 목

소리도 함께 커진다. 코치가 보람에게 더 크게! 외치면 도장 안의 모든 사람들의 씨발 소리도 커진다. 그렇게 복식장 전체가 씨발! 소리로 울려 퍼진다.

보람의 연습을 보던 광현, 더 보지 못하고 밖으로 나간다.

7장. 두영의 이야기

두영이 일하는 라이브카페.

인사멘트   네. 오늘도 저희 '송도의 추억'을 찾아주신 손님 여러분께 진심으로 감사의 말씀드리면서, 라이브 음악여행 시작하겠습니다. 오늘 첫무대는 인천대교보다 화려하게 이 밤을 장식해 줄 가수입니다, 송도의 명물 꼴뚜기도 어깨를 들썩이게 해줄 장두영의 '만약에'. 큰 박수로 맞아주십시오.

두영의 노래가 이어진다.

두영의 노래 〈만약에〉 ♬
만약에 당신이 그 누구와 사랑에 빠지면
그 사람을 위해서 무얼 할 수 있나
텅 빈 세상 살아가는 이유가 만약에 너라면 어떡하겠니
사는 동안 단 한 번의 사랑이 만약에 너라면 허락하겠니
얼마나 더 많이 외로워해야 널 끌어안고서 울어볼까

이제는 더 이상 지칠 몸조차 비워둘 마음조차 없는데
또 다른 이유로 널 못 본다면 나 살아가는 의미도 없지
만약에 널 위해 나 죽을 수 있다면 날 받아주겠니
(후략)

멘트 네. 장두영의 '만약에' 였습니다. 오늘밤도 송도에서 즐거운
추억 남기시기 바랍니다.

노래 끝나고 대기실로 나오는 두영. 광현이 두영을 기다리다 반긴다.
두영은 다음 곡을 준비하며 옷을 갈아입고 머리를 만지느라 바쁘다
그 옆에서 두영을 따라다니는 광현도 덩달아 분주하다.
광현은 보람의 펀치에 맞아서 손목과 어깨에 파스를 붙이고 있다.

두영 치사한 새끼. 내 돈 갈취하러 여기까지 왔냐?
광현 입은 삐뚤어졌어도 말은 똑바로 하랬다. 갈취의 정확한 뜻은
강제로 뺏는 거야. 난 정당해.
두영 됐고. 돈이 왜 필요한데.
광현 음반 낼 거야. 밴드 재결성하려고.
두영 진작 말을 하지. 내가 노래는 되잖아. 돈 갚는 건 시간도 걸리
고, 대신 보컬로 뛸게. 퉁 치자.
광현 트로트가수가 무슨 헤비메탈이야. 그리고 보컬은 충분하거든.
딴 거면 모를까. (문득 뭔가 떠오른) 잠깐, 너 기타는 좀 치지?
두영 지금 기타라고 했냐? 이 세상 모든 여섯 줄이 장두영 손가락
안에 있는 거 몰라?
광현 (의미심장하게 묻는) 진짜야? 다 돼?
두영 뭐냐 그 표정?

광현   혹시 네 줄도 되겠냐?

두영   네 줄?

광현   네 줄은 안 되겠냐?

두영   (의도를 파악하려는) 네 줄이 되면, 뭐 있어?

광현   (끄덕) 일수 안 찍어도 된다.

두영   야 내가 안되는 게 어딨냐? 네 줄이나 여섯 줄이나. 베이스랑 기타가 형제 아냐. 피를 나눈 형젠데 그게 안 되겠어? 되지. 난 다 된다.

라이브카페 매니저 들어온다.

매니저   (두영에게) 뭐해. 신청곡 받아야지. 빨리 나와.

두영   어. 알았어. (반짝이 의상을 걸치고 헤어스타일을 점검한다)

광현   너 지금 했던 말 꼭 지켜라. 약속 했다. 진짜 하는 거다.

두영   (무대 쪽을 살피며, 머리 만지며, 건성으로) 어. 알았어 알았어.

광현   너 이제 핵폭발 베이시스트다. 진짜 하는 거야.

매니저   (쪽지를 갖고 들어와 건네며) 신청곡이야. 다 아는 노래지?

두영   (광현의 말을 흘려들으며 쪽지 보는) 그래 알았어.

광현   그럼 주말부터 연습하는 거다.

두영   (쪽지 보며) … 알고, … 알고. (매니저에게) 이건 누구의 '사랑'이라는 거야?

매니저   노사연이나 나훈아겠지.

두영   부활도 있고 바비킴도 있잖아.

광현   임재범의 사랑도 있잖아.

매니저   맞다. 임재범도 있다. 빨리 나와. (나간다)

광현   근데 니가 임재범의 '사랑'이 되겠냐?

두영 야 나 올라가봐야 돼. 알았으니까 내가 연락할게.

광현 그래그래.

광현, 옆에 세워져있던 두영의 통기타를 들고 나간다.
광현이 대기실을 나와 무대 반대쪽으로 가면, **석주의 회사 앞**이다.

8장. 석주의 회사 앞

회사 앞에서 석주가 나오길 기다리는 광현. 임재범의 사랑을 흥얼거린다.
그러다가 통기타를 치며 노래를 부른다.

석주, 일을 마치고 나와 광현의 그런 모습을 바라보고 있다.
광현, 석주를 발견하자 노래를 멈춘다. 석주를 끌어다 벤치에 앉히고
옆에 나란히 앉는 광현. 주머니에게 따뜻한 캔커피를 꺼내 건넨다.

광현 (옆에 앉으며) 일하느라 힘들었지? 커피 마셔.

석주 웬일이야? 회사까지 찾아오고.

광현 어디 좀 갔다 오다가 니 생각나서. 아까 전화 목소리도 안 좋
아 보이고. 니네 회사는 왜 이렇게 사람을 혹사 시키냐? 지금
시간이 몇 신데.

석주 죽겠어.

광현 힘들어 보인다. 무슨 일 있었냐.

석주 12월 안에 세 명을 내려 보내라는 거야. 세 명이 누구 이름이

야? 한번에 3명 지방으로 좌천시켜라 그러면 그게 엄청난 숫자라구. 쉬운 일 아니야.

광현 알지. 쉬운 일 아니지.

석주 그런데 나? 했어. 벌써 골라냈어. 며칠 밤 새서 인사관리차트 분석하고 실적 그래프 그려가면서 옥석을 가려냈다구 내가.

광현 그래 고생했다. 맘이 안 좋겠지.

석주 나, 냉철한 업무처리 하나로 이 자리까지 왔어. 회사 내에 뜨거운 감자, 다 내가 정리해. 내가 다 뒤집어쓴다고. (캔커피를 따서 마시는) 앗 뜨거.

광현 내가 뜨겁게 데워왔어. (어깨를 토닥여주며) 안다, 니 맘. 밴드 시작하면 다 괜찮아질 거야.

석주 …!

광현 왜?

석주 있잖아, 형. 그저께 내가 했던 말 있잖아.

광현 … 어떤 말?

석주 형이 가장 인간 같았을 때는 역시 음악 할 때라는… 그 말 말야.

광현 아. (화색이 돌며) 그랬지.

석주 그 말…, 취소할게.

광현 한번 뱉은 말을 취소하는 게 어딨어. 낙장불입 몰라?

석주 그 날은 형이 아프다고도 하고, 나도 이상하게 사이다에 좀 취했었나봐.

광현 넌 사이다에 취하냐. 그리고 넌 취해도 냉철하다니까. 냉철한 걸로 여기까지 왔잖아.

석주 아무튼 나 그 말 취소할래. 밴드니 뭐니 없었던 얘기로 하자. 지금 중요한 건 형의 병 치료하는 게 우선이고….

광현 (치고 들어오며) 밴드 구성 끝났어.

석주	어?
광현	멤버 구성 끝났고, 그동안 만들어놨던 곡 중에 녹음할 만한 것도 뽑아 놨어.
석주	형 지금 장난해?
광현	내 눈빛이 장난으로 보이냐?
석주	맨날 그 눈빛인데 내가 어떻게 알아.
광현	(얼굴을 가까이 들이밀어 보이며) 봐봐. 이게 진심어린 눈빛이야.
석주	형, 나 처자식 있는 사람이야.
광현	난 없냐?
석주	진짜 못한다니까. 형 혼자서도 잘해왔잖아.
광현	내가 지금 혼자 노래하자고 이러고 있냐?
석주	나 감 떨어져서 못해. 스틱 안 잡은 지 삼십 년이야.
광현	됐고. 두영이가 베이스 맡기로 했으니까 그렇게 알아.
석주	두영이 형?
광현	걔, 줄 있는 기타는 뭐든 자신 있대.
석주	통기타겠지. 트로트 가수한테 헤비메탈 베이스를 어떻게 맡겨.
광현	너 내 말 듣고 안 된 거 있냐? 핵폭발 다시 뭉쳤으니까 리더는 나야. 내가 결정하면 하는 거야.
석주	미치겠네. (커피를 벌컥 마시는) 앗, 뜨거! 뭘 좀 하려면 제대로 하든가.
광현	제대로 해볼라고 너 꼬시는 거 아냐. 기회줄 때 해.
석주	이게 기회야?
광현	너도 인마, 이 기회에 인간 돼야 할 거 아냐.
석주	내가 뭐 어때서.
광현	너 인사부장 그거, 사람이 할 짓이냐? 너 맨날 출근해서 하는 게 뭐야? 직원들 일 잘하나 감시하고, 관리하고, 그러다가 자

르는 게 일이지? 그 사람들, 잘리는 사람들 심정, 생각해봤어? 진지하게 고려해 봤냐고. 너 그러다 칼 맞는 수가 있어. 잔말 말고 음악으로 정화해.

석주 남 열심히 일하는 데 왜 그래? 나 그렇게 일해서 처자식 먹여 살려.

광현 그러니까 말야. 너도 자식이 있는데 인간이 돼야 할 거 아냐. 참된 인간.

석주 말 이상하게 돌리지 마.

광현 됐어 인마. 넌 딱 드럼 칠 때가 제일 인간 같았어. 내가 기회 줄 테니까 녹음까지만 같이 가자. 그 다음엔 활동 안 해도 돼. 음반 나오면 넌 그냥 하던 대로 회사 다니면서 사람들 자르고 지방으로 좌천시키고 그러면서 돈 벌고 살어.

석주 형!

광현 알았어 알았어. 유어 웰컴. 음반 내고 너 뜨면 그때 인사해도 돼.

석주 나 못한다니까.

광현 오케이 거기까지. (캔커피 들고) 건배하자 건배. 핵폭발의 재결성을 위하여!

광현, 캔커피로 건배를 하려고 팔을 높이 드는데
보람이한테 맞은 팔과 가슴이 너무 아프다.
자신도 모르게 가슴을 움켜쥐며 괴로워하는 광현.

광현 (고통어린 신음) 아~ 아. 아.

석주 (놀라서) 왜 그래. 아파? 괜찮아? 형, 괜찮아?

광현 아파… 가슴이… 어깨랑 팔이랑 옆구리랑‥ 아. 아.

석주　그러게 추운데 왜 여기까지 와 가지고. 아이씨, 이 통기타는
　　　또 뭐야.

광현　너한테 내 목소리 들려주려고! 변치 않는 내 목소리.

석주　됐거든! 지겹거든!

　　　광현, 아픈 척하며 무언의 압박을 가한다.
　　　피를 토할 듯이 기침까지 해댄다.

광현　(기침하다가) 아, 또 피 난다.

석주　피 나? 봐봐.

광현　(손을 숨기며) 됐어 인마. 밴드 안 한다며.

석주　나랑 병원 가. 빨리 일어나.

광현　(기침하며) 됐어. 밴드도 안 할 건데, 이러다 죽으면 되지 뭐.

석주　빨리 병원 가. 왜 이래.

광현　밴드도 안 할 건데 병원은 왜 가. 그냥 죽을 거야.

석주　밴드 할게. 드럼 칠게. 병원 가자.

광현　됐어. 치지 마.

석주　칠게. 친다고.

광현　치지 마.

석주　칠게.

광현　치지 마.

석주　칠 거야!

광현　진짜야?

석주　드럼 칠게. 그러니까 병원 가.

광현　(반색하며) 갑자기 몸이 가뿐하다. (손바닥을 펴 보이며) 피도 없
　　　어지고.

석주　아휴 진짜.

광현, 석주를 껴안고 즐거워한다.

9장. 첫 연습

핵폭발 재결성 후 첫 연습날. 민속주점 핵폭발의 무대 위다.
광현과 석주, 두영이 홀 테이블에 나란히 앉아있다. 옆쪽으로 박사장
도 보인다. 대선배님들 앞에서 그동안 갈고 닦은 메탈실력을 테스트
받기 위해 주점에 마련된 무대에 올라가 있는 칼슘과마그네슘.

광현　왜 밴드 이름이 칼슘과마그네슘이지?

칼마1　평소에는 없어도 될 것 같지만 사람한테 꼭 필요한 게 칼슘과
　　　마그네슘이거든요

칼마2　칼슘이 없으면 뼈에 골다공증 생기구요, 눈 밑이 막 떨릴 때가
　　　있잖아요, 그건 마그네슘이 부족해서 그런 겁니다.

칼마3　저희는 그런 음악을 하고 싶습니다. 칼슘과 마그네슘 같은!

칼마1　저희가 선생님들의 칼슘과 마그네슘이 되어 드리겠습니다.

칼마2　참고로 칼슘은 꼭 비타민D와 같이 먹어야 흡수가 잘됩니다.

광현　오늘 부를 곡목은?

칼마1　메탈 버전의 '담배가게 아가씨' 입니다.

광현　좋아. 들어보자.

광현, 석주, 두영, 박사장의 박수와 함께 시작되는 '담배가게 아가씨'

칼슘과마그네슘 멤버들 목이 찢어져라 열심히 부른다.

〈담배가게 아가씨〉 - 칼슘과 마그네슘 ♬

광현이 양은그릇 두 개를 들고 땡! 땡! 땡! 치며 탈락을 알린다.

광현 연주와 노래는 나쁘지 않은데, 메탈 정신이 부족한 것 같다.
메탈의 기본은 뭐다?
칼마123 체력입니다.
광현 송도 해변 끝에 있는 방파제 알지? 거기까지 뛰어가서 바다를
향해 소리친다. 짐승처럼 포효하고 돌아온다. 실시!
칼마123 실시!

칼마123 뛰어 나간다.

이어서 무대에 오르는 석주, 두영, 광현.
석주는 드럼, 두영은 베이스, 광현은 기타와 보컬을 맡았다.
연습을 리드하고 있는 광현.
박사장은 홀의 한쪽 테이블을 차지하고 앉아 연습을 구경한다.

광현 (노래한다) 니 심장을 꺼내 하늘에 널어 니 쓸개를 꺼내서 하늘
에 널어 세상은 피바다 잘린 목들이 뒹구는 곳 튕겨나온 눈알
로 구슬치기 하는 곳….

박사장은 혼자 신나서 박자를 맞추며 춤을 춘다.
노래를 멈추고 연습을 끊는 광현.

광현　(연주를 멈추고) 아니지. (석주에게) 원 투 쓰리, 한 호흡 먹고 들어가야지. 아까 말했잖아. 흡, 하고 빨아들이듯이 쳐내란 말야.

석주　알았어. 다시 해볼게.

세 사람 다시 연주한다. 조금 연주하다가,

광현　(연주를 멈추며) 잠깐만. 잠깐만. 두영아 너도 여기서 자꾸 늦어진다.

두영　오케이. 속력을 붙여서.

광현　다시 한 번 가자.

세 사람 다시 연주한다.
광현이 노래하려고 준비하는데 석주가 박자를 놓치고 연주를 멈춘다.

석주　미안. 미안. 알았는데 놓쳤어. 이어서 가자.

광현과 석주 이어서 연주하는데 두영은 타이밍을 놓쳐서 못 들어간다.

광현　야, 넌 왜 안 해.

두영　쏘리. 다시 갈게.

광현과 두영, 눈빛으로 시작 신호를 교환하고 다시 연주를 시작한다.
하지만 얼마 못 가 두영, 석주가 함께 박자를 놓치고 어긋나며 꼬인다.

광현　(두영에게) 야 반 박자 빨리 치고 나오라고. (석주에게) 너까지 왜 그래. 거기서 들어와 줘야지. 손발이 왜 따로 놀아. 베이스 킥

들어오라고. 대체 왜들 그러냐.

석주   형, 노래가 너무 빨라. 무슨 노랜지도 모르겠고.

두영   그래. 이거 너무 시끄럽다. 듣지도 않는 걸 어떻게 연주하냐. 박자는 또 왜 이래.

광현   요즘은 다 이래. 시대를 거슬러서 음악 할래?

석주   거스르겠다는 게 아니라 모르겠다고. 모르고 어떻게 연주를 해.

광현   그냥 느끼는 대로 해.

두영   니가 만든 곡이니까 너야 느껴지겠지. 첫날인데 살살 하자.

광현   첫날이니까 긴장을 해야 될 거 아냐.

두영   마음만 앞선다고 되냐? 안되니까 연습하는 거지. 척척 맞으면 이 짓을 왜 해. 그리고 나 아직 네 줄에 적응이 안됐잖아.

석주   그래 형. 천천히 다시 해보자.

광현   (흥분을 삭이며) 그래… 한번만, 딱 한번만 더 가자.

세 사람 연주를 시작한다.

노래하는 광현. 하지만 이번에는 광현의 목소리가 잘 나오지 않는다.

광현   (노래를 멈추고) 흠흠. 미안하다.

석주   그냥 이어서 가. 전체적 느낌만 들어보게. (이어서 연주하는)

두영도 드럼에 맞춰 이어서 연주하고, 광현이 노래를 이어간다.

하지만 계속되는 광현의 삑싸리. 음정과 고음처리가 불안정하다.

천천히 페이스를 찾아가는 두영과 석주에 비해

광현의 음정은 점점 불안정해지고 그럴수록 목소리가 나오지 않는다.

광현   (짜증을 내며) 됐어. 관두자 관둬.

석주	잠깐 쉬었다 하자.
광현	… 쉬긴 뭘 쉬어. (노래가 나오지 않아 자존심이 상한다. 한숨만 푹 푹)
두영	한숨을 왜 쉬어. 야 간식 좀 먹고 하자. 유찬이 어딨냐?
광현	(갑자기 박사장에게 화풀이하듯) 박사장, 오늘 영업 안 해요.
박사장	알아요.
광현	아는데 왜 거기 있어요? 연습하는데 방해되게? 밖에 휴업이라 고 써 붙인 거 안 보여요? 공연 없다구요, 오늘.
박사장	… 연습하시니까 도울 일 없나 해서요.
두영	가만히 혼자 춤추는데 뭔 방해가 돼.
광현	보고 있으니까 제대로 할 수가 없잖아. 심사위원이야? 왜 뚫어 져라 쳐다보는 건데요?
박사장	… 그냥 보는 건데요.
석주	형 팬이라잖아.
광현	(흥분해서) 우리 지금 박사장님 재밌으라고 연습하는 거 아니거 든요? 나가세요. 나가요!
박사장	… 그냥 조용히 있을게요.
광현	리드보컬 최광현 막장에 들어섰어요. 목소리 끝났다구요. 더 들 을 것도 없고, 감상할 것도 없어요. 나가라구요. 나가세요 빨리.
석주	형, 왜 그래. 그만해.
두영	그래. 삼십 분간 휴식. 시간이 좀 먹냐?
광현	뭘 했다고 쉬어. 나한테 쉴 시간이 있냐?
두영	얘 오늘 왜 이래? 평생을 띵가거리면서 놀았는데 왜 쉴 시간이 없냐?
광현	뭐 이 새끼야?
두영	너 오늘 이상하다. 그러다 한 대 치겠다. 내가 베이스 이거 나

한테 안 맞다고 했잖아. 그래도 맘 잡고 해보려고 노력하는 거 안 보이냐? 솔직히 우리 이거 안 돼. 너 그 목소리로 어떻게 녹음 할래?

광현　(달려들듯) 왜 안 돼. 내 목소리가 왜 안 돼. 핵폭발이 왜 안 돼 새끼야!

석주　(말린다) 그만해 좀. 지금 뭐 하는 거야.

두영　놔 이거. 나 드러워서 안 한다. 일수 안 찍어 새끼야. (가방에서 지갑을 꺼내 던진다) 보자보자 하니까 성질만 살아가지고. 내가 마이너스 통장 만들어서 니 돈 다 갚고, 밴드 안한다. 다 가져라 새끼야. (봉투를 던지는)

광현　이 새끼가. 드러워서 안 해? 뭐가 드러워?

두영　나도 노래 잘해 새끼야. 기타도 잘 쳐, 왜 이래.

광현　니 기타가 나보다 빨라? 지금 니 연주엔 혼이 없어 혼이.

두영　넌 보컬이나 잘해. 그 목소리로 어쩔 건데?

석주　(두영을 말리며) 아 진짜 형 왜 그래?

두영　저 새끼를 내쫓아, 나 밀지 말고.

광현　니가 나가 새끼야.

두영　못 나가. 여기서 살 거야. 니가 나가 새끼야.

광현　이 진상 새끼. 너 같이 개념 없는 새끼랑은 음악 안 해.

두영　나도 안 해. 이런 개념 없는 밴드에선 나도 안 해.

광현　이 새끼가 어디서 핵폭발을 욕해.

두영　할 거야. 내 맘이야. 내가 소속된 밴드에서 내 맘대로 욕하는데 뭐가 문제야. 나도 핵폭발 욕 할 거야 새끼야.

광현　(두영의 얼굴에 주먹을 날리며) 욕하지 말했지? 넌 평생 트로트나 해라. 평생 남의 노래나 불러라.

두영　이 새끼가! (광현을 때린다)

두 사람 엉켜서 싸운다.

석주가 두 사람을 말리다가 두영에게 우연히 한 대 얻어 맞는다.

석주가 두영을 치려다가 광현을 때린다. 세 사람 엉켜서 싸운다.

박사장이 두영과 광현을 떼어 놓으려 말리다가 누군가의 주먹에 맞는다.

박사장까지 가세한 네 명, 치고받고 싸우기 시작한다.

시장바구니를 든 유찬이 들어오다가 넷을 발견하고 뜯어 말린다.

유찬　왜 사장님을 못살게 굴어요? (누군가에게 한 대 맞는)

유찬까지 합세한 다섯 사람, 치고 때리고 엎치락뒤치락 한다.

그때 칼마들 들어오다 다섯을 발견하고 뜯어 말린다.

칼마1　야 선생님 가드해.

칼마2　우리 선생님 때리지 마요.

칼마3　그 쪽 막아! (누군가에게 한 대 맞는) 헉!

칼마까지 합세한 여덟 사람, 치고 때리고 엎치락뒤치락 한다.

칼마2, 사람들 사이에서 빠져나와 급히 어딘가로 전화를 건다.

칼마2　여보세요. 여기 송도 카페거리에 있는 민속주점 핵폭발인데요. 또 싸움 났어요. 순찰차 좀 보내주세요!!

사이렌소리 이어지고 암전.

시간 경과.

잠시 후 무대 밝아지면, 민속주점 핵폭발.

광현을 중심으로 두영과 석주, 박사장과 유찬이 나란히 앉아있다.

경찰관이 두부를 한 모 잘라서 한 조각씩 나눠주고 있다.

경찰관   벌써 몇 번째십니까. 영업도 안하는 가게에서 싸울 일이 뭐가 있어요?

석주   죄송합니다.

경찰관   경찰들이 갔는데도 싸움 안 그치셨다면서요. 참 질기시네요.

두영   음악 하는 사람들이 원래 근성은 있어요.

석주   (두영의 옆구리를 툭 친다)

경찰관   (광현에게) 너무 자주 뵈니까 뭐라 드릴 말씀도 없어요. (박사장을 보고) 왜 박사장님은 본인 카페에 안계시고 자꾸 핵폭발에 계세요?

박사장   저는 핵폭발이 편해요.

경찰관   자자. 두부 드시면서 서로 화해하세요.

광현   저도 매번 폭력 관련해 뵙게 돼서 유감스럽습니다.

경찰관   앞으로는 핵폭발에서 전화 안 왔으면 좋겠어요. 오늘은 첫 연습이라고 하니까, 제가 그냥 보내드리는 겁니다.

두영   연습 안 해요. 그룹 핵폭발 오늘부로 해쳅니다.

해체라는 말에 박사장, 광현과 석주 민감하게 반응하며, 두영을 쳐다본다.

박사장   해체란 말을 그렇게 쉽게 하면 어떻게 합니까. 금기어를.

두영   틀린 말 아니잖아요. 내부폭발해서 산산조각 났는데 뭐.

박사장   조각들 여기 다 있잖아요. 끼워 맞추면 되죠, 싸우지 않고.

두영   난 평생 네 줄짜리 악기랑은 친해본 적이 없어. 우쿨렐레, 바이올린, 비올라 또 뭐 있냐? 아무튼 베이스 이거 할 만큼 했어. 나 열심히 했잖아 박사장, 알죠?

경찰관 여기서 이렇게 싸우실 게 아니라 다시 시작하세요. 무슨 일이 있었는지는 몰라도 합의하시고. 송도가 그렇잖아요. 음악의 도시 아닙니까? 음악이 있으면 술이 있고 술이 있으면 싸움이 있고 싸움이 있으면 화해가 있고. 아셨죠?

모두 입을 굳게 닫은 채 말이 없다.

박사장, 말없이 일어나 베이스 기타를 가져가더니 연주하기 시작한다. 끝내주는 연주다. 모두들 넋이 나가 박사장의 연주를 듣는다.

박사장 (연주를 마치고) 1984년 핵폭발의 첫 번째 앨범 '최후의 전쟁터'는 하드락에서 벗어난 본격적인 헤비메탈 앨범이라 평가받을 만했습니다. 이석주의 폭풍 같은 투베이스 드러밍과 그루브감과 펑키함으로 무장한 김창식의 기타, 황민수의 화려한 베이스기타까지. 거기에 리드보컬 최광현의 날카로운 샤우팅과 그로울링 창법은 당시 이름붙일 수도 없는 생소한 것이었습니다. 자유와 도전정신으로 무장했던 핵폭발의 가사는 민주주의를 외치는 학생들과 시민들의 저항정신에 불을 붙이는 것이었고, 그로 인해 고문과 취조로 얼룩진 학창시절을 보내야 했었죠. 힘드셨을 겁니다. 그 후로도 핵폭발은 대중과 평론가들에게 어필되기도 전에 사라져야 했습니다. 음반판매금지 공연활동금지 처분을 받았기 때문이죠. 그때 우리는 80년대를 화려하게 장식할 역사 속의 명반을 하나 잃은 겁니다. 그 가능성의 싹을 잘라낼 수밖에 없었던 저는 지난 30년간 죄책감에 핵폭발의 숨은 팬으로 살 수 밖에 없었습니다.

박사장의 말을 경청하던 사람들, 가능성의 싹을 잘라낼 수밖에 없었다는 대목에서 무슨 뜻인지 몰라 서로의 얼굴을 쳐다보며 의아해한다.

박사장 (광현에게) 제 목소리… 모르시겠어요?

광현 (고개를 젓는)

박사장 (옛날 목소리를 재현하는)
"어둠이 가고 있어", "새벽이 오고 있어", "역겨운 이곳과는 작별이야", "침을 뱉고", "신음하는", "저주의 키스를", "숨이 막혀", "피를 토할 때",

광현 (놀라는) 이 목소리는…!

석주 설마 그… 심의위원?

박사장 예… 바로 접니다.

두영 (불타는 얼굴로 변한 광현을 보고) 광현아….

광현 이 개새끼야. 죽여 버릴 거야. 죽여 버리겠어!

광현이 박사장에게 달려들어 주먹질한다. 다시 부를 수 있을 것 같았던 노래도 되지 않고, 인생을 꼬이게 만든 장본인을 만난 것 같은 기분에 광현은 광분한다. 억누를 수 없이 화가 난다.

두영 야 임마. 정신 차려. 왜 이래.

경찰관 또 이러시면 어떡합니까들. 그만 좀 싸우세요.

광현 가만 안 둘 거야. 가만 안 둬 저 새끼.

석주 그만해 형. 지금 와서, 때려서 뭐할 건데. 다 지난 일이잖아.

광현 뭐가 다 지난 일이야. 지금도 이렇게 생생한데. 나한테 바로 어제일이야. 나한테 바로 지금이라구!

석주 그만 좀 해. 그냥 형을 좀 편하게 놓아줘. 30년 동안 왜 이렇게 살아 형.

광현 뭐. 왜 이렇게 살아. 왜 이렇게 살아?! 이 새끼가. 다 저 새끼 때문이잖아. 우리 밴드를 해체시킨 저 새끼 때문인 거 몰라! 그걸 몰라서 물어?!

석주 그만 좀 해, 형!

광현 (박사장에게) 이리 안 와. 이리 안 와 새끼야. 이 개새끼. 가만 안 둘 거야. 가만 안 둬!!

박사장에게서 달려드는 광현을 가까스로 떼어내 진정시키는 두영과 석주.

광현, 울분을 참지 못하고 무너져서 바닥을 치며 운다. 석주가 광현을 잡고 가슴 아파한다.

박사장 절대 사적인 감정은 없었습니다. 오히려 저는 핵폭발의 노래를 정말 사랑했습니다. 그때는 시대가 시대인지라 어쩔 수 없었어요. 죄송합니다. 그 후로 저는 쭉 핵폭발을 응원하고 있었습니다. 중간과정이야 어쨌든 밴드도 재결성했으니 좋은 곡 만들어야 하지 않겠습니까? 지금 핵폭발에 필요한 건 베이시스트 아닙니까?

두영과 석주 박사장을 쳐다본다.

박사장 (석주에게) 베이시스트 필요하시죠? (두영에게) 저를 베이스에

꽂고 리드기타 하세요.

두영 그러면 되겠다 광현아⋯. 이건 박사장 잘못이 아니라 시대가 그랬던 거야. 우리 베이시스트 필요하잖아. 내가 리드기타 할 게. 이건 핵폭발의 부활을 알리는 계시 같은 거야. 박사장한테 저런 숨은 실력이 있는 줄은 몰랐지. 해결 됐다 광현아.

석주 일어나 박사장에게 다가간다. 박사장 얼굴에 주먹을 날리는 석주. 광현이 석주를 바라본다. 둘 다 슬픈 표정을 짓고 있다.

광현 석주야, 니 말이 맞다. 다 지난 일인데. 왜 아직도 잡고 놓아주질 않는 걸까 난. 지금 이렇게 해서 뭘 하겠냐. 나이 오십 넘어서 뭘 하겠어. 내 인생이 이런다고 다시 일어나? (울면서 웃는, 허탈한 웃음) 여기서 끝내자 밴드⋯.

광현, 모든 것을 놓아버린 사람처럼 깊이 한숨을 쉬는가 싶더니, 앞으로 고꾸라지듯 푹 쓰러진다.
앰뷸런스 소리.

※보람의 예선전 경기

어둠 속에서 심장박동 소리 높아지다가 무대 한쪽 밝으면
보람이 국가대표 선발전 1차 예선전을 치르고 있는 모습이 보인다.

멘트 네. 회심의 일격을 날리는 최보람 선수. 계속되는 난타전에 송아름 선수 휘청거리는데요, 아 위기예요. 맞았습니다. 많이 맞

네요 송아름 선수. 최보람 선수의 강력한 원투 펀치. 아 넘어지겠는데요. 위험합니다. 송아름 선수. 네. 네. 아 다운되고 마는군요. 이렇게 해서 국가대표 선발전 1차 예선전 최보람 대 송아름 선수의 경기, 최보람 선수의 우승으로 끝이 납니다.

카운트 다운 소리. 심판이 보람의 손을 들어준다.

10장. 밴드 해체 후

※석주의 회사
회사 인사이동에 따른 면접을 보고 있는 석주.
그는 자신의 후배인 윤과장에게 지방 전근에 대한 소식을 알리고 있다.

석주   … 삼분기 실적이 다른 팀에 비해 현저히 떨어지던데 무슨 이유라도 있었나요?

윤과장   그게….

석주   … 경기가 어렵다는 건 다 아는 거니까 길게 말할 필요 없을 거 같구요.

윤과장   ….

석주   새해부터 목포 지사에서 일하시게 될 겁니다. 실적에 따른 인사이동이라 나로서도 달리 도와줄 방법이 없습니다. 숙소는 사원 아파트에 달린 원룸이 제공될 예정이니까, 2주 동안 인수인계 하세요.

윤과장 ….

석주 다른 할 말 있습니까?

윤과장 … 그동안 감사했습니다.

석주 … 이만 나가보셔도 됩니다.

윤과장 바로 일어나지 못하고 잠시 앉아있다.

그러다가 무겁게 몸을 일으킨다.

일어나 나가려는 후배를 불러 세우는 석주.

석주 저기… 미안하다… 내가 윤과장까지 자르게 될 줄은 몰랐어.

내가 생각해도 나 인간이 아닌 거 같아….

윤과장 아닙니다. 부장님이랑 일할 수 있어서 좋았습니다. 단란주점

가면 부장님이 드럼 치며 노래하는 모습 볼 수 있었는데, 이제

못 보게 돼서 아쉽습니다….

석주 윤과장… 미안해….

석주 갑자기 울컥해진다. 윤과장 곁으로 다가가 손을 잡는 석주.

말을 잇지 못한다.

윤과장 괜찮습니다. 제가 죄송해요. 이렇게 부장님 슬프게 해서.

석주 아냐 내가 미안해….

윤과장 아니에요. 이 회사가 날 버린 건데요.

석주 아니야 내가 널 버린 거야.

윤과장 아닙니다 부장님.

석주 윤과장 미안해. 정말 미안하다 윤과장….

윤과장 이부장님 저도 미안해요. 미안해요….

윤과장이 석주의 사무실을 떠난다.

많은 친구들과 후배들을 떠나보내고, 회사에 혼자 남겨진 석주.

석주는 책상 한쪽 구석에 박혀있던 일렉 기타를 꺼내본다.

기타를 만져보는 석주.

음악을 그만두고, 음악이 그리울 때마다 쳤던 노래를 연주하기 시작
한다.

**석주의 기타연주 - Eric Clapton 에릭 클랩튼에 'Wonderful
Tonight'**

※두영이 일하는 카페

멘트　　네. 오늘도 저희 '송도의 추억'을 찾아주신 손님 여러분께 진
　　　　심으로 감사의 말씀드리면서, '송도의 추억'이 낳은 가수, 장
　　　　두영을 소개합니다.

조항조의 '만약에' 전주 부분이 흘러나온다. 이어지는 손님들의 야유.

손님1　유명한 사람 좀 불러봐.

손님2　때려쳐라. 니 노래해.

손님3　이치현 이치현 불러

손님4　최성수 불러. 최성수 오라고 그래.

두영, 대기실에서 무대로 나가지 못하고 서 있다.

주머니에서 담배를 꺼내 입에 무는 두영.

갈등하다가 불을 붙이고 길게 담배를 태운다.

※광현이 입원한 병실

광현이 환자복을 입고 침대에 멍하니 앉아 있다.
옆쪽 벽에는 죽은 친구 김창식이 남긴 기타가 덩그러니 놓여있다.
광현이 애지중지하는 기타다. 기타에게 말을 거는 광현.

광현 (기타에게) 잘 있냐? … 어떻게 지내냐?… 나?… 이렇지 뭐…
　　　나 이제 음악 그만둬야 할 거 같다. 참 오래도 했다. 그래 이제
　　　멈출 때도 된 거지. 음악을 그만 둘 생각 하니까 마음이 너무
　　　불편했었는데, 너무 힘이 빠지고 죽을 것 같았는데… 그런데
　　　괜찮다. 너도 떠날 때 이런 기분이었을까. 편안해. 평온한 기
　　　분이야. 세상이 아주 조용해. 새소리, 풀벌레소리, 바람소리
　　　같은 것들이 너무 또렷하게 잘 들려. 이런 것도 음악이었구
　　　나… 교회종소리, 옆방에서 들리는 환자들의 신음소리, 기침
　　　소리, 작은 숨소리까지. 이런 게 음악이구나.

　　　눈을 감고 소리를 듣는 광현. 정말로 평온해 보인다.

　　　꿈처럼, 광현 앞에 죽은 친구 김창식이 나타난다.
　　　김창식은 스물여덟 살 그대로의 모습이다.

김창식 광현아.
광현 　….
김창식 광현아.
광현 　(눈을 뜨는) …! 창식이니?
김창식 응. 나야….

광현	창식아!
김창식	잘 지냈어?
광현	오랜만이다. 이리로 와. 여기 앉아.
김창식	날씨가 얼마나 좋은데 여기 앉아 있어.
광현	창식아, 나 오랜만에 신곡 썼다. 들려줄까?
김창식	그래. 듣고 싶다.
광현	그런데 넌 그대로다. 어떻게 하나도 안 늙었냐.
김창식	넌 많이 늙었다.
광현	그렇지? 넌 그대론데 나만 이렇게 멀리 왔어. 나 혼자서.
김창식	아프다며.
광현	수술 받으면 괜찮대. 그런데 나 아픈 건 어떻게 알았냐. 내가 말했었나?
김창식	니가 말했잖아. 오래전부터 아팠다고.
광현	그랬나? 내가 오래전부터 아팠나?
김창식	그랬을 거야. 넌 오래전부터 아팠어. 니가 나한테 그렇게 말했어.
광현	미안하다… 나, 너와 했던 약속 지키지 못했어. 삼십 년이 지나도 음악하면서 살겠다고 했던 말 다 거짓말이었어. 자꾸 도망쳤거든. 나 자신과 타협하면서 지금까지 오느라, 한번도 제대로인 적 없었어.
김창식	괜찮아. 아직은 우리… 괜찮잖아.
광현	창식아, 나 괜찮아 보이냐?
김창식	넌 언제나 괜찮았어. 우리한테 넌 그래.
광현	젊을 땐 뭘 해도 자신 있었는데, 지금은 무서운 게 너무 많아. 너는 여전히 새로 시작할 수 있을 것처럼 보이는데, 난 이제 인생을 어떻게 마무리해야 하나 걱정하고 있어. 나 어때 보이

니? 나 다시 일어날 수 있을까?

김창식　… 우리 같이 가볼래?

광현　어딜?

김창식　우리가 보고 싶어 했던 것들이 있는 곳.

광현　우리가 보고 싶어 했던 것들이 뭐였는지 기억이 안 나.

김창식　가보면 알아. 일어나.

광현　(일어선다)

소리가 들린다.
폭포소리, 용암이 화산에서 분출하는 소리, 정글과 아마존과 거대한
물줄기가 흘러가는 소리. 야생의 동물들 소리들. 그리고 경비행기의
엔진소리.

김창식　경비행기. 이제 우린 그 안에 있는 거야. 창문이 열려 있으니
까 손잡이 꽉 잡고.

김창식이 조정석에 앉고 그 옆에 광현이 탑승한다.
음악 깔리고, 바람소리와 경비행기 엔진음 더욱 커진다.

광현　(몸을 뒤로) 오오오오~

김창식　(조정 핸들을 움직이며) 발 아래 뭐가 펼쳐져 있냐.

광현　폭포? 폭포다. 우리가 몸을 던졌던 폭포야

김창식　화산이야. 용암을 분출하고 있어.

광현　섬이다. 아무도 없는 무인도. 우리가 밴드 만들자고 함께 여행
갔던 곳.

김창식　거기로 가볼까. (오른쪽으로 핸들을 돌리는)

광현　(몸을 기울이며) 와아아아~

김창식　저 아래 누군가 달려간다.

광현　우리다! 나, 너, 민수, 석주. 정말 열심히도 달린다. 무서운 게 없어 보여. 아무 걱정 없어 보여. 우리 저때는 머리털도 많았구나. 머리도 길고. 찡 박힌 워커 신고 달리느라 뒤꿈치 다 까졌었는데. 저렇게 달려도 하나도 힘들지 않았었는데.

김창식　석주를 따라다니는 여학생 팬도 많았었지.

광현　그래. 우리 저렇게 젊었구나. 저대로 달리면 곧 닿을 거 같다.

김창식　어디에?

광현　어디에든 닿을 거 같아. 조금만 더 가면 손에 잡힐 것 같아. 만날 수 있을 것 같아.

김창식　….

광현　창식아, 우리 저렇게 다시 달릴 수 있을까? 우린 언제쯤 다시 만나게 될까.

김창식　언젠가 그렇게 되겠지. 시간이 걸리겠지만 나중에, 나중에 그렇게 되겠지.

광현　….

김창식　저기 바다가 펼쳐져 있다.

광현　바다 위에 허리케인 보이냐? 엄청 크다.

김창식　가볼까?

광현　저 안으로 같이 들어가 볼까..

김창식　꽉 잡아라. 간다~

광현　야 이러다 비행기 산산조각 나는 거 아니냐? 온 몸이 부서질 것 같다.

김창식　저 허리케인을 뚫고 들어가면 우리가 평생 느껴보지 못했던 최고의 행복을 느끼게 될 거야.

음악 변화와 함께 어느 순간 허리케인 한가운데로 들어와 있는 두 사람.

그들은 어떤 행복과 평화로움 속에 들어와 있는 듯하다.

눈을 감는 광현….

김창식 우리가 젊은 날 보고 느꼈던 것들을 기억해봐. 니가 무언가에 부딪칠 때마다 그것들이 위로가 되어주고 다시 일어설 수 있는 힘을 줄 거야.

광현이 눈을 감은 채 무언가를 떠올리며 미소 짓는다.

11장. 석주와 보람

보람의 복싱 연습실.

선수복을 입은 보람이 글러브를 끼고 허공에 펀치를 날리며 연습중이다.

석주 보람아.

보람 오지 마시라고 했잖아요.

석주 시합 얼마 안 남았지?

보람 왜 오셨어요?

석주 그냥 궁금해서 왔어, 너 어떻게 지내나 해서.

보람 … 나 연습해야 돼요. (연습을 시작하는)

석주 들었어. 국가대표 선발전 나간다면서? 니네 아빠가 너 국가대표 된다고 엄청 자랑하고 다닌다.

보람 할 말 있으면 빨리 하세요. 나 연습해야 되니까.

석주 너 글러브 끼니까 더 터프해 보인다.

보람 아빠 뭔 일 있어요? 또 사고 쳤어요?

석주 아니, 사고는. 병원에 있는데.

보람 삼촌이 우리 엄마나 나 찾아올 때는 아빠가 사고 쳤을 때였잖아요.

석주 아빠가 입원했는데 딸이 안 찾아오니까, 뭔 일 있나 싶어서 왔지.

보람 종합검진 받는데, 누가 가요. (계속 연습하는)

석주 아빠 일로 너랑 상의할 게 있는데. 니가 알아야 할 일이야.

보람 (연습하는) 얘기하세요. 듣고 있어요.

석주 니네 아빤 얘길 안할 것 같아서….

보람 (옆에 있던 스파링 미트를 석주에게 건넨다)

석주 어? 어. (받아서 끼는) 이거 끼고 얘기할 성질의 건 아닌데.

보람 아빠 얘길 다소곳이 앉아서 할 거 아니잖아요.

석주 그야 그렇지만. 그럼 옛날처럼 한번 해볼까?

보람 (스파링을 한다)

석주 (스파링을 받아내며) 야 살살해. 주먹이 왜 이렇게 쎄냐.

보람 낼모레가 시합이에요.

석주 아빠 왔었지?

보람 삼촌처럼 빙빙 돌려서 뭔가 얘기하려고 하더니, 까먹고 그냥 갔어요.

석주 아야. 진짜 살살 쳐라. 받아낼 수가 없잖아. (휘청)

보람 (펀치를 날리며) 삼촌도 할 말 까먹었어요?

석주 (더욱 휘청) 아. 아. 이 상태로 진지한 대화가 되냐?

보람 우리 사이에 진지한 대화할 게 뭐 있어요?

석주 야. 야. 그만. 아프다고. 아. 아. 나 진짜 할 말 있다니까.

보람 (펀치를 날리는) 그냥 하라니까요.

석주 니네 아빠가 아퍼. 아야.

보람 원래 아프잖아요. 저번처럼 약 먹으라고 하세요. 대마초.

석주 진짜 몸이 안 좋다니까.

보람 (쎄게 펀치를 날리며) 그래서 나한테 어쩌라구요. 자가치료 하라고 하세요. 음악 하면 하나도 안 아픈 사람이잖아요.

석주 이번엔 다르다니까. 아야. 아. 진짜야. 아. 아.

보람 엄살 그만 부리라구요. (아빠에게 날리듯 펀치를 날리는)

석주 니네 아빠 진짜 아프다고.

보람 (개의치 않고 펀치를 날리는)

석주 (보람을 막으며) 내 말 좀 들어! 니네 아빠 후두암으로 수술 받으러 입원한 거야. 수술 잘못 되면 목소리도 잃고 노래도 못한다고! 이제 니네 아빠 그 좋아하는 노래도 못하게 됐어. 알아?

보람 …. (숨을 몰아쉬며 석주를 바라보다가) 그래서요?… 그 얘기 왜 나한테 하는 건데요? 아빠 인생이잖아요. 아빠를 위한 음악. 거기에 내가 있었어요? 난 없어요. 내가 따라 부를 수도 없고, 이해할 수도 없는 음악이에요. 아빠가 노래 못하는 거랑 내가 무슨 상관이에요. 어차피 그 음악 속에 우리 가족은 없었잖아요!

석주 ….

보람 ….

석주 잘못되면 목숨까지 잃을 수 있어. 아빠가 니 옆에 있을 수 없다고.

보람 ….

잠시 정적.

돌아서서 샌드백 쪽으로 가는 보람.

보람　그만 가주세요. 저한테는 시합이 더 중요해요.

석주, 스파링미트를 빼서 놓고 나간다.

보람은 샌드백을 치기 시작한다.

12장. 광현과 친구들

수술실로 가기 전의 병실. 환자복 차림으로 병원 침대에 누워있는 광현.

유찬이 그 옆을 지키고 있다.

간호사　(남자간호사. 광현에게) 잠시 후에 수술하러 옮기실게요.

유찬　예….

광현　(유찬에게) 참… 보람이가 전화를 안 받는다. 걔 국대 타이틀전 얼마 안 남았거든. 낼 모레 2차전 치러야 돼. 건강검진 받는다고 말해놨는데 알면 놀랠 거야. 니가 좀 챙겨줘.

유찬　네. 그럴게요.

광현　안 놀라게 니가 잘 얘기해줘라.

유찬　걱정마세요. 잘 얘기할게요.

석주가 술을 마시고 엉망이 되어 병실로 들어온다. 얼굴에는 한 바탕

울고 온 흔적이 역력하다.

환자복을 입은 광현을 멍하니 바라다보는 석주.

석주 형.

광현 왜.

석주 형.

광현 왜.

석주 형….

광현 할 말 있냐.

석주 ….

광현 할 말 있으면 해.

석주 할 말 없어.

광현 넌 할 말 없다고 할 때가 할 말 있을 때잖아.

석주 형….

광현 누구 죽었냐? 그런 식으로 부르니까 죽을 사람 부르는 것 같잖아. 목소리 없어진다고 죽나? 수술 잘 되면 다 괜찮대.

석주 형 말이 맞어. 나 인간 되려면 멀었어.

광현 갑자기 그게 무슨 소리야.

석주 나 다시 드럼 쳐야 될 거 같애. 그래야 인간 될 거 같애.

광현 ….

석주 형!

광현 이제 너 혼자 쳐. 아주 안 치는 것보다는 인간되는 데 도움 되지 않겠냐.

석주 이렇게 들쑤셔 놓고 형만 빠진다고?

광현 빠지긴 뭘 빠져. 이젠 그냥 자연스럽게 못하게 된 거야.

석주 밴드 그렇게 되고, 내가 어떻게 살았는지 형은 알잖아.

광현	… 알지.
석주	방송금지처분 받고, 가사 고쳐서 다시 녹음하자고 했을 때, 형이 뭐랬어. 우리가 방송타려고 음악 하냐고, 공연장에서 마음껏 소리 지르고 노래하고 연주하면 된다고. 그래놓고 그놈의 자존심 때문에 괴로워하다 밴드까지 해체하고. 나 밴드 해체하고 일년 반이나 폐인처럼 살았어. 그때 형이 뭐랬어? 그나마 넌 학벌이 괜찮으니까 전공 살려서 회사 들어가라고, 회사 다니면서도 음악은 할 수 있다고. 그래서 나 회사 들어간 거잖아.
광현	알지.
석주	회사 들어가고도 음악 포기 못해서, 내가 음악 다시 하고 싶다고 울면서 형 찾아갔을 때, 형이 뭐라고 그랬어. 결혼하고 안정 찾으면 음악까지 찾을 수 있다고, 결혼해서도 음악은 할 수 있다고. 그래서 나 결혼했잖아.
광현	알지.
석주	결혼도 했는데 애는 하나 있어야지 않겠냐고, 애 낳고도 음악은 할 수 있다고, 그래서 애까지 낳았어.
광현	알지. 그래도 난 둘 낳으라고는 안했다.
석주	회사도 이왕 들어간 거 오래 다니는 게 좋다고 해서, 나 25년이나 다녔어. 나 죽어라 일해서 내 힘으로 부장 된 거야. 죽어라 앞만 보고 달리며 일했어. 음악이랑 헤어지려고 달리고 또 달렸어.
광현	알지.
석주	그런데 이제 와서, 그런 나한테 음악하자고 바람 넣더니, 혼자 빠지겠다고? 그럼 난 어떡해? 남은 난 어떡하냐구. 내 맘 몰라?
광현	알어, 니 맘. 아는데… 미안하다.
석주	형이 그랬잖아. 노래는 목으로 하는 게 아니라 가슴으로 하는

거라구. (계약서를 꺼낸다) 나하고 계약해. 다시 시작하는 거야. 다시 시작하면, 두 번 다시 그만두기 없기야.

광현 … 석주야.

석주 빨리 사인 해.

광현 (계약서만 바라보는)

석주 빨리 사인해 형! 형, 노래는 가슴으로 하는 거야. 가슴만 있으면 되는 거라구!

광현 미안하다.

그때 두영과 박사장이 들어온다. 술을 마신 얼굴들.

두영 (광현을 슬프게 바라보다 통장을 꺼내 놓는다) 우리, 음반 만들자.

광현 니네들 얼굴이 왜 다들 벌게. 낮술 마셨냐. 나잇값 좀 해라.

두영 (건네며) … 열어봐, 새꺄. 뭐해. 얼른 열어봐.

광현 꼭 열어봐야 하냐. 열어보기 싫다.

두영 열어봐. 새꺄.

광현 싫다니까.

두영 진짜 안 열어볼 거야! 안 열어보면 너.

광현 알았어. 알았어. (통장을 열어본다)

두영 800만원 일시불로 갚는다.

광현 너 이거 제수씨도 아는 돈이냐?

두영 적금통장 깼다. 내 인생이 걸린 문제라고 했더니, 쓰래. 대신 내 노래도 하나 꼭 넣으래.

박사장 (광현의 손을 두 손으로 꽉 잡는다) 다시 일어날 수 있어요! 최광현 씨!

광현 왜들 이래. 아, 미치겠네.

두영　미치는 건 바로 우리야, 우리. 니가 아니라. 나쁜 새끼, 말도 안하고. 그렇게 폼 잡으니까 좋냐 새끼야? (작은 수첩을 꺼내서) 이제 니가 일수 찍어. 나랑 같이 노래하는 거야.

광현　아 짜식 왜 이래….

두영　돈 못 벌어도 죽으나 사나 메탈해야 한다며. 세상이랑 맞장 떠야 한다며. 고작 이거였냐? 음악하는 사람 근성 다 어디 갔냐.

광현　미안하다… 적금까지 깼는데 내가 이래서.

두영　내가 돈 때문에 이러냐? 나쁜 새끼. 폼이나 잡고 끝까지 저 잘 났대.

광현　나… 평생 하고 싶은 대로 살았어. 충분해. 이제 그걸로 충분해. 나 살면서 뭔가 받아 들여본 적 없는데, 지금이 그때인 것 같아. 지금의 나를 있는 그대로 받아들여야 할 때인 것 같아. 얘들아, 친구들아, 날 막지 마.

두영　막을 거야 새끼야. 내가 무슨 일이 있어서 너 하나는 막는다.

광현　두영아, 나 참 막 살았잖아. 니가 더 잘 알잖아. 너나 나나 참 철없이 살았어. 아무도 알아주지 않는 헤비메탈 한다고, 트로트 한다고, 가족은 뒷전이고. 니 말이 맞아. 나 이제 폼 안 잡으려고. 아프니까 갑자기 그런 생각이 들더라. 아무리 멋대로 살아도 어떻게 가족을 지우고 살았나 하는 생각.

두영　….

광현　내 인생이고 내 음악이었으니까 후회는 안하지만, 그래도 딱 하나 후회되는 게 있어. 보람이가 공부하다가 문득, 등하교길에 문득, 운동하다가 문득… 그렇게 문득 떠올라서 흥얼거릴 수 있는 노래 하나 만들지 못한 게 그게 가장 후회돼 미치도록! 그게 전부야. 친구들아, 이제 날 보내줘라.

두영　… 끝까지 폼 잡고 지랄이다 나쁜 새끼.

간호사 (들어온다) 이제 수술실로 이동하시겠습니다.

광현   박사장, 당신 잘못 아니야. 다 시대가 그랬던 거야. 너무 미안
해하지 않아도 돼. 그래도 당신은 최소한 우리 음악을 좋아해
줬잖아!!

박사장 최광현 씨, 힘내세요. 작년에 송도로 이사 와서, 핵폭발이란 주
점을 보고 얼마나 반가웠는지 몰라요. '내가 아는 최광현이 아
직도 노래를 한다. 메탈을 하며 세상과 부딪치고 있었구나. 치
열하게 싸우고 있었구나' 광현 씨의 건재함이 나를 자극했어
요. 이제 미안해하기보단, 남아 있는 꿈을 위해 함께 하고 싶어
요. 예전에도 그랬듯 언제까지나 응원할 겁니다. 파이팅입니다!

광현   우리 나이엔 파이팅!은 안 어울려. 그냥… 잘 갔다와, 그렇게
말해줘, 반말로.

박사장 … 광현아, 잘 갔다와~

간호사 이제 이동하실게요.

간호사가 광현의 침대를 끌고 병실을 나간다.
광현, 수술실 안으로 들어간다.
수술실의 기계음들. 그것은 마치 음악 같다.
기계음 속에서 광현의 심장소리만이 더욱 또렷하게 들려온다….

13장

※보람이의 권투시합. 국가대표 타이틀 예선 2차전
경기복을 입고 글러브와 헤드기어를 낀 보람이 시합중이다.

보이지 않는 상대 선수에게 두들겨 맞고 있는 보람.
퍽. 퍽. 퍽. 비틀거리던 보람 넉다운 된다.

멘트   네 안타깝습니다. 최보람 선수, 클리치로 위기를 모면하지만 또 휘청이네요. 아 쓰러집니다. 어렵게 일어나네요. 위기예요 위기. 위깁니다. 많이 맞았어요. 아! 옆구리로 들어온 펀치, 이겨내지 못하고 쓰러집니다. 심판 카운트다운 세는데요, 최보람 선수, 일어나지 않았으면 좋겠습니다. 이럴 땐 일어나면 안됩니다. 큰일 나요. 마음이 아픕니다. 피를 많이 흘렸는데요. 눈가와 입술이 다 터졌어요. 피바답니다 피바다.

심판이 카운트다운을 센다. 원 투 쓰리 포 화이브 식스…
심판의 카운트다운을 들으면서도 보람은 일어서지 못한다.
보람의 얼굴은 더이상 때릴 상대를 잃은 것처럼
사기와 의욕이 없어져 버린 듯한 표정이다.

※병원 병실
수술을 마치고 병실이다. 유찬과 함께 있다.
광현의 얼굴은 수술로 퉁퉁 부어있다.

유찬   (시계를 보며) 거의 끝날 때 됐죠? (잠시 후 시계를 보며) 벌써 끝났겠죠? 맞진 않았겠죠? 보람이 걔 주먹이 엄청 쎄서 아마 상대선수가 얼마 못 버틸 거예요. (광현을 보곤, 시계를 보며) 벌써 경기 끝났을 거예요.
광현   (뭔가 말을 하려하지만 힘겹다)
유찬   안 맞아요. 그럼요. 안 맞을 거예요, 보람인. 우리 보람인 무조

건 때리는 애니까. 개 주먹 아시잖아요. 걱정 마세요, 때리고
올 거예요.

보람이 엉망으로 퉁퉁 부은 얼굴을 하고 들어온다.
광현과 유찬, 보람의 모습에서 할 말을 잃는다.
착잡하게 바라보는 두 사람.
보람, 의자에 가서 앉는다.

유찬   얼음 좀 가져 올게요. (밖으로)
광현   ("괜찮니?"라고 말하려 하지만 목소리가 나오지 않는다)
보람   ….
광현   ….
유찬   (얼음팩을 가져와 보람에게 건넨다)
보람   (받아서 얼굴에 갖다대는. 아파한다)
유찬   괜찮아?
보람   …. (아프지만 참으며 강한 척하는)
유찬   … 권투는 원래 맞으면서 때리는 운동이야.
보람   … 나 권투 선수야.
유찬   알지. 경기는 원래 일방적으로 한 사람만 맞거나 때리게 돼있
        질 않아. 경기니까. 스포츠니까. 그렇죠, 사장님.
광현   (고개를 끄덕인다)
유찬   (보람의 기분을 풀어주려는) 상대 선수 맷집 좋았나보다.
보람   개 주먹은 더 아팠어.
유찬   (흥분해서) 그럴 때는 막 껴안고 몰래 옆구리 때리고 그래야 되
        는데.
보람   그거 반칙이야.

유찬	그래? 다들 하던데.
보람	다들 반칙하는 거야.
유찬	그랬구나. 난 몰랐네. 반칙이래요 사장님.
보람	….
광현	….
보람	나 배고파.
유찬	그렇잖아도 사장님이 너 시합 끝나면 준다고 맛있는 거 많이 만들어놓으라고 그랬어.
보람	…. (찜질하다 다친 데를 잘못 건드려 아파한다)
광현	('괜찮아? 많이 아파?' 말하려 하지만 소리가 생각처럼 나오지 않는다)
보람	….

유찬이 음식들을 꺼낸다. 밥과 국, 반찬들.

| 유찬 | 저는 있다가 다시 올게요. (자리를 피해주는) |

보람이 밥을 먹으려고 숟가락을 든다.
보람은 아빠 앞에서 씩씩하게 밥을 먹고 싶지만 아파서 잘 안 된다.
몇 번이나 아무렇지 않은 척 먹어보려 하지만 손가락 마디마디까지 아프다.
광현, 그런 딸의 모습을 보고 있자니 목이 멘다.

힘겹게 밥을 먹는 보람.
보람은 부르튼 입술과 아픈 턱 때문에 밥을 잘 씹지 못하고
광현은 태연한 척 노력하지만 목이 멘다.

보람은 나오는 눈물을 막으려는 듯

밥을 꾸역구역 입에 넣는다.

광현　(겨우 소리를 내서 말하는) … 보람아, 아빠가… 너한테… 할
말… 있어.

보람　….

광현　아빠… 음악… 관뒀어. 이제… 너랑만… 살 거야….

보람　….

광현　… 너만 생각하면서. … 평범하게… 평범하게… 살아… 보려
구… 좋은 아빠… 되고… 싶어.

보람　… 아빠한테 음악은 뭐야? 나 그게 항상 궁금했어.

광현　….

보람　아빠한테 음악은 뭐였어?

광현　이제… 아무 것도… 아냐.

보람　아무 것도 아냐. 아무 것도 아니었어. 그런 거였어? 그런 하찮
은 음악 때문에 아무 것도 아닌 음악 때문에… 엄마랑 날 그렇
게 방치했던 거야? 아빠한테 음악이 뭐야? 겨우 이 정도밖에
안 되는 거였어? 대체 아빠한테 음악이 대체 뭐였는데….

광현　….

보람　별거 아니었던 거야? 대답해 봐. 내가 묻고 있잖아. 아빠한텐
음악이 뭐였냐구…!

광현　….

보람　(일어서는) … 그런 거였구나. 별거 없었던 거구나. 별 거 아닌
걸 가지고 엄마랑 날 그렇게 외롭고 힘들게 한 거구나. 그래서
엄마가 딴 남자 만나서 떠날 때도 잡지 않은 거구나. 내가 엄
마 따라 갔을 때도 잡지 않은 거구나.

광현	….
보람	그런데 내가 돌아와서 실망했겠네. 어렵게 되찾은 자유를 내가 망쳐버려서 엄청 실망했겠네. (아파하는)
광현	… 말하지 마 상처… 벌어져….
보람	내 상처를 벌리는 건 아빠야. 왜 그때 엄마한테 가지 말라고 안했어? 왜 날 잡지 않은 거야?… 아빤 내가 싫었던 거야. 내가 태어나서 아빠 인생을 방해했으니까. 내가 아빠 인생을 망쳤으니까.
광현	…. (고개를 가로젓는. '아니야. 아니야.')
보람	처음엔 아빠를 때려주고 싶었어. 때리고 또 때리고… 그러다보니까 나를 때려주고 싶었어. 뭔지 모를 감정들이 폭발하면 나도 주체할 수 없을 것 같아서 때릴 상대를 찾고 또 찾고. 그러다 알았어. 아 자유롭다… 자유롭다. 이렇게 맞고 얻어 터져도, 내가 좋은 거 할 수 있어서, 나 아파도 계속 권투하는구나. 아빠처럼 포기하지 않고 계속 하는구나. 나 권투선수 되고 싶어. 그러려면 나 아빠가 필요해. 끝까지 남아서 맞아줄 사람이 필요해. 아빠 음악 해야 내가 그럴 수 있잖아. 마음껏 때릴 수 있잖아… 그냥… 음악 하면서 내 옆에 있어.

광현이 울고 있는 보람을 안아준다.
보람이 광현의 품에 안겨 우는 사이,
칼마 멤버들 과일과 홍삼박스를 들고 들어온다.
광현이 칼마를 향해 손가락을 입에 대고 조용히 하라는 손짓을 해보인다.
잠시 그렇게 있다가 보람이 품에서 일어나면 칼마를 보는 광현.

칼마1   선생님 저희 왔습니다.

칼마2   홍삼이랑 과일도 왔습니다.

칼마3   건강하십시오 선생님. 과일이랑 홍삼 드시고, 건강하셔야 됩니다.

칼마2   저희를 가르쳐주시기 위해 건강하시란 말은 절대 아닙니다 선생님.

칼마1   (보람을 보고) 넌 근데 얼굴이 왜 그 모양이냐? 어디서 그렇게 맞았냐?

칼마2   오늘 경기 한다더니, 쥐 터졌냐?

보람   (째려본다)

칼마2   저 눈빛으로 어떻게 맞을 수가 있지?

칼마1   니네 봤지? 얘는 이래서 건드리면 안 되는 거야. (광현에게 깍듯이 CD를 건네며) 선생님, 저희 데모 CD 나왔어요.

광현   (바라보는)

칼마1   네. 이번 주 페스티벌 나갈 때 쫙 뿌릴라구요.

칼마2   저희끼리 막 녹음 했는데요, 좀 잘 된 거 같애요.

칼마1   핵폭발이 심어주신 자신감 때문에 삑싸리가 많이 줄었어요. 선생님 잠깐만요 (광현에 줬던 CD를 칼마3에게 건네며) 야 야. 빨리 틀어봐.

칼마3   (음악을 틀며) 유찬이형이랑 같이 부른 곡도 있어요.

칼마3, 헤드폰을 광현의 머리에 씌워준다.

광현 처음엔 표정 없이 진지하게 듣는다.

광현의 표정이 조금 실망하는 듯 바뀌면 칼마의 표정도 바뀐다.

심각해졌다가 고개를 가우뚱했다가 무표정했다가 하는 광현.

그때마다 칼마 멤버들의 표정도 변화무쌍해진다.

이윽고 흐뭇한 미소를 짓는 광현.

멤버들 하이파이브 하며 환호성 친다.

※녹음실에서 (광현의 영상편지)

광현 보람아, 고마워! 아빠가 음악하면서 후회한 게 딱 하나 있는데, 네가 흥얼거리면서 부를 수 있는 노래를 만들지 못한 거야. 그게 가장 후회스러웠어. 목소리 되찾으면 만들어 보려고. 내 음악 속에 네가 있을 수 있게! 아니, 니가 흥얼거리는 노래 속에 내가 있을 수 있게!

사랑 ― 광현의 노래 ♬

마주치면 우물쭈물 허둥대기만 해

보고 싶어 다가가면 찬바람만 쌩쌩

복싱장만 기웃기웃 멋진 말은커녕

다른 말만 둘러대고 무슨 아빠가 이래

사랑한다 말해주고 싶었는데

사랑한다 말 못하고 노래한다

사랑한다 말해주고 싶었는데

어려워 너무 어려워 말로는 못했던 말 전할게

힘들 때는 소리쳐봐 달려올 거야

흔들릴 땐 하늘을 봐 나를 기억해

사랑한다 엉뚱한 말만 하곤 하지만

사랑한다 널 위해 노래해

널 위해 노래해

널 위해 노래해

널 위해 노래해

14장. 핵폭발 – 2015년

시간이 지나고… **일년 후, 복싱경기장**
다시 보람이의 국가대표 선발전 최종예선이 펼쳐지는 날이다.
경기 오프닝 멘트가 나오고, 칼슘과마그네슘에 의해 핵폭발이 소개
된다.

칼마1   관중여러분 자리에 착석해 주십시오. 잠시 후 2015년 국가대
표 최종선발전 여자 복싱 경기를 시작하겠습니다.

칼마2   경기 전에 오프닝 공연이 준비되어 있는데요, 아주 특별한 분
들이 우리 선수들을 응원하러 와주셨습니다.

칼마3   오늘 모신 무대의 주인공은 80년대 혜성처럼 나타나 강렬한
인상을 남겼던 헤비메탈 그룹인데요,

칼마2   해체된 지 30년만인 지난 2014년, 재결성되었습니다.

칼마1   리드보컬의 후두암 수술로 잠시 침체기를 맞았지만, 메탈갓파
더 최광현 선생님의 메탈정신으로 다시 일어선 그룹입니다.

칼마2   오늘이 재결성되고 첫 번째 갖는 무대라고 하는데요,

칼마3   첫 곡은 이 경기장에서 가장 심장이 두근거리고 있을 모든 선
수들에게 바치는 곡이라고 합니다.

칼마2   파이팅!

칼마3   그럼 오늘 이 복싱장을 지옥의 불구덩이 속으로 집어던져줄
헤비메탈 그룹을 소개할까요?

칼마1 멤버 전원이 50대 장년들로 구성된, 대한민국 헤비메탈의 심장!

칼마23 심장!

칼마1 가공할 파괴력으로 당신의 몸과 마음을 뒤흔들어줄 지옥의 전사들!

칼마23 전사들!

칼마1 억만년동안 잠들어 있던 지구의 심장을 향해 절규한다! 그 이름,

칼마123 핵! 폭! 발!

핵폭발 멤버들 무대로 나온다.
리드보컬 최광현, 세컨보컬 정유찬, 기타 장두영, 베이스 박정철, 드럼 이석주.

핵폭발의 노래 이어진다.

한심한 인생 개나 줘버려 — 핵폭발 ♬

한심한 인생 개나 줘버려
시시한 인생 개나 줘버려
인내심 따위 기다림 따위
개나 줘버려 개나 줘버려

뒤틀리는 발걸음을 바로잡고 소리를 질러
뒤틀리는 발걸음을 바로잡고 소리를 질러
소리를 질러 소리를 질러

눈치 보지 말고 겁먹지 말고
시간을 버텨봐 고통을 뛰어넘어
심장이 뛰는 소리
니 목소릴 들어봐

뒤틀리는 발걸음을 바로잡고 소리를 질러
뒤틀리는 발걸음을 바로잡고 소리를 질러
뒤틀리는 발걸음을 바로잡고 소리를 질러
뒤틀리는 발걸음을 바로잡고 소리를 질러

Wua~~

눈치 보지 말고 겁먹지 말고
시간을 버텨봐 고통을 뛰어넘어
심장이 뛰는 소리
니 목소릴 들어봐

Iya~~
Yeah~~

핵!폭!발! 핵!폭!발! 핵!폭!발! 핵!폭!발!
핵!폭!발! 핵!폭!발! 핵!폭!발! 핵!폭!발!
핵!폭!발!

— 끝 —

2013년 2월13일[수] ~ 3월3일[일]

평일 8시 / 토요일 4시, 7시 / 일요일, 공휴일 4시 / 화요일 쉼

티켓예약 : 대학로 티켓닷컴 www.대학로티켓.com / 인터파크 1544-1555

기획제작소 : http://cafe.naver.com/mjlapupu 문의/예약 : 02-764-7462

おはよう~

오하요~

귀신의 집 오타쿠와 일본여자 유학생이 만나다

예술감독 차근호 · 작가 이시원 · 연출 최원종 · 배우 송재룡, 강유미, 박성현

무대디자인 김현진 · 조명디자인 박성민 · 의상디자인 한복희 · 포스터디자인 전지아

주연출 최기쁨 · 무대진행 서혜영, 안수정, 박성진, 김은희, 김정태

내부기획 예술공간 라푸푸 (이보람, 최수정, 윤수진) · 기획 바나나문프로젝트

제작 극단 명작옥수수밭 · 장소 예술공간 서울

조은하ㄹ!

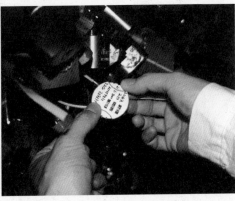

좋은 하루!
おはよう

■등장인물

현우 ─ 남. 36세. 전시시설 기획 · 디자이너
유키 ─ 여. 39세. 프리랜서 여행기자

■장소

테마파크, 호수(오리배), 호숫가

프롤로그

어슴푸레한 공간.

무대 한쪽 밝으면 현우가 기타를 연주하고 있다.

그는 테마파크의 시설물의 음향 시스템을 테스트하다가 쉬고 있는 중이다. 직장상사에게 전화가 걸려온다. 발신자를 확인하고 표정이 어두워지는 현우. 모른 척 할까말까 고민하며 전화를 들여다본다.

무대 한쪽 밝아지면, 유키가 통화를 하고 있다.

유키　(일어로 공손히) …그쪽은 안 가 봐도 잘 아는 곳이라서요. 네. 인터넷이랑 책으로 충분히 자료 조사 했고요.… 네. 제가 거기까지 가볼 시간이 없어서요. 일부러 그런 건 아니고요 꼭 필요한 거 같지 않아서 그만… 물론 눈으로 보는 게 중요하죠… 네. 새로운 사진을 실어야 하는 줄은 몰랐어요. 죄송합니다. 어떻게 안 될까요? 아니에요, 절대 아니에요… 이번 주말에요? 그건 아니고 꼭 단양까지 가야겠죠? … 가기 싫은 건 아니구요, 네? 그렇다고 그렇게 말씀하실 것까지야… 따지자는 건 아니지만, 저도 최선을 다해서 준비한 원고인데 그런 식으로 무시하시면 안 되죠…. (뚝 끊긴 전화) 여보세요? 여보세요? 이 자식이 전화를 끊었네. (전화기에 대고 욕하는) 야 이 자식아! 너 나이가 몇 살이야? 어디다가 반말질이야. 전화를 끊어? 너 죽었어, 나쁜 새끼! 내가 너랑 다시 일을 하면 나카무라 유키가 아니라 나가놀아 유키다 새끼야. 이 문어 먹물에 푹 빠졌다가 나온 시커먼 쥐발바닥 같은 새끼야. (욕을 시원하게 잘하는)

한쪽에서는 망설이던 현우가 상사의 전화를 받고 있다.
유키와 현우는 각자 다른 사람과 통화하고 있지만
두 사람의 통화는 절묘하게 맞아 떨어진다.

현우   … 그쪽은 제가 잘 안내할 수 있을지 몰라서요. 인터넷이랑 책
으로 봐도 충분할 거 같은데요. 네. 제가 이번 주에는 일이 좀
있어서요… 홍보팀 연수 가는 거야 저도 알고 있죠. 하지만 전
기획팀이라, 제가 나가도 별 도움 안 될 거 같은데요. 물론 직
접 설명하는 게 좋긴 한데요… 네? 일어요? 어, 이력서에는 쪼
끔 한다고 써있긴 한데 제가… 좀. 알아들을 수는 있습니다.
사진이라면 제가 찍어 놓은 게 있는데, 그거라도 드리면 안 될
까요? 아니에요, 절대 아니에요… 이번 주말에요? 제가 꼭 안
내 해야겠죠?… 안 하겠다는 건 아니구요, 네? 그렇다고 그렇
게 말씀하실 것까지야… 따지자는 건 아니지만, 저도 주말엔
개인적인 일이… (뚝 끊긴 전화) 여보세요? 여보세요? (전화기에
대고) 이 자식이 전화를 끊어? 너 죽을래 새끼야? 너 몇 살이
야? 나이도 어린 게 어따 대고 반말질이야. 이 사돈의 팔촌의
옆집아줌마 조카가 쓰는 18색 크레파스 중에 노란색 옆에 짜
져있는 개나리 색아! 시베리아 벌판에서 낑깡 까먹는 소리를
내가 따를 거 같애? 에라이 개념을 인터넷 최저가로 경매에 붙
여 팔아넘긴 싸구려 신발아!

두 사람의 욕은 서로 가르쳐주고 배우듯 맞물리며 상승한다.
비명소리와 욕소리가 높아지고 점점 절규에 가까워지다가
쌓인 스트레스가 폭발하듯 극에 치닫는다.

두 사람 동시에, 으아아아아아악~~~

암전.

1장. 유적지 테마파크

가슴에 '혜성테크' 라고 써진 사원 점퍼를 입고 있는 현우.
그는 선사유적지를 취재하러 나온 일본인 여행기자의 취재 안내를
맡아 유적지 테마파크에 나와 공원을 안내하는 중이다.
프리랜서 여행기자인 일본인 여자는 얼굴을 다 덮을 만큼 커다란 모
자와 얼굴을 반 이상 가린 마스크를 쓰고 커다란 배낭을 메고 있다.
현우는 안내를 한국어로 하고 있지만 일어를 어느 정도 알아들을 수
있고 일본인 여자는 말은 일어로 하지만 한국어를 알아들을 수 있다.

현우 고찌라에 도우죠. 아소코가… 전시관데쓰… (일본어가 막히자)
스미마셍 캉코쿠고 다이죠 부데스요네.

유키 하이. (반말로) 한국마르 조금 괜찮아. 편하게 서르명해. 히어
링 오케이.

현우 아리가토 고자이마스. 저기 있는 전시관에 이번에 새로 도입
된 자동안내 시스템이 있거든요.

유키 (현우의 설명을 가로채며, 일본어로 자신이 설명하는) 조감도를 보
면서 설명을 들으면 훨씬 이해가 쉬울 거 같은데. 여기에 테마
파크 생긴 후로 일본 관광객이 많이 찾아오는 거 같아요. 충주
호도 가깝고 사계절 온천관광도 그만이거든요. 단양팔경도 유

명하잖아요.

현우 (어이없지만 받아주며) 아 그렇죠, 유명하죠. 충주호, 단양팔경이 이 근처에요. 단양팔경에는….

유키 (다시 설명을 가로채며) 구담상봉, 옥순봉, 사인암, 상선암, 온달관광지, 도담상봉, 중선암 데스요네.

현우 석문! 석문이 빠졌네요.

유키 아! (일본어로 세어보며) 1,2,3,4,5,6,7… 아! 서쿠문!

현우 참, 책 이름이….

유키 (어색한 한국말로) 다시 가봐야 하르 한국의 명소 데스.

현우 (발음을 교정해주며) 다시 가봐야 할 한국의 명소.

유키 하르?

현우 할!

유키 하르!

현우 예… 하르. 다시 가봐야 하르 한국의 명소! 그 책 개정판에는 꼭 저희 테마파크랑 선사유적지도 넣어주시면 좋겠어요. 저희가 옛 모습 그대로 복원해서 현대적으로 완벽하게 구현해 놨거든요. 무엇보다 유적지 가까이에 공원 유원지를 개발해서 가족들과 연인들이 즐겁게 쉬다 가실 수 있게 해놨죠.

유키 (일어로) 그런데 왜 선사유적지 옆에 유원지를 만들었어요? 유적지랑 테마파크가 어울리지는 않잖아요. *(일어로) 데모 나제 센시이세키노 토나리니, 유-엔치오 추쿳탄데수카? 난다카 니아와나이데수요네.*

현우 (당황하며) 예? 아… 스미마셍. 슬로우 … 유끄리… 모이찌도 오네가이시마스.

유키 *(일어로 천천히) 데모 나제 센시이세키노 토나리니, 유-엔치오 추쿳탄데수카? 난다카 니아와나이데수요네.*

현우 (당황하며) 예? 그야… 어울리진 않지만, 선사유적지만 있으면 사람들이 안 오는데 공원이나 유원지가 있으면 오거든요.

유키 (못 알아듣는 척) 스미마셍… 니혼고데 오네가이시마스.

현우 히어링 노?

유키 쏘리. 너의 스피킹, 히어링 노.

현우 아, 조토마테 쿠다사이. (전자사전을 꺼내서 찾아본다) 다시카니 니와 나이데스 카이세키다… 아…. (대화가 안되자 전자사전을 유키에게 보여준다)

유키 아… 돈벌이 데스까?

현우 네, 돈벌이. 잘 아시네요. 저기요. 이런 내용은 책에 쓰지 마세요. 저는 원래 홍보팀이 아니라 기획팀인데, 오늘은 홍보팀이 모두 연수를 가는 바람에 제가 대신 안내를 맡은 거라, 실수하면 짤리거든요.

유키 아, 땜빵??

현우 예? 아, 땜빵!! 근데 그거 일본말이에요? 땜빵을 아시네.

유키 아, 괜찮아 괜찮아. 다이죠부데스. 너 안 짤리게 해줄게. 노 프러브램. 굿 초이스! (잘 써주겠다는 손짓)

현우 아리가토 고자이마스. 그런데… 분위기가 제가 알던 사람과 많이 닮으셨어요.

유키 (갑자기 콜록거리며 대답을 회피하는)

현우 아 감기 걸리셨나 봐요. 어쩐지 중무장을 하셨더라.

유키 응… 감기. 나 많이 아파. (모자를 더 깊이 눌러쓰며)

현우 한국 봄 날씨는 조심해야 돼요. 볕은 따뜻한데 바람은 차고 황사도 얼마나 심한데요. 그런데 목소리가 참 낮이 익네요.

유키 (콜록 콜록. 기침하며 현우에게 다가가 엉기는)

현우 (어색해서 떼어내며) 하긴 일본 사람들은 다 비슷해요 그죠?

유키   아 비슷해 비슷해.

현우   그쵸. 한국사람도 다 비슷하죠?

유키   소우데스네. 비슷해 비슷해. 너도 내가 아는 사람과 비슷해.
        (이상하게 웃는다)

현우   그런데 제가 초면에 여성분에게 이런 말씀 드려도 될지 모르
        겠는데요…, 자꾸 반말을 하시네요.

유키   반마루?

현우   반말이요.

유키   반마리? 닭 한마리? 치킨 반마리? 나 치킨 한마리 시켜줘. 안
        동찜므다쿠 반마리 먹고 싶어.

현우   아, 그게 아니구요. 한국말에는요 반말과 존댓말이 있어요.

유키   좃땟말?

현우   아니오. 존댓말이요.

유키   좃 땟 말.

현우   자, 보세요! 아리가토 반말, 아리가토 고자이마스 존댓말.

유키   아 스미마셍. 존댓말! 아 한국말 존나 어려워.

현우   아, 스랭그 다메다메 (슬랭은 안돼 안돼). 잇떼와 이케마셈.

유키   아… 너 일본마르 발음 존나 구려. 일본말 어디서 배웠니? 따
        라해봐. 잇떼와 이케마셈.

현우   잇떼와 이케마셈.

유키   아리가토 고자이마스.

현우   아리가토 고자이마스.

유키   모이치도 오네가이시마스.

현우   모이치도 오네가이시마스.

유키   아이씨, 너 누구한테 일본말 배웠니.

현우   저기요 그쪽은 한국말 누구한테 배우셨길래… 이렇게 싸가지

가… 아니 예의가 없으세요?

유키 (흥분해서 일본말로) 뭐 이렇게 빠가 같은 안내가 다 있어? 생긴
것도 못생기고 키도 작고 일본어까지 못하고. 욘사마 같은 한
국 남자 없어? (현우를 가리키며) 야 너 배용준처럼 못해? 이병
헌처럼 못하냐고. (더욱 흥분하며) 현빈 오라 그래. (현우에게 퍼
붓듯) 빠가. 빠가. 빠가야로!

현우, 유키가 흥분하며 알아들을 수 없는 말들을 쏟아내자
더이상 참지 못하고, 한쪽 구석으로 가서 팀장에게 전화를 건다.

현우 여보세요? 팀장님, 저 송현웁니다. 지금 현장 나와서 기자 만
났는데요… (울컥하는 마음을 가다듬으며) … 제가 감당할 수 있
는 여자가 아닌 거 같아요. 저한테 막 빠가라고 그러고요, 제
일본 발음 지적질하고요….

유키 (통화하고 있는 현우 뒤로 와서 현우에게 똥침을 놓는다)

현우 (뜨악해서) !! 지금 저한테 똥침을 놨어요. 진짜라니까요. 저 거
짓말 안하잖아요. 완전 미친 여자 같다니까요

그 사이 유키가 모자와 마스크, 선글라스를 벗는다.
일본여자의 얼굴이 드러난다.
현우 통화를 하다가 유키의 얼굴을 보고는 놀란다.

현우 팀장님… 제가 해결할 수 있을 것 같습니다. 죄송합니다 이런
걸로 전화드려서….

현우 전화를 끊는다. 지금까지 참고 있던 열받음과 긴장감이 한꺼번

에 풀리면서 다리가 절로 꺾이는 듯하다.

현우   너어…! 유키…?!

유키   (배시시 웃는다) 흐흐흐… 좋은 하루~!

현우   좋은 하루는 무슨. 지금 여기서 그런 인사가 나오냐?

유키   (고소하고 흐뭇한 표정으로) 강의실에서만 인사하냐?

현우   너… 너 여기 왜 있는데?

유키   (일어로) 너는 왜 여기 있는데?
      (일어로) 안타코소 난데 인노요?

현우   니가 취재 요청해가지고 내가 설명해주러 온 거 아냐.

유키   (일어로) 니가 취재에 응해서 내가 온 거 아냐.
      (일어로) 안타가 슈쟈이니 오-지타카라, 와타시가 키탄쟈나이.

현우   야 일본말 좀 그만해. 나 토할 거 같애.

유키   야다. (싫어)

현우   왜 야다?

유키   니가 하란다고 내가 다 해야 되냐?

현우   너 진짜 웬일이냐. 혹시 나 보러 왔냐?

유키   내가 너 여기 있는 줄을 어떻게 아냐?

현우   오년 전 모임에서 만났을 때 얘기했잖아, 단양 내려간다고. 관심 좀 가져라.

유키   단양이 다 니네 집이고 회사냐? 그리고 오년 전 일을 어떻게 기억하냐?

현우   진짜 모르고 온 거야? 근데 그 모자랑 마스크는 뭐냐?

유키   (장난스러운 표정)

현우   모르는 사람이 그렇게 변장질하고 나타나냐?

유키   내 맘이거든.

현우   야, 아무튼 오랜만이다.

유키   오랜만이지 그럼.

두 사람 어색하게 다시 인사하려는데 어떻게 인사해야할지 모른다.
유키는 포옹하려 하고, 현우는 악수하려고 한다.
서로 맞지 않자 다시 유키는 악수하려 하고, 포옹을 하려는 현우.
두 사람의 반가우면서도 어색한 인사가 둘을 잠시 예전의 시간으로
돌려놓는다.

유키   (씩씩하게 악수를 청하며) 야 진짜 존나 반갑다.

현우   (그 손을 때리며) 떽! 존나가 뭐야 .너 내가 한국어 그렇게 가르
쳐줬냐. 떽! 근데 너 한국어 많이 늘었다.

유키   내가 언어에 천부적인 재능이 있잖아.

현우   아직도 혼자 착각하고 그러냐?

유키   됐거든.

현우   여기까지 어쩐 일이냐.

유키   취재하러 왔잖아.

현우   너 아직도 그 일 해?

유키   (티껍게) 그래. 그 일 한다.

현우   그 아르바이트 때려 친다고 한 게 언젠데 아직도 하고 있어.

유키   내가 하는 일에 신경 꺼.

현우   신경 끄게 좀 해주시지. 백년 만에 불쑥, 이게 뭐냐? 변장질을
하고 오질 않나.

유키   야! 너, 엄지발가락 무좀 치료는 잘 돼 가냐?

현우   어? (비밀을 어떻게 알았지? 하는 표정)

유키   엉덩이 뽀드락지는 더 안 늘었고? 좀 씻고 다니지, 더럽게.

현우	…??
현우	너 그거 어떻게 알았어. 나 스토킹 했냐?
유키	페이스북에 그런 글 좀 올리지 마. 찌질하게 사람들한테 뽀드락지 치료법이나 물어보고. 넌 어째 변한 게 없냐.
현우	야 원래 페이스북이 그런 재미가 있는 거야. 서로 정보 공유하고 그러는 거지. 너는 뭐. '그가 떠나자 내 심장에 살이 빠졌어요?' 아이구 진짜. 그 일본 페인트공하고 잘 안됐나보지? 아직도 한국에 있게?
유키	페인트공이 아니라 페인터거든. 화가!
현우	그거나 저거나, 색칠하는 거 아냐.
유키	(비꼬듯) 너도 미스 인삼이랑 잘 안됐나 보지?
현우	인삼 아니고 홍삼이야. 그리고 헤어진 지 4년 10개월이나 됐거든.
유키	됐다. 4년 10개월이나 홀로 묵은 노총각이랑 뭔 얘길 하나.
현우	나도 페인트공한테 차여서, 심장에 살 빠진 여자 별로거든.
유키	됐고. 너 여기 얼마나 살았냐?
현우	안 가르쳐줘.
유키	유치하기는. 아무튼 여기 오래 살았다며.
현우	그렇다 왜.
유키	여기서 뭐 하냐, 혹시 나 때문에 여기 있는 거야?
현우	애 뭐라니.
유키	그러면 왜 여기 있는데.
현우	일하지 뭐하긴 나 엄청 바뻐.
유키	별로 안 바뻐 보이는데?
현우	나 완전 바쁘거든. 여기 전시관, 저기 박물관, 요기 테마파크… 저런 시설물들 다 내 손 거친 거야.

유키	진짜?
현우	내가 오랜만에 만난 친구한테 뻥칠 일 있나?
유키	너 원래 뻥 잘 치잖아. 옛날에도 되게 좋은 단독주택 보고 니네 엄마집이라고 뻥치고, 되게 좋은 2층집도 할머니집이라고 뻥치고. 근데 내가 가본 진짜 니네 집은 되게 쪼그만 옛날 아파트였잖아.
현우	… 이었으면 좋겠다. 뭐뭐 했으면 좋겠다. 넌 소망형 은유도 모르냐?
유키	그게 바로 뻥이잖아. 은유 이꼴 뻥. 내가 한국말 잘 모른다고 뻥친 거잖아.
현우	아, 정말이지 넌 한국말 서툴 때가 좋았는데.
유키	이제 나한테 뻥 못 친다. 어떡하냐 송현우 씨. 넌 아직도 일본말 못 알아듣지? 아, 진짜 천부적인 빠가야로.

현우, 한마디도 지지 않는 유키의 말빨에 눌려
뭔 얘기로 기선 제압을 할까 고민한다.

현우	… 너 많이 늙었다.
유키	(현우 이마 때리며) 넌 더 늙었어. 누가 너를 서른여섯으로 보겠냐?
현우	넌 낼 모레 마흔이다. 노처녀도 한참 꺾인 노처녀야. 너 지금 애 낳아도 완전 노산이야.
유키	(현우의 목을 잡으며) 야 여자한테 노산이란 말을 함부로 쓰지 말라고 그랬지. 그게 얼마나 무서운 말인지 알기나 해? 너 맛 좀 봐라.
현우	(유키를 번쩍 들고) 내려 말어. 내려줄까 말까. 하하하.
유키	(현우에게 안기는 폼이 되어, 현우의 목을 잡고) 으악 내려! 하지

마! (그러다가 현우를 꼭 껴안는다)

현우 ?? (뭔가 이상한 느낌에 천천히 유키를 내려놓는)

유키 (현우의 목을 안은 손을 풀지 않는다)

현우 …. (난감한 포즈로 안긴 채 가만히 서 있는)

유키 (손을 풀고는, 현우의 머릴 퍽 때린다)

현우 …. (어색하게 주춤거리다가) 여기 별로 볼 거 없어. 대충 자동안내 설명 듣고 알아서 서울 가라.

유키 나 며칠 있을 건데.

현우 그래? 그럼 있을 때까지 수고하고.

유키 내가 단양까지 왔는데 맛있는 거 안 사줘?

현우 나 땜에 온 것도 아닌데 왜? 그리고 여기 충북이야. 충북은 음식 맛없어. 맛있는 거 먹고 싶음 전라도로 가. 거긴 다 맛있다.

유키 난 니가 해주는 음식이 제일 맛있던데. 니가 해주면 안 되냐?

현우 내가 왜?

유키 옛날친구가 먹고 싶다는데 그것도 못하냐? 닭도 잡고 오리도 잡고 그랬잖아, 날 위해서.

현우 그때는 어렸지. 스물둘에 뭘 못하냐.

유키 그때 했으면 지금도 잘 할 수 있어.

현우 할 수야 있지, 하기가 싫은 거지.

유키 아~ 엠티 가서 니가 해준 닭도리탕, 해물파전, 김치찌개 존나 맛있었어. 인기투표도 음식으로 했다하면 니가 1등이었잖아. 그리고 니네 집에서 먹었던 잡채랑 불고기랑… 골뱅이무침이랑….

현우 알았어 알았어. 내가 닭 한 마리 사다가 닭볶음탕 해줄 테니까 십만 원만 내라.

유키 너, 죽을래?

현우   싫음 말고.

유키   콜!!! 십일만 원, 만원 팁!!

현우   뭐지, 팁 받고도 기분 나쁜 건 왜일까.

유키   (현우의 엉덩일 토닥이며 귀여워하는) 아이구 팁이 적어서 그래? 이 누나가 더 줄게.

현우   아 징그럽게 왜 이래?

유키   닭도리탕 먹고 오리배 타러가자.

현우   야 넌 닭 잡아먹고 꼭 오리를 타야 되겠니?

유키   응. 여기 오는 버스 안에서 오리배 봤는데, 니 생각나더라. 너 옛날에 나 자주 오리배 태워 줬잖아. 그때 참 평화로웠어.

현우   야 내가 그 평화 지킬라고 얼마나 쎄가 만발이 빠지게 페달 밟은 줄 알어?

유키   '쎄가만바리빠지게'가 뭐야?

현우   알거 없고. 나 얼마 전에 다리 부러졌었어. 이제 좀 걸을 만한데, 무리하면 안 돼.

유키   일 때문에 그래. 나 돈 좀 벌자.

현우   나도 돈 좀 벌자.

유키   이거 며칠 안에 끝내서 일본 여행사에 넘겨야 돼. 나 때문에 아직 잡지도 못 만들고 있단 말이야.

현우   그럼 이렇게 하자. 그 페인트공을 이리로 오라 그래서, 태워 달라 그래.

유키   오리배 타러 가면 내가 에버랜드 데려가줄게.

현우   에버랜드 많이 가봤어.

유키   그럼 도쿄 디즈니랜드.

현우   (잠깐 고민하는 척 하다가 고개 저으며) 으흐응. 거기도 한번 가봤어.

유키   그럼 미국 캘리포니아 디즈니랜드!

현우	(캘리포니아? 하는 표정으로 미간을 찌푸리며 고민하는 척 바라보는)
유키	야, 내가 직접 찍은 사진이 필요해서 그런다고. 내가 마감 못 지켜서 새파랗게 어린 편집장한테 꾸사리 먹고 그래야 되겠냐? 그러면 좋겠어?
현우	어떤 새끼가 그래?
유키	있어 존나 재수 없는 놈.
현우	야 존나가 뭐야. 욕 좀 하지 말라고. 매우! 매우 재수 없는 놈!
유키	매우 재수 없는 놈.
현우	아주 매우 재수 없는 놈이구만.

현우와 유키 대화 하면서 나간다.

2장. 오리배

어둠속에서 오리배 페달소리가 들린다. 호수의 물 가르는 소리.
무대 밝으면 일요일 오후의 호수.
현우와 유키가 구명조끼를 입고 오리배 안에 앉아있다.
유키는 한가로이 사진을 찍고 있고 현우만 열심히 페달을 밟고 있다.

현우	이거 언제까지 타야 되냐?
유키	호수 한 바퀴 돌면서 사진 다 찍을 때까지.
현우	너도 좀 밟지.
유키	그럼 사진이 흔들리잖아.
현우	손떨림방지 있잖아.

유키   (한번 밟아보며) 봐봐. 이렇게 몸이 좌우로 흔들리는데 어떻게 사진을 찍어.

현우   넌 어깨로 페달을 밟냐? 어떻게 된 게 그렇게 흔들리냐? 이렇게 밟으면 되잖아. (보여주면서) 이렇게 이렇게.

유키   넌 잘 밟네. 그렇게 계속 가면 되겠다.

현우는 힘들게 오리배의 페달을 밟고 유키는 찰칵찰칵 사진을 찍는다.

현우   (밟으며) 나 다리 또 부러지면 철심 박아야 할지도 몰라.

유키   (찰칵찰칵)

현우   (밟으며) 나 보험도 없어서 병원비가 얼마나 많이 나오는데. 니가 그거 다 대줘야 할지도 몰라. 생각난 김에 실비보험 하나 들어둬야겠다.

유키   (찰칵찰칵)

현우   우리 회사 관련 구역에서 놀면 산재처리 될 텐데…. 난 홍보 파트가 아니라서 업무와 관련 없을래나?

유키   (찰칵찰칵. 사진 찍다가 문득 뭔가 생각난 듯) 아 맞다. (오리배 목에 걸린 리본을 가리키며 떼어달라는 손짓) 리본.

현우   (뜨악한 표정) 야 됐거든.

유키   갖고 싶다고.

현우   너 아직도 그런 거 모으냐? 나 이제 몸이 예전 같지 않다고. 리본 떼다 물속에 빠지는 수가 있어.

유키   싫음 관둬. 내가 떼면 되지 뭐.

카메라를 놓고 자리에서 일어서는 유키. 배가 기우뚱거린다.

현우	(놀라서 유키를 잡아 앉히며) 야. 평형감각이라곤 쥐뿔도 없는 게. 앉아 있어. (어쩔 수 없다는 듯 조심스레 일어나 리본을 떼는) 아 진짜 내가 이 나이에 오리배 리본이나 훔치고. 이건 왜 이렇게 안 떨어지냐. 단단히도 붙여놨네. 누가 오리배 리본도둑 있다고 소문내났나 보다.
유키	위험하니까 조심해.
현우	위험하다, 조심해야 된다, 그런 생각은 원래 부탁하기 전에 먼저 하는 거야, 입이 아니라 머릿속으로.
유키	다음엔 그렇게.
현우	또 타게? 다음은 없다. (어렵게 리본을 떼서 건네는. 앉으며) 너 내가 떼 준 리본들 다 버렸지? 버릴 거면서 그게 왜 그렇게 갖고 싶냐.
유키	(소중하게 손수건에 싸서 가방에 넣는다)
현우	만족하냐?
유키	응. 존나 만족해. (흐뭇하게 미소 띠며 다시 사진을 찍기 시작한다)
현우	(다시 페달을 밟으며) 리본 없는 오리배 타니까 좋냐?
유키	응. (찰칵찰칵)
현우	(밟으며) 야, 저 산은 찍지 마.
유키	왜??
현우	아무튼 찍지 마.
유키	왜.
현우	저 산에 전설이 하나 있거든.
유키	뭐.
현우	근데 좀 무서워.
유키	뭔데?
현우	옛날에 저 산 너머에 작은 마을이 있었는데, 거기에 홀어머니

를 모시고 살던 효자가 하나 있었대. 어머니에게 맛있는 걸 해
드리고 어머니가 행복해 하는 걸 제일로 알던 효심 지극한 아
들이었지. 그런데 어느 날 어머니가 이름 모를 병에 걸려 자리
에 눕게 된 거야. 근데 약도 소용없고 극진히 보살펴도 나을
기미가 안보였어. 그러던 어느 날 이 마을을 지나던 스님이 효
자의 효심에 감복해 치료방법을 가르쳐줬는데, 그건 바로 사
람의 다리를 삶아 먹으면 낫는다는 거야. 몇날며칠을 고민하
던 효자는 며칠 전 죽은 건너 마을 사내의 무덤을 파내 다리를
가져오기로 했어. 그날 밤 효자는 낫과 도끼를 들고 산으로 올
랐지. 비바람을 맞으며 무덤을 열심히 파는데 다리가 떡 잡히
는 거야. 바로 이거다 그러면서 낫과 도끼로 다리를 뚝 잘라서
산을 내려오는데 뒤에서 이상한 소리가 들리는 거야. 이게 무
슨 소리지? 하고 자세히 들어보니까 그 소리는 바로…!

유키 (무서워하며 듣고 있던 유키가 현우의 다리를 꽉 잡으며) 내 다리
내봐라~ 내 다리 내봐라~

현우 (현우가 더 놀래서) 으악! (화내며) 야! 그걸 니가 하면 어떡해. 내
가 해야지.

유키 (낄낄대며 웃는) 그거 옛날에 백번도 더 들었거든.

현우 그럼 듣기 전에 얘기를 해야지.

유키 얘기를 해주려면 신선한 얘기를 좀 하든가.

현우 내가 다른 얘기 하나 더 해줄게.

유키 됐거든.

현우 해주고 싶어. 갑자기 해주고 싶어졌어.

유키 뭔데.

현우 처음 들어볼걸. 바로 이 호수에 관한 전설이야.

유키 (오리배가 떠 있는 호수라는 얘기에) 안 돼. 하지 마. 이 호수 속

얘기면 무섭잖아.

현우 이 호수에는 옛날부터 큰 물고기가 많아서 낚시꾼들이 몰려들 었거든. 그런데 어느 날 낚싯배를 타던 한 남자가 갑자기 배가 너무 아픈 거야. 육지까지 가기엔 너무 멀고 볼일이 급하기도 해서 뱃전에 바지를 내리고 앉았는데, 그만 실수로 물속에 빠 져 죽은 거야. 볼일보다 물에 빠져 죽은 어이없으면서 슬픈 죽 음이었지.

유키 뭐야, 끝이야?

현우 아니 지금부터 시작이야. 그런데 그 다음부터 이 호수에 작은 볼일을 보거나 큰 볼일을 보는 사람들에게 이상한 일이 벌어 지기 시작한 거야. 사람들이 볼일만 보려고 하면 호수에서 커 다란 손이 불쑥! ….

유키 ? (흠칫)

현우 사람들 바지를 확~! '편하게 볼일 보세요. 여긴 여러분의 호수 니까요.'

유키 에?? 그게 뭐야. 얘기야?

현우 (다시 페달을 밟으며) 아이구 옛날엔 이런 얘기 해줘도 잘 이해 못하고 그랬는데.

유키 뭔 소리야. 다 이해했어.

현우 에이 무슨. 내 표정보고 무서워했던 거지.

유키 아냐 둘 다였어.

현우 넌 문헌연구 한다고 목판 찾으러 지방으로 빨빨대고 다닐 때 가 진짜 귀여웠는데.

유키 나한테도 그런 시절이 있었지. 귀엽던 시절. (귀여운 표정 지으며)

현우 아… 그런데 한국엔 왜 다시 온 거야?

유키 글쎄… 그래서 이제 다시 안 오려고.

현우　또 가게?

유키　응. 온 지 좀 됐거든. 그래서 이번에 돌아가면, 일본에서 살려고. (현우의 반응을 보면서) 결혼도 하고 아이도 낳고.

현우　그래. 그러는 게 좋지. 자기 나라가 제일 편하지.

유키　응….

현우　어머니 건강 하시고?

유키　(엄마 생각하며) 응. 그냥 뭐.

현우　그런데 널 좋아해줄 남자가 일본에 남아있을지 모르겠다.

유키　옛날 인기 어디 가겠어?

현우　그 옛날이 언제 적 옛날인데?

유키　니가 나한테 반해서 파트너 바꾸고 막 그런 때지.

현우　엥? 무슨 소리야, 파트너를 뭘 바꿔.

유키　다 알아. 교환학생 몇 명이나 된다고. 우리끼리는 비밀 없었어. 토모코가 나한테 다 말해줬거든?

현우　뭘를? 토모코가 나에 대해서 뭘 안다고?

유키　니가 미키짱한테 종이 바꾸자고 했다면서. 니가 살짝 펴보고 미키짱한테 주는 거 토모코가 다 봤대.

현우　펴보긴 뭘 펴봐. 펴지려고 해서 바꾼 거야. 공정하게 파트너를 만나기 위해서. 너 그때 나 만났으니까 이만큼 한국어가 는 거지, 아니었음 택도 없다. 엄마 아빠부터 가르쳐주는 그런 친구가 어디 있겠냐.

유키　니가 알려주는 건 너무 기초적인 거였거든.

현우　기초가 얼마나 중요한데. 밥 주세요. 술 주세요. 돈 없어요. 외상이요. 너 그런 기초적인 것도 발음 안 돼 가지고 응? 야 너 나 때문에 한국에서 안 굶어죽고 살아있는 거야.

유키　야 니 억양은 어떻고. (대구 사투리를 흉내 내며) '밥은 먹고 다니나', '뭐가 그래 먹고 싶노' '나는 돈 업대이' 진짜 촌스러웠어. 내가 말하면 사람들이 얼마나 웃었다고. 내가 한국말을 대구 사투리로 배워서 아직도 억양이 안 좋아.

현우 야 내 억양이 어때서? 나 이제 사투리 기억도 안 나.

유키 (놀리듯 흉내 내며) 내 억양이 어때서? 나 이제 사투리 기억도 안 나. 어떻게 서울서 만나도 대구 사람을 만나냐.

현우 넌 대학 도쿄에서 다녔다고 도쿄사람이냐?

유키 됐고! 난 그래도 상대에 대한 최소한의 배려가 있어.

현우 나는? 나는 배려 없냐? 나야말로 배려 빼면 송장이야, 왜 이래.

유키 허. 그렇게 배려 많으신 분이 나 한국말 잘 못 알아듣는다고, 사람 앞에 세워놓고 따다다다 그러셨어요?

현우 뭐가 따다다다야.

유키 그때 그랬잖아. 나 일본으로 돌아간다고 했을 때, 나 못 알아듣게 막 무지 빠르게 이상한 사투리 섞어가면서 길게 막 그랬잖아. 미친 게처럼 거품 물고.

현우 그거 어려운 말 아닌데.

유키 니가 막 사투리 섞어서 거품 물고 빨리 말하니까 뭔 말인지를 몰랐다구. 지금 가르쳐줘.

현우 싫어.

유키 왜 싫어.

현우 안 가르쳐주지. 넌 그냥 평생 모르고 사는 게 좋아.

유키 아 진짜, 너 존나 짜증나거든.

현우 야 너 진짜 자꾸 존나존나 하지 말라니깐. 그럼 니가 먼저 말해봐. 일본 돌아가기 전에 마지막 면접이라고 그러면서 어떤 회사 갔다 오더니, 너 머리 때리면서 혼자 빠가 빠가 그러고 막 울고불고 했었잖아. 너 그때 술 떡 돼가지고 나한테 일본어

로 뭐라뭐라 긴 말 했었어. 술까지 먹어가지고 에데데데 그러
는데 뭔 말인지는 하나도 모르겠지, 버스 타고 당장 일본 간다
고 박박 우기지, 내가 그 날 너 부축하고 하숙집까지 가느라
스물둘에 오십견이 왔어. 알아?

유키　그때 너 보기 싫어서 일본 가려고 했던 거거든.

현우　그럼 그 긴 일본말이 나 때문에 일본 간다는 거였냐?

유키　안 가르쳐주지. 넌 평생 모를걸.

현우　(불쑥) 너 김밥천국 해봐.

유키　뭐?

현우　김밥천국.

유키　김 밥 천 국.

현우　붙여서.

유키　(발음이 잘 안 되는) 김빠천쿵.

현우　김밥천국 가서 참치김밥먹자 .

유키　김빠천쿠 가서 잠지김빠 먹자.

현우　야 그런 김밥이 어디 있냐. 거봐. 너 아직도 발음이 안 되잖아.
　　　넌 억양이 문제가 아니라 발음이 문제야.

유키　나 잘되거든. 김빠천쿠. 잠지김빱

현우　아이고 잘되시네요 기빠처쿠 잠지김빠 하하하

유키　그럼 너 코슈뎅와 해봐.

현우　(정확히 억양과 발음을 따라하는) 코슈뎅와.

유키　카키쿠케코.

현유　카키쿠케코.

유키　아카사타나하마야라와오응.

현우　아카사타나하마야라와오응.

유키　가기그게고 자지즈제조 다디즈데도 바비브베보.

현우   가기그게고 자지즈제조 다디즈데도 바비브베보. 내가 어디에서 틀려야 니가 좋아하는 거야? 너무 쉬워서 틀릴 수가 없네. (장난치며 계속반복) 가기그게고 자지즈제조 다디즈데도 바비브베보.

유키   에이씨. (씩씩대며 뭘로 대응할까 고민하는. 그러다 폭탄 선언하듯) 넌 홀딱 벗고 모기 잡았어!

현우   (눈을 동그랗게 뜨고 보는. 설마…? 하는 표정) 뭐…?

유키   (놀리듯) 너 모기 되게 싫어하잖아… 그날 밤 우리 처음 잘 때도….

현우   자긴 뭘 자. 너 기억 안 난다며.

유키   안 나!

현우   그때 우리 안 잔 걸로 결정 내렸잖아.

유키   어쨌든 너 그날 밤 팬티까지 홀딱 벗고 누웠다가 일어나서 모기 잡았는데, 기억나지?

현우   (페달을 마구 밟으며) 아이씨 하지 마!! 갑자기 그 얘기를 왜 하는 거야!

유키   딸랑딸랑~ 끝내 못 잡고 그 모기한테 엉덩이 물렸었지 아마? 브라브라 딸랑딸랑.

유키 노래 부르면서 현우를 놀린다.

현우   (흥분해서 사투리 억양이 막 나오는) 아 가시나 진짜 디테일 하네. 진짜 짜증나는 가시나다. 니 진짜 말 많데이. 니 저 섬에서 내리라.

유키   (따라하며) 진짜 짜증나는 가시나다. 니 진짜 말 많데이. 니 저 섬에서 내리라. (노래 부르며) 브라브라~~ 딸랑딸랑

현우　야 그 노래 부르지 말라고. 딸랑딸랑이 뭐꼬. 하지 말라고 가
　　　스나야! 니 안 밟고 머 하는데? 빨리 안 밟노?

유키　(장난스럽게) 빨리 안 밟노? 밟으면 될 거 아이가. (노래 또 부른다)

현우의 짜증을 폭발케 한 유키는 기분이 좋아져서 어깨를 더 들썩이
며 페달을 밟는다. 현우도 짜증내며 페달을 마구 밟는다.
배는 기우뚱 기우뚱, 두 사람은 티격태격.
그때 천둥소리 들린다.

현우　(하늘을 보며) 이거 뭐고? 무슨 놈의 먹구름이 저마이 몰려오
　　　나. 니 날씨 체크 안했나?

유키　오늘 소나기 지나간다 캤다.

현우　에이 씨. 밟아 언능.

유키　알았다. (밟으며 노래하는)

유키는 계속 장난을 치고 비가 한두 방울 쏟아지기 시작한다.
전속력으로 페달을 밟아 달리는 두 사람.
후두두두 소나기 소리.

3장. 호숫가

비가 그치고,
현우와 유키가 젖은 옷을 햇빛에 말리며 해바라기를 하고 있다.
옆에 놓인 배낭에서 카디건을 꺼내 입는 유키.

현우   옷 더 없냐?

유키   이거 하난데. 줘?

현우   너만 괜찮다면.

유키   으이구 송현우. 내가 치마라도 벗어줄까?

현우   치아라. 나이를 먹더니 아줌마가 다 돼갖고.

유키   (배낭에서 양갱을 꺼내) 먹을래?

현우   (고개 끄덕이는)

두 사람, 쪼그려 앉아 양갱을 먹는다.

현우   맛있네. 할머니가 양갱이 되게 좋아했는데.

유키   그래?

현우   응. 아 니가 일본에서 사다준 과자들, 할머니가 거의 다 드셨어. 내가 꽁꽁 숨겨놓고 학교 가면 몰래 내 방 들어와서 하나씩 하나씩.

유키   그걸 숨겨 놓고 먹었어?

현우   그냥 드리면 재미없잖아. 숨겨놓은 거 찾아먹는 재미지.

유키   아이구 할머니 심심할까봐?

현우   (좋은 기억을 떠올리듯) 원래 할머니들은 손주 챙겨주고 막 그러잖아, 근데 우리 할머닌 내가 먹는 거 막 뺏어 먹고 그랬다. 넌 젊으니까 앞으로 많이 먹을 거잖아, 그러면서. 우리 할머니 되게 귀엽지.

유키   … 응.

현우   … 근데 할머니가 없으니까 맛있는 게 없어.

유키   내가 만들어 줄까?

현우   ….

두 사람 잠시, 말없이, 양갱을 먹는다.

유키　(먼 산을 보며) 저 산 여기서 보니까 무섭다.

현우　내 다리 내놔라~ 내 다리 내놔라~ (그러면서 유키의 종아리를 잡는) 이거 알통이야?

유키　넌 어째 학교 다닐 때나 지금이나 변한 게 없냐.

현우　무슨 소리야. 난 한층 어른스러워지고 넌 한층 늙었는데. (유키의 얼굴을 자세히 살펴보고는) 오 년 전엔 잠깐 인사만 하고 헤어져서 못한 얘긴데, 너 주름 많다.

유키　너 먹다 남은 양갱으로 맞아본 적 있냐?

현우　던질 거면 나 줘. 바닥에 떨어지면 못 먹잖아.

현우 유키 장난치다가 둘이 손을 잡는다.

유키　(무언가 떠올랐는지) 우리 오랜만에 분신사바 해볼까?

현우　분신사바?

유키　응.

현우　지금? 여기서?

유키　그래. 너 귀신 좋아하잖아. 옛날에 자주했잖아, 사랑의 분신사바.

현우　너 완전 느끼하거든.

유키　오 반어법. 좋은 시도야.

현우　너 자꾸 그러지마. 남자들은 그런 거 싫어해. 부담스러워. 니가 혼자인 이유가 따로 있겠니?

유키　오 강한 거부반응~ 안 넘어오고 못 배기겠지?

현우　(등짝을 찰싹 때리는) 정신 차려!

유키	아야. 젖은 데 때리면 아프잖아.
현우	아프라고 때린 거야.
유키	야 빨리 종이랑 볼펜 꺼내봐.
현우	나 없는데.
유키	(종이 볼펜 꺼내며) 애가 준비성이 없냐.
현우	분신사바를 준비하고 다니냐? 근데 여기서 될까?
유키	저쪽에 내다리산도 있고, 호수 속에 바지 내리는 귀신도 있으니까 기운이 괜찮아.
현우	귀신한테 뭐 물어 볼 건데?
유키	(평평한 곳에 종이를 깔며) 우리가 그 날 잤는지 안 잤는지.
현우	야! 그게 지금 왜 궁금해.
유키	궁금하잖아. 둘 다 기억이 안 나니까 귀신한테 물어봐야지.
현우	지금 그걸 확인해서 뭐하게.
유키	뭐하긴. 누가 너랑 자고 싶대? 확인만 해보자고.
현우	자긴 누가 자. 택도 없지.
유키	그러니까 심심풀이로 해보자고. (종이를 반으로 접어 왼쪽에 'O' 오른쪽에는 '×'라고 쓴다) 왼쪽 'O'로 가면 우리가 잤던 거고 , 오른쪽 '×'로 가면 안 잤던 거야. (종이 가운데에 볼펜을 세워 잡는다)
현우	생각 좀 해보고.
유키	빨리 잡아. 귀신님이 기다리잖아.
현우	(못이기는 척 볼펜을 잡는) 아 진짜… 너 진지하게 해야 된다.

두 사람 같이 볼펜을 잡고 종이 가운데에 동그라미를 그리며 주문을 왼다.

현우·유키 분신사바 분신사바 오잇떼구다사이. 분신사바 분신사바 오잇
떼구다사이. 분신사바 분신사바 오잇떼구다사이….

사이.

유키 오셨습니까…?

볼펜이 종이 위로 한바퀴 빙그르르 돈다.
능숙한 표정의 유키와 긴장하는 현우.

유키 우리는 그날 밤 잤을까요?

귀신 답이 없다.

유키 우리는 그날 밤 잤을까요?

귀신 답이 없다. 서로를 바라보는 두 사람.

유키 … 우리는 그날 밤 했을까요?

볼펜이 움직이지 않자 장난기가 발동하는 유키. 볼펜을 살짝 'O'쪽
으로 당긴다. 그러나 유키의 장난기를 아는 현우가 다시 볼펜을 'X'
쪽으로 당긴다.

두 사람의 힘겨루기. 볼펜은 'O'와 'X' 사이를 왔다 갔다 하다가 현
우의 힘으로 'X'쪽으로 움직인다. 'X'에 마구 동그라미를 치는 현우.

현우 거 봐. 우리 안 잤다잖아.

유키 …. (볼펜을 중앙에 세워 잡고, 화내는) 마무리 안 해?

현우 (같이 볼펜을 잡는다)

같이 천지기운 천부경 본성광명 천부경.

유키 제를 지낸 것처럼 진지하게 종이를 태운다.

현우 너 아무리 그래도 너무 힘을 준다. 귀신이 움직여야지 니가 움
직이면 되냐?

유키 너도 마찬가지거든. 그렇게 쭈욱 미끄러지면 티가 너무 나지.

현우 아무튼 우린 안 잔 거야.

유키 그럼, 안 잤지. 누가 자. 너랑은 절대 안 자.

현우 … 응?

유키 안 잤다고! 에이씨, 그나저나 오늘 사진 다 찍었어야 했는데.

현우 언제까지 마감인데.

유키 다음 주 목요일.

현우 아직 4일 남았네.

유키 (짜증내며) 원고는 안 쓰냐?

현우 인터넷 보고 써둔 거 있다며. 잘 껴 맞춰 봐.

유키 사진하고 글이 맞아야 할 거 아냐. 대충 껴 맞출 거면 여기까
지 왜 왔겠냐.

현우 왜 나한테 짜증내고 그래? 난 오리배까지 같이 타준 사람인데?

유키 오리배 탄 성과가 없으니까 미국 디즈니랜드는 취소야.

현우 이 배신자. 친구 사이에 신의가 얼마나 중요한데.

유키 그럼 디즈니랜드 입장권 사줄 테니까, 비행기는 니가 알아서
혼자 타고 가.

현우	으으으. 부글부글부글.
유키	나 진짜 심각하단 말야. 이번에도 내 글로 편집장새끼 못 누르면 마음 놓고 때려 치지도 못해.
현우	왜 편집장새끼가 갈궈?
유키	응. 새파란 젊은 놈인데, 편집장이라고 나한테 반말해. 존댓말 하는 것처럼 하면서 재수 없게 끝을 얼버무리는 반말 있잖아.
현우	나쁜 새끼네. 뭐 쓰면 되는데? 내가 도와줄게. 이 지역 자료라면 다 확보하고 있거든.
유키	진짜? 그러면… 너만 아는 얘기 같은 거 없을까? 자료로 남은 거 말고.
현우	나만 아는 얘기? 귀신 얘기로?
유키	귀신얘기 빼고, 이 지역하고 관련된.
현우	음… 나만 아는 얘기가 하나 있긴 한데.
유키	진짜? 또 귀신얘기 아니지?
현우	아니야..
유키	해봐.
현우	(귀신 이야기 모드로) 옛날에 이 마을에 살던 영혼이 맑고 순수했던 한 총각의 얘기야. 이 총각은 착하고 성실하기로 소문이 나 있었는데, 우연히 한성에서 온 한 처자를 보고 사랑에 빠진 거야. 눈을 감아도 눈을 떠도, 밥을 먹을 때도 일을 할 때도, 처자가 눈앞에 아른거려서 아무 것도 할 수가 없었어. 그런데 이상하지? 처자가 별로 이쁘지도 않고 성격도 그저 그래. 나이도 총각보다 많은 거 같고. 그런데도 왜 자꾸 처자가 생각날까, 총각은 고민했지. 그러다가 총각이 고백을 하기도 전에 처자는 한성으로 돌아가 버렸어. 총각은 그냥 떠나보낸 처자 생각에 밥도 못 먹고 잠도 못자고 상사병으로 끙끙 앓다가, 끝내

죽어서 몽달귀신이 된 거야.

유키 봐봐. 귀신 얘기잖아.

현우 떽! 너 때문에 흐름이 끊겼잖아. 들어봐.

유키 그래 알았어.

현우 (다시 귀신이야기 모드로) 그런데, 이 총각이 죽은 이후로 밤만 되면 이상한 일이 벌어지는 거야. 총각이 무슨 한을 품었는지 밤마다 처자 앞에 나타나기 시작했어. 처자가 자려고 불을 끄고 누우면 나타나서 (턱을 괴고) 이렇게 턱을 괴고 처자를 바라보는 거지. 그러다가 처자가 뭔가 이상한 느낌에 눈을 뜨면 두 팔을 허공에 번쩍 들어서 팔을 딱 잡고는…. (뭔가 말하려는 순간 유키가 끼어든다)

유키 너 또, 내 팔 내놔라~ 내 팔 내놔라~ 그거 하려고 그러지.

현우 아니.

유키 그럼?

현우 (유키의 손을 자신의 가슴에 대면서) 내 마음 내놔라~ 내 마음 내놔라~ 내 마음 내놔라~ 내 마음 내놔라….

유키 ….

현우 (어색해져서 가슴에서 유키의 손을 내려놓고는) 뭐 이런 전설이 있었다는 얘긴데….

유키 너어… 옛날에 나 좋아했냐?

현우 (당황하며 급부정) 으흐응. 무슨 소리야.

유키 나 좋아했네.

현우 이 지역 얘기라고. 옛날 역사책 귀퉁이에 나오는 옛날얘기, 이 지역 귀신얘기.

유키 그러니까 옛날에 날 좋아했던 거지. 옛날 니 가슴, 그 언저리 지역 얘기.

현우 너무 너무 앞서갔거든.

유키 너도 티 다 나거든.

현우 티 낼 게 없는데 무슨 티가 난다고 그래.

유키 알았어, 다 지나간 옛날 얘기니까, 넘어가자. 됐지?

현우 얘 진짜 사람을 바로 몽달귀신 만들어 버리네.

유키 근데 넌 왜 그렇게 귀신 얘기를 좋아했냐?

현우 너 옛날에도 그거 물어봤거든.

유키 언제?

현우 옛날에.

유키 아, 니가 나 좋아했을 때?

현우 넘어가자며.

유키 미안. 근데 나 진짜 궁금해서 물어본 건데. 언제부터 귀신 얘기 좋아했나 다시 말해주면 안 돼? 까먹었어.

현우 … 아주 어릴 때부터.

유키 애기 때?

현우 유치원 다닐 때. 엄마가 그랬는데 난 귀신 소리처럼 괴기스러운 거 틀어주면 혼자 잘 놀았대. 전설의 고향도 되게 좋아하고.

유키 신기하네.

현우 어렸을 땐 무서운 얘기 듣거나 보면 엄마한테 막 달려갔거든. 그럼 엄마가 날 꼭 안아주면서 아이구 우리 현우 무서웠쪄? 그러시는 거야. 그것도 좋았어. 점점 커가면서는 사람들 놀려주느라 좋아하기도 했고… 귀신이 뭐 별거겠냐. 우리의 두려움이나 슬픔, 무서움이 투영된 거 아닐까 싶어. 아무튼 뭐 그래.

유키 음… 듣고 보니, 들었던 얘기 같기도 하네….

현우 거봐. 했다니까.

유키 기억나… 엄마 아빠가 나타났으면 좋겠다… 가끔 그렇게 생각한다고.

현우 부모님 한번에 사고로 돌아가셨을 때, 나 실어증에 걸렸었거든. 그때 할머니가 나한테 옛날 얘기랑 귀신 얘기 해주고 그랬었어. 다른 말에는 반응을 안했는데 그런 얘기들은 좋았나봐. 그렇게 말도 다시 시작하고 우울증도 극복하고 그랬어. 결국 내 결핍을 채워준 건 뭐다?

유키 귀신 얘기….

현우 (분위기를 바꾸려) 너 그거 알아? 꿈에서 귀신을 만났는데 귀신이 잡아서 못 깨어나면 죽는대.

유키 정말?

현우 꿈에서 귀신이 잡고 늘어지잖아? 그러면 진짜 목숨 걸고 깨어나야 돼.

유키 만약에 잡히면 어떡하면 돼?

현우 방법이 있지. (주머니에서 껌을 꺼내 입에 넣고 유키에게도 건넨다. 껌을 씹으며 풍선을 부는 현우) 이렇게 풍선을 불면 돼.

유키 (웃는다)

현우 선사유적지 옆에 테마파크 있잖아. 나 거기다 귀신의 집 만들고 있다.

유키 귀신의 집? 고스트하우스?

현우 응. 테마파크 끝쪽 건물이 원래 빈 창고였거든. 딱 보는 순간 이건 귀신의 집이다 그런 생각이 들더라구. 그래서 기획제안서를 냈는데 통과됐어.

유키 (진심으로 좋아해주며) 와…. 잘됐다.

현우 원래 있던 장소를 그대로 활용하는 거지만, 나의 단독 작품이니까 잘해보려고. 다음 달 오픈인데 올래?

유키 응, 꼭 갈게. 거기 귀신의 집이니까 무섭겠지? 뭐가 있어?

현우   직접 볼 때까지는 철통보안.

유키   뭐야….

현우   좋아. 한 가지 알려주자면, 이상한 마네킹 나오고 그런 거 아
        니야. 뭐랄까, 귀신은 사람이 죽어서 생긴 넋이니까 굳이 괴기
        스러울 필요가 있겠어? 그리고 나 옛날부터 모아둔 사람들 소
        리를 갖고 있거든.

유키   아 그거.

현우   응 그거.

유키   맨날 귀신 타령이더니 드디어 꿈이 이루어지네.

현우   그럼. 초등학교 때부터 꾸던 꿈인데. (기대어린) 드디어 나의 스
        위트 귀신의 홈이 탄생하는 거지.

유키   축하해. 암튼 너만큼 무한긍정적인 애를 본 적이 없어.

현우   그걸 말이라고 해? 난 긍정과 웃음 빼면 시첸데. 으하하하하.

유키   …. (쳐다보는)

현우   왜?

유키   너… 할머니 돌아가셨을 때 되게 많이 울었는데….

현우   … 그랬지.

유키   ….

현우   할머니 보고 싶다.

유키   나도 니네 할머니 보고 싶다.

현우   나 할머니 목소리 있다. 들어볼래?

현우 스마트폰을 꺼내 파일을 찾는다.
외부스피커로 들려오는 할머니의 목소리.

할머니 목소리   현우 너 또 양말 뒤집어 벗었냐? 팬티는 왜 방구석에 쑤셔

박아 둔 거야? (부시럭부시럭 녹음하는 준비하는 소리. 현우 혼자 키득대는 소리. 잠시 후 문 여는 소리에 이어 할머니의 비명소리) 으아악~! (이어지는 현우의 웃음소리) 너 이 자식 이리 안와? (뭔가 던지는 소리)이 탈바가지 안 치우냐? 응? (뭔가 던지는 소리)

현우　내가 옛날에 어렸을 때 양말이랑 팬티랑 막 여기저기에다 숨겨 놨었거든 그러면 할머니가 귀신같이 찾아내서는 냄새를 맡아보는 거야. 하하하. 내가 할머니 진짜 많이 놀래켜 드렸는데 그때마다 할머니가 웃으면서 '너 때문에 내가 간 떨어져서 밥을 못 먹겠다' 그러셨거든… 할머니가 나 때문에 일찍 돌아가신 건가. 밥을 못 드셔서….

　　　　낄낄대고 웃던 현우의 웃음이 커브를 돈다.

　　　　유키가 현우를 위로하며 어깨를 어루만진다.
　　　　현우 괜찮다는 몸짓을 해보인다. 하지만 현우의 울적한 마음이 쉽게 풀리지 않는다. 유키가 현우의 어깨에 손을 올려 감싼다.
　　　　두 사람 마주본다. 서로의 얼굴이 가까워지며 키스하려는 찰나,
　　　　귀신들 등장해서.

귀신들　키스해! 키스해! 키스해!

　　　　현우의 사랑을 이뤄주기 위해 귀신들이 모여든다.
　　　　현우는 유키가 귀신들을 볼까봐 유키를 꽉 껴안는다.
　　　　귀신들의 성화에 못이기는 척 키스를 하는 유키.
　　　　색소폰 연주 음악이 깔린다.

암전.

잠시 후, 무대 한쪽 밝아진다.
낮 동안 찍은 사진을 확인하며 원고를 정리하고 있는 유키.
어떤 사진은 보다가 혼자 풋! 하고 웃기도 하고 어떤 사진은 오랫동안 바라보며 빙그레 미소를 머금기도 한다.

그때 전화벨이 울린다.
밝은 목소리로 전화를 받는 유키

유키   여보세요? (일어로) 엄마? 어, 난 잘 있지. 저녁은 벌써 먹었지. 엄마는 저녁 먹었어? 응… 엄마… 목소리 왜 그래… 무슨 일 있어?

엄마가 딸의 목소리를 듣자 울먹이기 시작한다.
유키도 엄마의 울먹임을 듣자 왈칵 눈물이 솟는다.

유키   (울면서 일어로) 왜 그래 엄마… 울지 마…. 무슨 일 있는 거 아니지? 그래… 나 잘 지내… 엄마도 울지 마… 나도 보고 싶어. 걱정하지 마… 엄마… 엄마? 몸은 좀 어때? 더 아프거나 그런 거 아니지?… (목이 메어) 응… 미안해. 엄마 혼자 둬서… 응… 응… 아니… 응 안 울어. 엄마도 울지 마. 응, 걱정 안 할게. 엄마도 걱정 마… 빨리 갈게. 조만간… 그렇게 빨리는 안 되고, 금방 갈게. 응, 엄마가 먼저 끊어. 아니, 엄마가 먼저 끊어… 응…. (끊는다)

유키는 전화를 끊고도 한참동안 눈물을 그칠 줄 모른다.

4장. 유적지 테마파크

다음날 오후.
유키가 유적지 공원 벤치에 앉아 현우를 기다리고 있다.
현우가 회사 점퍼를 입고 사무실에서 나와 유키 옆에 앉는다.

현우   (마치 하룻밤을 함께 보낸 연인 대하듯 쑥스럽고 장난스럽게) 좋은
        하루~!

유키   (담담하게 그러나 힘을 내려는 목소리로) 오하요~.

현우   (유키의 어깨를 살짝 치며) 나 내일 월차 냈다. 주말에 못 가본
        산이랑 폭포, 바위, 돌다리 다 보여줄게. 어때, 좋지? 고맙지?

유키   ….

현우   왜, 내가 월차까지 내서 같이 다닌다니까 감동이 막 쓰나미처
        럼 밀려오고 그러냐?

유키   … 나 돌아가야 할 거 같아.

현우   돌아가다니 어디로. 서울로?

유키   아니, 고베로.

현우   … 일본으로?

유키   응.

현우   왜? 이번 일 급하다면서.

유키   이번 일 끝나면 바로 일본 가야 할 거 같아.

현우   왜 또, 내가 안 도와줘서 그러냐? 도와준다니까.

유키   ….

현우   … 무슨 일 있어?

유키   (고개를 젓는) 아니. 엄마가 기다려서… 건강이 안 좋으시니까 자꾸 안 좋은 생각이 드나봐… 일 정리되는 대로, 다음 주에 떠나려고. 내일 모레 서울 올라가서 일 마무리 짓고, 비행기 예약할 거야.

현우   그렇게 빨리?… 엄마 아프시대?

유키   아니… 많이 아프거나 그런 게 아니고.

현우   아프신 거 아닌데 왜. 일 마무리 되는대로 천천히 가겠다고 말씀 드려. 내가 책임지고 단양 한번 훑어줄게.

유키   … 엄마가… 외롭대… 더 이상 엄마 혼자 있게 하고 싶지 않아.

현우   ….

유키   너무 오래 혼자 있었어. 엄마나 나나.

현우   ….

유키   (가방에서 USB와 리본으로 포장된 상자를 꺼내주며) 이 USB는 사진이야. 공원에서 너 만난 날 찍은 거랑 호수에 갔던 날 찍은 거. (상자를 가리키며) 그리고 이건 예전부터 갖고 있던 건데, 주고 싶어서.

현우   응… 고마워.

유키   … 나 이번에 돌아가면 안 올지도 몰라.

현우   응?

유키   지난번에 일본에 들어갔을 때도 엄마가 잡는데 마지막 한번이라고 나온 거거든. 다른 나라에서 산다는 거 생각만큼 쉽지가 않아… 나도 좀 지친 거 같고.

현우   무슨 소리야 지치다니. 왜 무슨 일 있었어?

유키   아니.

현우 그런데 왜.

유키 꼭 무슨 일 있어서라기보다… 난 20대랑 30대의 대부분을 한국에서 보냈잖아. 근데 여전히 나는 이방인이고 너는 내가 한국말 잘 한다고 하잖아. 여전히 모르는 말, 의미, 한국말로 표현할 수 없는 내 감정, 아… 이제 좀 지쳤어. 표현하고 싶은 것들은 많은데 점점 더 표현이 안 되는 거야. 여전히 나에게 남은 것들은 뭘까 고민하고 있지. 나이는 계속 먹어 가는데 내 인생은 점점 더 불확실한 구렁텅이로 빠져 드는 기분이야. 세상에 길들여지지도 못하고 그렇다고 해서 세상과 맞장 뜨지도 못해.

현우 … 누구나 그런 생각 해. 그건 니가 한국에 사는 일본 사람이어서가 아니라 전 세계 누구나 하는 고민일 걸.

유키 … 알아. 그래서 나도 전 세계의 다른 평범한 사람들처럼 살아보려고. 두려운 게 더 많아지기 전에 정착도 하고.

현우 그럼 뭐… 일본 가서 결혼이라도 하게?

유키 해야지. 결혼도 하고 아이도 낳고, 늦었지만 다시 할 수 있는 일도 찾고….

현우 (결혼이란 말에 순간 흥분해서) 너 안 돼. 너 완전 많이 늦었어. 할 수 있는 일 찾기도 힘들걸. 그리고 니가 무슨 정착이야. 너 자유로운 게 좋다며.

유키 이제 자유 좋아할 나이 지났잖아.

현우 사람이 자유 좋아하는데 나이가 문제냐? 그리고 너 일본 간다고 바로 결혼할 남자가 생길 거 같애? 지금까지 한국에서 버틴 건 뭐가 되고. 징징대고 구박받으면서 한국어 다 배웠는데 아깝지도 않냐? 일본이 뭐가 좋아. 너 지금 가면 천덕꾸러기 될지도 모른다. 나이는 많지, 할 일은 없지, 남자도 없지.

현우는 유키가 돌아오길 바라는 마음에서 주저리주저리 떠드는데 진심이 전달되기는커녕 유키의 마음만 상하게 할뿐이다.

유키 … 넌 정말, 아 진짜 싫다.
현우 내가 왜? 난 너의 현명한 판단을 위해서 그러는 거지. 돌아가서 특별한 거 없으면 버티던 데서 마저 버티는 게 나을 수도 있는 거야.
유키 넌 왜 그렇게 변한 게 없니? 내가 이래서 너 안 본 거야.
현우 내가 뭐. 이래서가 뭔데.
유키 지금 모르겠으면 평생 모르는 채로 살아!

유키, 현우가 잡을 새도 없이 휙 나가버린다.
그러다가 다시 들어와서 선물상자를 달라고 한다.

유키 그거 내놔.
현우 (품에 안고) 싫어.
유키 내놔.
현우 싫다고. (두 팔로 안고 몸을 숙이며 안 뺏기려 한다)
유키 빨리 내놓으라고.
현우 싫다고.
유키 (등을 찰싹 때리며) 빨리 내놔!
현우 (돌려줘서는 안 될 것 같은 기분에) 싫다니까 왜 이래! 니가 줬잖아. 줬다가 뺏는 게 어딨어.
유키 (뺏으며) 아무 것도 모르면서. 빨리 내놔. 내놓으라고.
현우 (안 뺏기려 하는) 달랄 거면 처음부터 주질 말든가. 안 줄 거야. 싫어.

유키, 화가 나서 가려 한다.
현우, 유키를 잡으려는 마음에 유키를 따라가 선물을 돌려준다.

현우   자, 가져가! 미안해. 니가 그렇게 화낼 줄 몰랐어.
유키   싫어.
현우   가져가. 달라며.
유키   싫다고.
현우   가져가. 니가 달랬잖아!
유키   너 정말, 그때나 지금이나! (씩씩대며 뭔가 말하려다 입을 다무는)
현우   그때나 지금이나 뭐!
유키   …. (씩씩대며 째려보다 나간다)

유키 나가고,
현우는 손에 상자를 안은 채 혼자 서 있다.

망연자실한 현우, 자신의 머리를 때리며 벤치에 앉는다.
유키가 주고 간 상자를 열어보는 현우.
상자 안에는 오리배의 목에 걸려 있던 리본들이 하나 가득 들어 있다.
유키와 처음으로 오리배를 탔던 날의 리본에는 '1'이라는 숫자가 적혀있다.
리본들을 보며 유키와 함께 했던 시간들을 추억하는 현우.
현우는 파문처럼 가슴 속으로 어떤 감정들이 밀려오는 것을 느낀다.

유키에게 전화를 거는 현우. 하지만 유키는 전화를 받지 않는다.

현우   (다시 걸어 음성을 남기는) 나야, 현우. 그렇게 가면 어떡하냐.

전화기도 꺼놓고. 내가 오늘 너한테 얘기할 중요한 말이 있었단 말야. 그걸 듣고 갔어야지 바보야 그 얘기가 뭐냐 하면… (하지만 차마 말하지 못하고…) 니 취재에 도움될 만한 얘기가 또 있거든. 오해귀신 얘긴데 한번 들어봐. 산속에서 한 병사가 보초를 서고 있었어. 그런데 갑자기 화장실이 급한 거야. 초소까지 가기엔 너무 멀고 해서 바지를 내리고 혼자 볼일을 보고 있는데, 갑자기 으스스한 기운이 감도는 거야. 설마 하는 생각에 천천히 고개 돌려 뒤를 봤는데 소복 입은 귀신이 이렇게 말을 거는 거야. "휴지?" 병사는 너무 놀라서 심장마비로 죽어버렸고, 귀신은 오해로 죽은 병사가 불쌍해서 무덤을 만들어 주고, 비석에 비문도 새겨줬대. '오해하지 마라, 난 그저 니가 휴지가 필요할 거라고 생각했을 뿐인데… 내 마음은 그게 아닌데…' 어때 취재에 좀 도움이 되겠나? (괜히 눈물이 나는) 또 하나 있는데… 밤에 어떤 농부가 하얀 고무신을 신고 일을 마치고 집에 가고 있었는데, 외다리 건너편에 하얀 소복을 입은 귀신이 서 있는 거야. 귀신은 무시하면 그냥 간다는 말을 들었던 기억이 나서 모른 척하고 다리를 건너려는데 너무 긴장한 나머지, 그만 신발이 벗겨져 버렸어. 신발을 주울 정신도 없이 빠른 걸음으로 집으로 막 걸어가는데, 자꾸만 귀신이 따라오더래. 발걸음은 더 빨라지는데 짝짝이신발 때문에 달리기도 잘 안 되고. 그러다가 그만 돌부리에 넘어져서 농부는 뇌진탕으로 죽고 말았어. 따라오던 귀신은 농부의 하얀 고무신을 주워들고 와서 안타깝게 말했지. '오해하지 마아, 난 그저 니 신발 한 짝을 주워서 돌려 주려고 했을 뿐인데… 내 마음은 그게 아닌데…' … 내일 떠나기 전에 잠깐 들러줄래? 너랑 둘이 귀신의 집 오픈식 하고 싶어. 그리고… 미안해. (끊는다)

5장. 귀신의 집

어둠 속에서 귀신의 집 효과음 들려온다.
물방울 떨어지는 소리, 찬바람 소리, 뭔지 모를 음침한 소리들….
전설의 고향에 나올법한 효과음들….
무대 밝으면, 현우가 혼자 귀신의 집에 앉아 조명과 음향을 체크하고
있다.
지나가는 알바 귀신들에게 괜히 화를 내거나 꼬투리를 잡는 현우.

현우 (지나가는 검은 소복의 외다리 귀신을 잡고) 거기 이리와 봐. 컨셉
이 뭐지? 다리 하나를 접었으면 팔도 한 짝 접어서 더 공포스
럽게 할 수 없을까? 잘 좀 해보자고. 오픈까지 두 시간 남았어.
(지나가는 하얀 소복 귀신을 잡고) 그렇게 나오면 무섭겠어? 이
렇게 확 치고 나와야지. 아니 그렇게 사람을 치면 기분 나쁘니
까 공포스러울 정도로만. 그렇지. 가발 빗질 좀 해야겠다. 너
무 산발이다. 너무 가지런하게는 말고. (지나가는 교복 입은 귀
신을 잡고) 학생, 학생. 너무 빨리 걷지 말고, 다리 없는 귀신처
럼 떠다니는 걸음걸이 있잖아. 그래 그렇게. 잘하네. (박수치며)
자자, 다 모여 보세요.

귀신 알바생들 모인다.

현우 난 너희들만 믿어. 너희는 귀신의 집을 업그레이드 시켜줄 인
재들이야. 이제 오픈이 두 시간 밖에 안 남았으니까 타이밍 맞
춰서 잘 나오는 걸 연습해 보자고. 알았지. 각자 제자리로. 내
가 나오라고 하면 나오는 거다.

귀신들 모두 들어가고 다시 효과음을 틀어보는 현우.

끼이이익 문 여는 소리가 스피커로 흘러나온다.

그때 귀신의 집 입구로 유키가 들어온다.

현우는 유키가 온 줄도 모르고 일에만 집중한다.

효과음은 뚜벅뚜벅 발자국 소리로 바뀌고, 유키도 천천히 현우에게 다가간다.

발자국 소리는 점점 커지며 가까워지다가,

유키가 현우의 뒤쪽에 다가왔을 때 최고조에 이른다.

그 순간 발자국 소리가 멈추고, 유키가 현우의 등을 톡톡 두드린다.

현우 으헉! (너무 놀라 다리가 풀린 채 무릎 꿇는다. 뒤돌아보았다가 유키를 보고 한 번 더 놀라는) 으악!

유키 아 미안.

현우 … 너 너….

유키 많이 놀랬어?

현우 (가슴을 쓸어내리며 일어난다) 어… 아니….

유키 놀래킬 생각은 아니었는데… 너 겁 엄청 많구나.

현우 어? 어… 너 일본 갔잖아.

유키 어… 남아있는 짐이랑 일도 좀 정리하려고 다시 왔어. 한 달 만이네.

현우 그러네. 벌써 한 달이나 지났네… 어쨌든 와줘서 고마워.

유키 오픈 축하해.

현우 그래. 오픈은 6시인데… 커피라도 한 잔 할래? (커피를 뽑으러 나가려는)

유키 현우야, 이번에 일본 가면 다시 못 볼 수도 있어.

현우 그… 그래?

유키 그래서 말인데, 돌아가기 전에 한 가지 궁금한 게 있어.

현우 뭔데?

유키 니가 끝까지 알려주지 않았던 그 긴 말. 니가 일부러 나 못 알아듣게 사투리로 말한 것 같아서….

현우 … 별 뜻 없었어. 그냥 너 놀려주려고 아무 것도 없는데 그런 거야.

유키 … 그래? 정말 별 뜻 없었어?

현우 … 어어응. (얼버무리는)

유키 그랬구나….

현우 이리와 봐. (손을 잡아 이끈다) 너한테 꼭 들려주고 싶은 거 있었는데….

유키 뭔데?

현우 여기 서 봐. (입구 라인에 세워두고) 이 길을 따라 천천히 걸어가면 돼.

유키 무서운 거 아니지?

현우 아니야. 잠깐만 기다려봐. (음향실 쪽으로 들어간다)

유키 오픈식이야?

현우 ….

유키 야 송현우! 그냥 들어가면 어떡해.

현우가 재생한 소리들이 들려오기 시작한다.
소리는 20대에 현우와 유키가 대학을 다니면서 녹음했던 것들이다.

학생들의 웅성거리는 소리와 간간히 섞이는 웃음소리들.
현우 마이크로 얘기한다.

현우   이건 우리 동아리방에서 녹음한 소리들.

누군가 불을 끄는 소리, 딸깍, 들리고 몇몇의 목소리. "뭐야 누가 불 끈 거야." 이어지는 비명 소리들. 아악! 꺄악! 으악! 엄마야! 등등. "야 불 켜", "또 현우 새끼지" 하는 남자 목소리. 여자들의 야유. "야 송현우!"

다른 파일이 재생된다.
속삭이는 남자 목소리들. "야 빨리 숨어. 머리 낮춰. 다 보이잖아."

현우   이건 MT 갔을 때 버스에서.

여자들이 재잘거리며 버스에 오르는 듯한 소리들. 이어서 비명 소리들.

유키   나 이때 진짜 무서웠는데. 니가 던진 손목 잘린 손, 내 어깨로 떨어졌던 거 알아?

유난히 튀는 비명소리. 일본 특유의 억양으로 비명을 지르는 유키의 소리다.
자신의 목소리를 듣고 이상하다는 듯 웃는 유키.

시네마천국에서 잘려나간 키스씬이 연달아 보여지듯
유키의 비명소리들이 연달아 편집되어 들려온다.

(낙엽 밟는 소리. 아야!)

현우   이건 니가 등산 가서 넘어졌을 때.

(어어어어~~ 어어~ 퍽! 식기들이 떨어지며 스테인리스 부딪는 소리)

현우   이건 학교 식당에서 식판 들고 가다가 넘어졌을 때.

(미끄덩. 으아악.)

현우   너 치마 입고, 공대 건물 언덕에서 넘어지던 날.

(댕! 컥! 퍽! 흐읍! 꽥! 오오오!… 계속되는 소리들)

현우   넌 정말 너무 잘 넘어지고 너무 잘 부딪혀.

이어지는 비명소리. 모두 비슷하게 들리지만 조금씩 다른 유키의 비명소리다.

현우   믿기지 않겠지만 이 소리들은 다 너야. 니가 화날 때, 짜증날 때, 스트레스 받을 때, 속상할 때, 울음을 참을 때….

그러다가 많은 사람들의 소리가 이어진다. 교환학생들이 모인 듯 각 나라말로 비명 소리가 들린다. 그래도 비명소리는 만국 공통어의 느낌이다.

이번에는 친구들의 비명소리가 들려온다.
유키와 현우는 친구들의 목소리를 듣고 이름을 맞춘다.

철희다! 정연이다! 은주다! 상훈이다! 사오리다! 희준이다! 료타다! 경수다! 성은이다! 토마스다! 줄리다! 유진이다! 수민이다!

현우 다 니 친구들이야. 너와 웃고 울던 친구들….

이어지는 울음소리. 유키가 놀라고 분해서 울었던, 울음소리들이다.
전설의 고향에서 나오는 한을 품은 울음소리처럼 들리기도 하고 슬프게 들리기도 한다.
울음소리 역시 비슷하게 들리지만, 다 다른 느낌이다.

현우 (이어지는 유키의 울음소리. 엉엉엉)
좋아하던 선배한테 차였다고 나 찾아와 울던 날….
(이어지는 유키의 다른 울음소리. 엉엉엉)
향수병에 걸려서 집에 가고 싶다고 울던 날….
(이어지는 유키의 다른 울음소리. 엉엉엉)
면접에서 자꾸 떨어져서 꼭 성공할 거라고 술 먹으며 이 갈던 날….
(이어지는 유키의 다른 울음소리. 엉엉엉)
길거리에서 변태 만났다고 나한테 달려와서 울던 날.

비명소리는 유키의 슬픔과 외로움과 고통을 보여주듯 계속 이어진다.
그러다가 소리는 신음소리들로 바뀐다.

유키 (목소리) (아… 아아 아… 아 아… 아… - 야한 장면을 상상하게 하는 신음소리들 - 그러다가, 너 거기서 뭐해… 아파… 아아… 아 빨리 119, 119)

현우 이건 명동역에서 힐 신고 계단에서 굴러 떨어졌을 때. 너 진짜 웃겼는데.

유키 남은 아파 죽겠다는데, 녹음이 하고 싶든?

샤워기의 물 떨어지는 소리와 함께 유키의 울음소리.
그리고 짧은 비명. 앗 차가워!

현우 음향실에서 나온다.

현우 너 지금도 샤워하면서 울지?

유키 그렇다고 샤워하는데 찬물을 끼얹냐?

현우 샤워할 때 찬물 맞으면 시원하잖아. 짜증나? 그럼 짜증내고 화도 내봐. 혼자 울지 말고. 니가 아무 것도 남기지 못했다고 말한 20대의 시간들이 너에게 뭘 남겼는지, 들려주고 싶었어. 그리고 니 옆에 누가 있었는지도.

두 사람 사이를 두고 마주 선다.

현우 내가 만든 귀신의 집은 소리를 지르는 곳이야. 마음껏 소리 지르면서 울고 웃는 곳. 무섭고 화나면 소리 질러. 니 감정대로 내질러. 참지 말고. 그렇게 소리 지르고 스트레스 풀면, 뭔가 새로운 걸 시작할 수 있을 거야. 한번 질러봐.

유키 지금?

현우 응. 귀신의 집에 온 거잖아.

유키 와아아아아~~~~~~

현우 작다. 더 크게.

유키   이야야야야~~~!

현우   야아아아아아~~

유키   야야야야아아~~

유키   (몽달귀신 흉내)

현우   (처녀귀신 흉내)

현우   (다리 절뚝이며) 내 다리 내놔라~ 내 다리 내놔라~

유키   (두 팔을 앞으로 내밀고 껑충거리며) 내 팔 내놔라~ 내 팔 내놔라~

현우   (슬로우 모션으로 유키에게 다가가며. 팔 다리를 크게 움직이며 걷는) 내 마음 내놔라~ 내 마음 내놔라~

유키   (현우의 동작이 우스워 멈춰 서서 웃는다)

현우   너….

유키   니 말대로 나 조금 있으면 마흔 살이 될 거야. 서른아홉은 어떻게 살아야 하는 걸까. 이렇게 늙어가는 거겠지? 아무것도 해놓은 거 없이… 이렇게….

현우   나를 봐. 난 서른여섯 살 고아잖아. 할 일 없이 홀로 외롭게 나이만 먹고 있는 철부지… 하지만 뭐 난 귀신들이 있으니까 괜찮아.

유키   ….

현우   물론 귀신 말고 사람도 있으면 더 좋겠지… 만약에 말야, 만약에 다시 돌아오게 되면 전화해, 내가 한국어 가르쳐줄게.

유키   나 이제 한국어 완벽하거든.

현우   진짜? 진짜로 그렇게 생각해?

유키   응.

현우   너 진짜 그렇게 생각하나 보네.

유키   응.

현우   못 알아듣는 말도 있을 텐데.

유키   아니, 다 알아.

현우   (예전에 했던 긴 말을 아주 빠르게 사투리로 붙여서 말하는) 니캉
       내캉 단양 내리가가꼬 거 어데 저짝 또랑이나 풀밭 우에다 집
       짓꼬 귀신의 집도 지아가 마당에 꽃밭 만들어가꼬 얼라들 겁
       나게 마이 쎄리 나아뿌꼬 요래 마카 모이가 밭에서 고추도 따
       고 들에서 꼬들빼기 꼬사리 나물 캐가 또랑이나 멕도 깜아가
       미 대가빠리 헹가가미 고래 알콩달콩 사라삐자. 내 니 억수로
       괘아는데 그 카이 내 아를 나아도.

유키   (똑같이 따라하는) 니캉 내캉 단양 내리가가꼬 거 어데 저짝 또
       랑이나 풀밭 우에다 집짓꼬 귀신의 집도 지아가 마당에 꽃밭
       만들어가꼬 얼라들 겁나게 마이 쎄리 나아뿌꼬 요래 마카 모
       이가 밭에서 고추도 따고 들에서 꼬들빼기 꼬사리 나물 캐가
       또랑이나 멕도 깜아가미 대가빠리 헹가가미 고래 알콩달콩 사
       라삐자. 내 니 억수로 괘아는데 그 카이 내 아를 나아도.

현우   ….

유키   (일어로, 빠르게 억양을 뒤바꿔서 못 알아듣게) 만약 니가 나를 잡
       아준다면 나는 학교 마치고도 여기 남아서 너와 함께 다른 삶을
       시작해보고 싶어. 너의 유치하고 촌스런 장난도 다 받아주고 일
       본식 카레라이스랑 타코야끼, 만두, 오무라이스, 돈가츠규동,
       함박스테이크, 고등어조림덮밥, 야끼소바, 마카로니사라다, 짱
       아찌가쓰오부시밥, 야끼니꾸돈부리, 덴뿌라우동… 내가 다 만
       들어줄게. 그때 왜 날 좋아한다고 말해주지 않았어? 왜 그때 날
       잡아주지 않았던 거야. 내가 널 얼마나 좋아했는데. (운다)
       (일어로 빠르고 억양을 뒤바꿔서 못 알아듣게) 모시모 안타가
       와타시오 추카마 에테쿠레타라, 와타시와 갓코-가 오왓테모
       코코니 노콧테, 안타토 잇쇼니 치가 우 진세- 하지메테미타캇

타. 안타노 요-치데 다사이 죠-단모, 젠부 우케토메테 아게
테, 니혼시키노 카레라이스-야 타코야키, 교-자, 오무라이스,
돈카츠규동, 함바그스테이크, 사바노니코미돈부리, 야끼소바,
마카로니사라다, 놋케타 카츠, 오부시 고한모 추쿳테, 아끼니
쿠돈부리, 덴뿌라우동, 와타시노 코토, 수킷테 잇테쿠레루?

현우 (멘붕. 열심히 알아들으려 노력하지만, 음식을 지칭하는 단어만 몇
개 들릴 뿐 연결이 안 된다) 아이씨 천천히 다시 말해봐 천천히.

유키 (대구 사투리로) 니 일어 공부 좀 하지 그랬나. (자신의 말투로) 이
제 한번 고백해봐. 내가 들어줄게. 니가 언제나 나한테 하고
싶었던 그 말….

현우 ….

유키 한마디만 해줘.

그러나 말하려다 못하고 또 말하려다 못하는 현우.
눈을 질끈 감았다 떠본다. 눈앞에선 유키가 자신을 바라보며 서 있다.
처음 둘이 함께 자고 일어났던 날 보았던 그 표정이다.
그날 아침처럼 언제나 하루하루 함께 하고 싶은 그 사람, 그 표정.
하지만 현우는 사랑한다는 말 대신 다른 인사를 하고 만다.

현우 (한참 망설이다가) 좋은 하루~.

유키 (그것이 현우만의 표현법인 걸 알지만, 자신을 잡아줄 사랑한다는
말은 아니다) 사요나라.

유키 떠난다.
혼자 남은 현우, 외로이 혼자 남겨져 운다.

에필로그

몇 달 후.
일본 고베. 유키의 집.

집에서 들려오는 유키의 목소리.

유키   (목소리) (일어로) 엄마 산책 나갈 준비해. 요 앞에 맛있는 우동
집 생겼던데 오면서 우동 먹고 들어오자. 정원에 물 주고 있을
테니까 옷 입고 있어.

유키 마당으로 나와 물뿌리개로 정원에 물을 준다.

유키   (일어로 안쪽에 소리치며) 엄마, 국화에 꽃망울 맺혔어. (혼잣말로
한국말) 조금 있으면 학교 앞이 노랗게 변하겠다…. (미소 지으
며 혼자 일본 노래를 흥얼거린다)

그때 현우가 수트케이스를 끌고 유키의 집 마당에 들어선다.
뭔가 시선을 느끼고 돌아보는 유키.
현우를 보고는 놀라서 아무 말도 하지 못한 채 그대로 서 있다.

현우   좋은 하루!
유키   오하요-! (おはよう！)
현우   ….
유키   …. (작게) 좋은 하루….
현우   (미소 짓는다)

유키   좋은 하루!

유키 달려와 현우 품에 안긴다.
현우가 유키를 꼬옥 안아준다.

유키   너 나랑 있으면 일본말 처음부터 다시 공부해야 되는데.
현우   너도 그랬잖아.

두 사람, 포옹을 풀고 서로의 얼굴을 마주보며 웃는다.
유키, 현우의 손을 잡고 집안으로 이끌며 안쪽의 엄마에게 소리친다.

유키   엄마, 현우 왔어. 엄마~.

두 사람 손을 잡고 집으로 들어가는 모습에서 무대 어두워진다.

— 끝 —

8월의 축제

■등장인물

광현 — 아빠, 50대 중반, 도립공원사무소 소장
주영 — 딸, 29살(현재 31살), 요리사
영민 — 사위, 31살, 일러스트 디자이너
유리 — 여직원, 20대 후반, 도립공원사무소 직원
필수 — 동네 형, 30대 중반, 목수

■곳

도립공원과 인접한 소읍.
읍내를 끼고 강이 흐르고 있다.
강 한가운데 자리한 잉어섬은 읍내의 끝자락과 다리로 이어져 있다.

■무대

멀리 강이 내다보이는 집.
집은 아담한 단층짜리 슬라브주택이다.
객석에서 볼 때, 마당 왼쪽으로 대문이(대문은 보이지 않고 입구만 보인다) 있고,
오른쪽으로 커다란 나무 한그루가 서 있다.
나무 아래에는 마루 겸 거실 역할을 하는 평상이 놓여있다.

1.

광현의 집.

광현과 주영이 주방에서 크림스파게티를 만들고 있다.

광현은 프라이팬과 나무 스푼을 들고 직접 요리를 하고 있고

주영은 손에 레시피들이 적힌 두툼한 노트를 들고 훈수를 두고 있다.

주영   먼저 프라이팬에 버터를 두르고.

광현   (프라이팬에 버터를 두른다)

주영   다진 마늘과 양파를 넣어 볶아주세요.

광현   (마늘과 양파를 넣고 볶는다)

주영   마늘과 양파가 투명해졌다 싶으면 닭가슴살과 나물을 넣습니다. (닭가슴살이 든 그릇을 집어주며) 자, 닭가슴살 먼저,

광현   닭가슴살 먼저. (받아서 넣고 볶는)

주영   고기 표면이 익을 수 있게 몇 번 뒤적여준 뒤.

광현   (뒤적이는)

주영   삼색 나물을 넣어주세요. 시금치, 고사리, 숙주. (나물을 건네는)

광현   (나물을 넣고 볶으며) 다른 나물은 안 돼?

주영   다른 나물도 되지. 대신 맛이 어울리는 걸로.

광현   (볶으며) 맛이 어울리는 걸로.

주영   무나물 같은 건 안 돼.

광현   무나물은 안 되고….

주영   그리고 생크림을 적당량 부어줍니다.

광현   (생크림을 부으며) 이거 느끼하지 않겠어?

주영   그러니까 나물을 넣었지.

광현   원래 제사 나물은 고추장에 비벼 먹어야 제 맛인데.

주영 아빠, 명색이 딸이 요리산데, 집에 있는 나물로 밥 비벼먹었다 그러면 요리에 대한 예의가 아니지. 재미가 없잖아.

광현 양푼비빔밥은 니가 더 좋아했었거든.

주영 (노트를 보여주며) 내 생일음식 고르라고 한 건 아빠였어.

광현 그 다음은?

주영 생크림이 자작해지면 미리 삶아둔 스파게티면을 넣고.

광현 (면을 받아 넣고 골고루 섞는다)

주영 우유를 부은 다음 끓여주세요.

광현 (우유를 부으며) 얼마큼?

주영 더.

광현 (부으며) 이만큼?

주영 더.

광현 (붓는)

주영 됐다. 이대로 조금 끓이면 돼.

광현 (생크림과 우유범벅이 느끼해 보인다) 이거 영민이도 좋아하는 거 맞어?

주영 그럼. 내가 만들어주면 얼마나 좋아했는데.

광현 니 앞에서 싫다 그랬겠냐. 걔가 얼마나 참을성이 많은데.

주영 진짜 좋아했다니까.

광현 영민이가 그러는데, 솔직히 음식 솜씨는 내가 너보다 낫대.

주영 에? 영민이 결혼하고 5kg이나 찐 거 몰라?

광현 남자들은 가만히 있어도 4~5kg는 쪘다 빠졌다 해. 거기 접시 좀.

주영 (접시를 건네며) 영민인 날씬해야 멋있는데, 아빠가 해주는 거 맛없어도 억지로 먹어버릇해서 턱에 살 붙었어.

광현 (접시에 스파게티를 담으며) 언제는 잘 거둬 먹이라며.

주영   같이 밥 먹으랬지, 살찌우랬나.

광현   영민인 좀 쪄야 돼. 걔 대학 다닐 때 생각해봐. 빼짝 말라가지고 볼품없게. 니가 남자친구라고 데려왔을 때, 나 진짜 실망했었어. 영민인 마르면 없어 보이는 스타일이야. (접시를 주영에게 건넨다)

주영   (광현에게 접시를 받아 위에 파슬리를 뿌린다) 그럼 아빠는? 나이 들어서 마른 것도 좀 그래. 아빠야말로 좀 몸 관리가 필요하지.

광현   (접시에 스파게티를 담으며) 난 예외지. 태생적으로 날씬하면서 탄탄한 근육질 몸매가 가능한 사람이 있는데, 아빠가 그래. 영민인 아니고.

주영   (광현에게 접시를 받아 위에 파슬리를 뿌린다) 그러니까 영민이한테는 관리가 필요한 거야.

광현   아빠한테 잔소리 할 시간 있으면 니가 하고도 남았겠다.

주영   내 말은 안 듣잖아.

그때, 대문 쪽에서 영민이 들어온다.

며칠 밤을 새우고 온 사람처럼 피곤이 역력한 얼굴이다.

손에는 케이크와 와인, 쇼핑백 등이 들려있다.

영민   다녀왔습니다.

주영   (반갑게 달려 나가며) 영민이 왔다.

광현   왔니?

영민   늦어서 죄송해요. (마루로 올라서며) 화이트 와인 찾느라 좀 돌았어요. (접시를 보며) 와, 이걸 혼자 다 하셨어요?

주영   내가 도와줬지.

광현   (마지막 접시에 스파게티를 담아 건네며) 냄새는 그럴싸하지?

영민　(받아서 파슬리를 뿌리며) 보기에는 더 근사한데요.

광현　오늘 책거리 해야겠다.

영민　(펼쳐진 레시피 노트를 보며) 벌써 마지막 페이진가요?

주영　(영민에게) 아빠가 피클도 만들었어. 먹어봐.

영민　(마치 주영의 말을 들은 것처럼 손으로 피클을 집어먹는) 아~ 셔.

광현　넌 젊은 애가 나보다도 신 걸 못 먹냐.

영민　간이 안 좋으면 신 걸 못 먹는다는데.

광현　술 좀 적당히 마셔.

영민　네… 저 옷만 갈아입고 나올게요. 이대로 두세요. 상은 제가 차릴게요.

영민 방으로 들어간다.

주영　(상 위에 냅킨을 깔고 수저와 포크를 놓으며) 오늘 영민이한테 얘기할 거지? 저번처럼 대충 둘러대지 말고, 알아듣게 확실히 얘기해.

광현　….

주영　엄마 기일에 아빠 혼자 있는 건 좀 그렇지만…, 아빠 이제 영민이 없어도 혼자 있을 수 있잖아.

광현　걔가 내 말을 듣냐.

주영　듣게 해야지.

광현　니가 엮어놨다고 니 맘대로 떼어 놓을 순 없는 거야.

주영　알아. 아니까 이러는 거지. 영민이도 영민이지만, 아빠도 이제 나한테서 독립 좀 하고.

광현　근데, 우리 언젠가 이런 대화하지 않았었나?

주영　언제?

광현	너 결혼한다고 폭탄선언 할 때. 그때도 전조가 이랬는데. (딸의 흉내를 내며) 난 아빠 옆에 영원히 살 거야. 절대절대 떠나지 않아.
주영	나 진짜 결혼해서도 아빠랑 살려고 했다니까.
광현	말이나 안하면.
주영	지금도 이렇게 아빠 옆에 있잖아.

영민 옷을 갈아입고 방에서 나온다.

영민	저한테 무슨 말씀 하셨어요?
광현	아냐. 저녁 먹자.
영민	(쇼핑백을 내밀며) 이거… 오다가 셔츠 하나 샀어요.
주영	내 생일에 왜 아빠 것만 사와. 내 껀 없어?
영민	산에서 입으시라고 일부러 밝은 걸로 샀어요.

광현이 쇼핑백에서 옷을 꺼낸다.
셔츠는 빨강과 초록이 섞인 화려한 꽃무늬 남방이다.

광현	….
주영	멋있다. 우리 남편 센스 돋는데?
영민	마음에 드세요?
광현	… 무당벌레 같다.
영민	잘 어울리실 거 같아서….
광현	…. (옷을 쇼핑백에 넣으려는)
주영	안 입어봐?
영민	한번 입어보세요. 대보는 거랑 또 달라요.

안 어울릴 것 같다는 표정이지만, 방에 들어가 남방을 입고 나오는
광현.

영민이 상을 들고 나와 마루(평상 위)에 놓는다.

스파게티 접시들을 세팅해 놓고, 상 가운데에 케이크를 올려놓는다.

와인잔 세 개도 가져와 세팅한다.

주영은 무당벌레 같은 아빠의 모습을 보고 까르륵 웃는다.

광현, 어색하게 미소 짓는다.

광현과 영민이 마주 앉으면,

주영은 두 사람 사이의 가운데 자리에 앉는다.

오늘은 주영이 죽은 후 두 번째 맞는 생일로

광현과 영민이 함께 저녁을 먹으며 주영을 기억하는 날이다.

주영은 광현의 눈에는 보이지만 영민의 눈에는 보이지 않는다.

영민, 와인을 따서 광현의 잔에 따르고, 주영과 자신의 잔에도 채운다.

주영   (와인냄새를 맡으며) 향 좋다.

광현   (냄새를 맡아본다)

영민   (케이크에 초를 꽂는다)

주영   초는 왜 이렇게 많이 꽂아. 난 아직 스물아홉이거든. 서른 살
생일파티도 못했는데 갑자기 서른한 살은 억울하지.

영민   (초에 불을 붙이는)

주영   두 개 빼. 나이 먹기 싫단 말야.

광현   … (혼잣말처럼) 초가 몇 개냐….

영민   (촛불을 바라보다가 두 개를 뺀다)

가만히 촛불을 바라보는 세 사람.

그러다가 다 같이 촛불을 끈다. 주영 흡족한 표정으로 박수를 친다.

광현   먹자.

영민·주영   (동시에) 네.

영민   잠깐만요.

영민, 핸드폰으로 요리 사진을 찍는다.

영민   됐어요. (먹기 시작한다) 우와~ 이거 진짜 아버님이 만드신 거예요?

광현   괜찮냐?

영민   주영이가 만든 것보다 더 맛있는데요?

주영   이거 내가 가르쳐준 레시피거든.

영민   (먹으며) 아버님이 요리책 내셔야겠어요.

광현   (먹으며) 출판사에선 뭐라든. 주영이 책 말야.

영민   요리 과정을 담은 사진이 별로 없어서요. 다른 사진을 넣겠다고 하길래 일단 보류시켰어요. 제가 그림으로 어떻게 해보려구요.

광현   사진은 다른 거 쓰면 안 되는 거야?

영민   그건 아닌데, 이왕이면 직접 찍은 사진이 있으면 좋죠.

광현   ….

영민   참, 공원 입구에 축제 현수막 엄청 크게 붙었던데, 보셨어요?

주영   정말? 사진 찍어서 나도 보여줘.

광현   사진 좀 찍어 오지. 잘 붙었나 보게.

영민   출근하시면 볼 거 같아서 그냥 왔어요.

광현   니가 만든 홍보전단이 맘에 드나보더라. 군청에서 한 턱 내겠대.

영민   다행이네요. 걱정했는데.

광현   잘됐지.

주영   오늘 책거리 한다면서. 사은회는 못해도 건배는 해야지. (잔을 든다)

광현   (주영을 따라 잔을 들고) 수고 많았다. 한 잔 해.

영민이 광현을 따라 잔을 든다. 주영 함께 건배한다.

영민   그럼 노트에 있는 요리는 다 만들어 본 건가요?

광현   그런 셈이지. 약식으로 한 것도 있지만.

영민   아…, 벌써 101번의 주말이 흘러갔단 얘기네요. 다음 주엔 제가 응용편으로 서비스 메뉴 하나 추가할게요. 그때 정식으로 책거리해요.

광현   (와인을 한 모금 마시고는) 그래서 말인데, 우리….

영민   …?

광현   오늘로 주영이 생일에 같이 밥 먹는 건 그만 하자.

영민   … 그게 무슨 말씀이에요?

광현   … 자식 제사나 생일은 지내는 게 아니야. 너도 자식이 없으니까 주영이 제사나 생일 같은 거 챙길 필요 없고. 밥이야 같이 먹겠지만… 생일이라고 따로 챙겨먹을 필요는 없다는 거야.

영민   ….

광현   알았나?

영민   ….

주영   (영민에게) 또또 눈썹 찡그린다. 얼굴 펴.

광현   … (영민의 얼굴을 보고) 또또 눈썹 찡그린다. 얼굴 펴.

주영   아빠… 그 말도 해야지.

광현, 주영을 쳐다본다.

영민도 광현의 시선을 따라 주영이 앉아있는 곳을 보지만

영민에게 그곳은 빈자리일 뿐이다.

주영   (광현에게) 알았어. 그렇게 안 봐도 자리 비켜줄 테니까 둘이서
        얘기해.

        주영은 스파게티 접시를 들고 일어나, 한쪽 마루에 걸터앉는다.

        헤드폰을 끼고 음악을 들으며 스파게티를 먹는 주영.

        광현도 말없이 스파게티를 먹는다.

광현   (먹다가) 내가 나물은 고추장에 비벼 먹어야 맛있다고 하면 주
        영이는 뭐라고 대답할 것 같냐.

영민   글쎄요. 아마 재미없는 맛이라고 하지 않았을까요?

광현   그랬겠지? (스파게티를 말아 올리며) 이렇게 나물을 생크림에 비
        비면?

영민   재미있는 맛.

광현   그래, 재미있는 맛…. (먹는다)

영민   … 이번 주에 낚시 가기로 한 거 잊지 않으셨죠?

광현   어… 근데 태풍이 온다던데.

영민   크진 않대요. 축제 시작하면 조용히 낚시하기 힘들어질 거예요.

광현   … 그럼 그 전에 다녀오자.

영민   네. 그리고 저, 필수 형이 아르바이트 하라고 해서 카누 깎게
        됐어요.

광현   카누?

영민   축제 개막식 날 뗏목이랑 카누를 띄운다던데요?

광현	얘긴 들었는데, 인디언들이 하는 게 아니래?
영민	인디언들은 축제 이틀 전에 오는 거라 준비는 우리 쪽에서 다 해놓나 봐요.
광현	그런가.
영민	필수 형한테도 잘됐어요. 요즘 목공소 일 없어서 공치고 있다던데.
광현	그런데 니가 어떻게 카누를 깎냐.
영민	저는 보조니까 나무속만 파내면 되지 않을까요?
광현	조심해. 넌 뭐 했다하면 십중팔구 다치니까.
영민	조심할게요.
광현	… (먹는)
영민	… (먹는다)
광현	영민아.
영민	네?
광현	이제 너도 독립해.
영민	… 또 그 얘기세요?
광현	이만하면 됐어. 너도 이제 서울 가서 일자리 알아보고, 니 갈 길 가….
영민	집도 여기고 직장도 여기 있는데 제가 어딜 가요.
광현	니 원래 집은 서울이고, 직장도 거기였어.
영민	이제 저랑 사는 거 지겨우세요?
광현	내 말 허투루 듣지 말고 잘 생각해봐.
영민	아버님 말씀 허투루 들은 적 한 번도 없어요….

주영이 듣고 있는 헤드폰에서 음악(You are my sunshine)이 흘러나온다.

주영은 그 멜로디를 따라 흥얼거린다.

You are my sunshine, my only sunshine ~

광현, 주영을 따라 멜로디를 흥얼거린다.

바람결에 날아온 노래를 따라 부르듯이 작게.

영민 그런 광현을 가만히 바라본다.

노래를 부르다, 광현이 가슴에 통증을 느끼며 깊이 숨을 내쉬는가 싶
더니 갑자기 가슴을 움켜쥔다.

영민   아버님!

광현   … 괜찮아 괜찮아. (한쪽 손으로는 가슴을 움켜쥔 채 괜찮다는 손짓)

주영은 아빠의 상태를 모르는 듯 계속 노래를 흥얼거리고 있다.

다시 숨을 몰아쉬는 광현, 호흡이 가빠지며 과호흡 증상을 보인다.

영민   아버님 왜 그러세요. 정신 차리세요! 아버님.

광현이 마루에 쓰러진다.

뒤돌아보는 주영. 쓰러진 광현의 모습을 보고 달려온다.

주영   아빠 왜 그래! 아빠! 아빠!

영민   아버님, 숨 쉬세요. 숨 쉬세요.

주영   아빠 숨 쉬어! 숨 쉬어!

영민   아버님, 숨 쉬세요!

주영   (영민에게) 비닐봉지 갖고 와. 비닐봉지.

영민은 마치 주영의 말을 알아들은 것처럼

주방 쪽에서 비닐봉지를 갖고 와 광현의 입에 대준다.

주영 후~ 하~ 후~ 하~ 후~ 하~ 후~ 하~
천천히 들이마시고 내쉬고 들이마시고 내쉬고…

영민 후~ 하~ 후~ 하~ 후~ 하~ 후~ 하~
천천히 들이마시고 내쉬고 들이마시고 내쉬고…

그들 셋은 동시에 같이 숨을 들이마시고 내쉬기를 반복한다.
후~ 하~ 후~ 하~ 후~ 하~ 후~ 하~
광현의 호흡이 조금씩 안정을 찾아가며 숨을 고르기 시작한다.
광현은 걱정 어린 눈으로 자신을 바라보고 있는 영민과 주영을 쳐다
본다.
주영에게 헤드폰을 달라는 손짓을 해 보이는 광현.
주영이 헤드폰을 건네준다.
헤드폰을 쓰고 음악을 듣는 광현.
그런 모습을 영민이 바라보고 있다.
헤드폰에서 음악이 흘러나와 마당을 채운다.

2

비가 내리는 오후. 광현의 집.
광현이 마루에 누워 있다.
세찬 바람소리. 폭풍이 들이칠 것 같은 분위기다.
대문 쪽에서 우비를 입은 영민이 검은 비닐봉지를 들고 들어온다.

빗물을 털며 우비를 벗는 영민.

광현 텃밭에 채소들 둘러봤냐?

영민 물길 내놓고 왔어요.

광현 아래쪽도 봤고? 고추랑 깻잎은?

영민 쓰러진 거 없어서, 지지대만 확인했어요.

영민, 마루로 올라와 비닐봉지를 들고 주방 쪽으로 간다.
쟁반에 참외와 과도를 들고 나오는 영민.
마루에 걸터앉아 참외를 깎기 시작하는 영민.

광현 … (참외 깎는 모습을 보다가) 얇게 잘 깎는다.

영민 그렇죠? 제가 생각해도 저는 과일을 잘 깎는 거 같아요.

광현 일어나 앉으려고 하는데 영민이 말린다.

영민 왜 일어나세요, 더 누워 계시지.

광현 잠시 누웠다가 답답한지 다시 일어난다.
참외 한 조각을 포크로 찍어 광현에게 건네는 영민,
자신도 한 조각 찍어서 먹기 시작한다.
비를 보며 참외를 먹는 두 사람.

영민 (먹으며) 아버님,… 이렇게 비오는 거 보면서 참외 먹으니까
요, 갑자기 삼십 년이 훌쩍 지나간 어느 날 같이 느껴지지 않
으세요?

광현 (먹으며) 삼십 년…?

영민 (먹으며) 이상하죠… 미래를 느끼는 건 데자뷰가 아닌데… 삼십 년 전도 아니고 삼십 년 후가 느껴질 리 없잖아요.

광현 (먹으며) 어떤 게 삼십 년 후처럼 느껴지는데? 비 오는 거, 참외 먹는 거.

영민 (먹으며) 비 오는 날 아버님이랑 참외 먹는 거요.

광현 (먹으며) 근데 영민아, 우리 언젠가 이런 얘기 했었다.

영민 언제요?

광현 너랑 주영이랑 결혼한다고 폭탄선언 하러 왔을 때. 그때도 전조가 이랬어. (한입 베물며) 이렇게 참외 먹으며 장인어른이랑 오래도록 살고 싶다고.

영민 제가요?

광현 어.

영민 듣고 보니 그런 거 같네요.

광현 (먹으며) 수박을 먹을 걸 그랬나.

영민 수박을 먹었으면 한 150년 후가 느껴졌을지도 몰라요. 수박은 참외보다 훨씬 크잖아요.

광현 더 큰 폭탄선언이 생각날 수도 있지.

두 사람 웃는다. 그러다 잠깐 광현의 불규칙한 호흡.

영민 괜찮으세요?

광현 (호흡을 가다듬고, 괜찮다는 고갯짓) 오후엔 공원에 좀 나가봐야겠다.

영민 비번인데 쉬세요. 비 와서 산에 오르는 사람도 없을 거예요.

광현 ….

영민   (참외 한 조각을 더 건네는)

광현   (받으며) 너도 밖에 좀 나가고 그래. 젊은 사람이 젊은 사람 좀 만나고 살아야지. 여기 앉아서 참외나 깎고 있으니까 살아보지도 않은 삼십 년 후가 느껴지고 그러는 거야.

영민   나가도 매일 보는 사람들인데요 뭐. (참외를 하나 더 깎으며) 참, 승구 결혼하는 거 들으셨어요?

광현   들었다. 날 잡았다더라.

영민   어제 점심 먹으러 강변식당에 갔는데, 아주머니가 자랑하시더라구요. 신부가 모로코에서 온대요.

광현   근데 모로코가 지구 어디에 붙어있는 거냐?

영민   북아프리카 쪽일 걸요.

광현   참 멀다….

영민   네. 참… 멀죠.

광현   강변식당 아주머니가 며느리한테 엄청 잘할 거야.

영민   거기는 일부다처제라 한국처럼 한 여자랑 사는 남자들이 인기 있대요.

그 사이, 빗줄기는 굵어지고 바람도 거세져 있다.
필수가 대문을 열고 뛰어 들어온다.
손으로 머리를 가린 채 비를 맞으며 뛰어오는 필수.
손에는 자두와 맥주캔이 든 비닐봉지가 들려있다.

필수   (곧장 처마 밑으로 들어오며) 몸은 좀 어떠세요?

광현   어서 와.

영민   왜 비를 맞고 와?

필수   밖에 트럭 세워두고 오느라. 우산이 더 귀찮아. (참외를 보고)

나란히 참외 깎아먹는 장인과 사위. 흔치 않아 흔치 않아. (옷을 털고 마루에 걸터앉아 참외를 집어먹는) 내가 나오니까 빗줄기가 확 굵어졌어. 밤새 내린다던데. (참외 한 조각을 또 집어먹으며) 음 달다. 텃밭에서 딴 거예요? 장마가 짧아서 그런가 이번 여름 과일은 달아요. 그죠?

(참외를 집어먹으며, 광현에게) 소장님 몸 좀 나아지시면 술 한 잔 해야 하는데….

광현   ….

필수   지금도 할 수 있어. 별것도 아닌데 뭐. 그렇게 말씀하실려고 했죠. 영민이 얼굴 보셨으면 그런 말씀 못하실 걸요. 완전 새파래져가지고 달려왔는데, 지가 숨넘어가게 생겼더라구요. 숨 쉬는 게 그거 별거 아닌 거 같아도, 사람이 숨 쉬는 거 까먹으면 얼마나 위험한데요. 사람은 숨 잘 못쉬면 죽잖아요. (참외를 집어 먹으며) 그게 사람이 숨을 잘 쉬어야 하는 이유거든요. 복식호흡 아시죠? (복식호흡을 해보이며) 평소에 꾸준히 연습을 하셔야 돼요. (영민에게) 왜 주영이 일 치르고나서도 과호흡 오고 그러셨잖아.

영민   (필수에게 눈치를 준다)

필수   그러니까 내 말은 숨쉬기 운동이 무척 중요하다 그거지.

영민   근데 웬일이에요, 비 오는데?

필수   맞다 내 정신 좀 봐. 통나무가 왔거든.

광현   비오는 날 들어왔어?

필수   남쪽엔 비 안 오니까 무작정 출발했나 봐요. 그런데 나무가 시원찮아요. 작아서 소장님 맘에 안 드실 거 같은데, 가서 한번 보시고 다시 주문할지 말지 알려주셔야 할 거 같아요.

광현   많이 작아?

필수   그 정도는 아니고요… (두 팔을 벌려 아름을 만들어 보이며) 이 정도 될라나?

영민   그만하면 큰데요?

필수   작지는 않은데. (더 큰 아름을 만들어 보이며) 소장님이 이따만큼 큰 걸 주문하셨거든, 도지사가 탄다고 해서. 좁은 데 탔다가 빠지기라도 하면 큰일이잖아.

영민   에이, 설마 탈까요?

필수   쇼맨십 장난 아냐. 타고도 남을 걸.

광현   지금 도지사는 탈 거야.

필수   그쵸. 지금 도지사는 탈 거야.

영민   그거 중심잡기 엄청 힘들 텐데.

필수   그러니까 잘 만들어야지. (자연스럽게 자신이 사온 맥주캔을 비닐봉지에서 꺼내더니 따서 한 모금 마신다) 속 파내는 거는 힘으로 한다쳐도 모양잡고 균형 맞추려면 쉽지 않거든. 그렇다고 도지사님더러 뗏목 타라고 할 수 없잖아. 그건 중심 잡기 더 어렵지. (한모금 마시고 참외를 집어먹는) 아차차. 뗏목 만드는 건 시간 계산 못했네. 작년에 뗏목만 만드는 데도 일주일 걸렸는데, 빨리 시작해야겠다. 티피도 세워야 되고. (영민을 쳐다본다)

영민   ….

광현   애한텐 힘쓰는 거 시키지 마. 일 되게 못해.

필수   원래 힘쓰는 게 힘으로 하는 게 아니라 요령이거든요. 제가 그런 건 또 잘하는데. 몸이 하나라 더 뛸 수가 없네. (영민을 쳐다본다)

영민   왜 자꾸 날 쳐다봐?

필수   야 너는 진짜. 작년에 홍수 났을 때 다 봤다. (광현에게) 영민이가요 모래주머니를 끌고 오는데, 안 가겠다고 버팅기는 황소 끌고 오듯이, (엉거주춤 흉내내며) 이러면서 모래주머니를 질질 질 끌고 오는데, 와 진짜 못봐주겠더라구요. 걱정 마세요. 영 민이한테는 일 안 시켜요.

영민 그거 진짜 무거웠다니까.

필수 군인들은 양손에 두 개씩 들고도 막 날라다니더라. 하여튼 우 리나라 사람들은 진짜 군인들한테 잘해줘야 돼. 홍수 나도 군 인, 지진 나도 군인, 흉작이어도 풍작이어도 다 군인들이 일하 잖아.

광현 영민이한테 시키지 마. 얜 요령도 없어.

필수 (영민을 보며) 야 넌 진짜 심하다. (맥주 한 모금 마시고 참외를 먹 으며, 영민에게) 잉어섬 꼬리쪽 있지. 거기에 인디언문화촌을 만 들 거거든. 티피를 한 20여 동 세울 건데, 그 정돈 할 수 있나?

영민 그럼 내가 카누 깎는 거 도울 테니까, 형이 티피 세우는 거 도 와주면 되겠네.

필수 난 풀코스로 멀티라 바쁜데. 카누도 깎고 티피도 세우고 인디언 들 숙소도 알아봐야 되고. 체험행사 준비에, 잘하면 관광버스도 운전할지 몰라. 사람 없다고 청년회에서 도와달라는데, 청년회 에 일할 사람이 누가 있어, 나 말고. (맥주 마시고) 축제 때 반짝 하는 건데, 못 한다 그럴 수도 없고. (광현에게) 저도 낼모레면 사십인데, 제가 청년회에서 어린 축에 속한다면 말 다했죠.

광현 …. (웃는다)

필수 승구가 있을 땐 같이라도 했는데, (술을 마시고) 그 자식이랑 저 랑 이 동네 유일한 총각이었거든요. 근데 짜식이 장가 간다고 완전 들떠가지고. 사진을 봤는데 엄청 이쁘긴 하더라구요, 브 룩쉴즈 닮았어요. 두고 보세요. 저는 꼭 연애결혼 할 거예요. 하지만 브룩쉴즈라면… 쫌 생각을 해봐야죠. (술을 마신다)

영민 차 갖고 왔다면서 술 그만해.

필수 (맥주 캔을 들어 보이며) 한 캔도 다 안 마셨어. 거기다 과일 안 주는 술도 안 취해. (참외를 먹으려는데 접시가 비었다) 어라? 내가 다 먹은 거야?

필수 자신이 가져온 자두를 한 개 두 개 꺼내 먹기 시작한다.

필수 (광현에게) 어떻게, 나무는 오늘 보실래요?

광현 그럴까. 누워 있으니까 심심하기도 하고.

필수 그러실래요?

비는 점점 더 거세지고, 바람도 더 거세진다.
곧 태풍이 들이닥칠 것 같은 분위기다.

그때 한 여자가 뛰어 들어온다.
그녀는 아주 커다란 우비를 입고 있는데
흙에 빠졌다 나온 것처럼 우비가 흙투성이다.

유리 (가쁜 숨을 몰아쉬며) 소장님. 소장님~

광현 유리 양?

모두들 일제히 유리를 본다.
숨을 헐떡이는 유리, 뭔가 말하려고 하는데 숨이 너무 차서
쉽게 나오지 않는다. 그러다가,

유리 … 저… 소장님… (헉헉) 저기… 나무요, 소장님… 나무… (헉헉)

필수 숨 쉬는 거 까먹으면 얼마나 위험한데요. 숨 쉬세요. 숨 쉬는
게 별거 아닌 거 같아도, 그게 얼마나 중요한데요. 숨 먼저 좀
고르고.

유리 (숨을 가다듬고) 소장님이 아끼시는 나무요, 튼튼이랑 씩씩이요.

광현 (놀라서) 그 나무가 왜?

영민 (벌떡 일어나며) 그 나무가 왜요?

유리 그 나무가 쓰러질 것 같아요. 씩씩이 옆쪽으로 도랑이 생겨서
땅이 꺼졌는데요, 흙으로 매꿰도 자꾸 깎여나가요. 빨리 와 보
세요.

광현 (일어나며) 내가 가볼게.

영민 아니에요. 제가 가볼게요. (마당으로 내려선다)

필수 야, 우비는 입고 가야지.

영민 아. (급히 우비를 가지러 방으로 들어가는)

필수 그런데 모습이 왜 그래요. 오다가 어디 빠졌어요?

유리 소장님이 아끼시는 나무라고 해서, 제가 어떻게 해보려고 했
는데 그게 잘 안돼서요.

필수 (흙투성이 우비를 보며) 뭔가 잘 안되긴 안 됐나보네.

영민이 방에서 우비를 걸치며 나온다. 유리와 똑같은 우비다.

필수 뭐야. 우비가 똑같잖아.

영민 (마당으로 내려서며) 다녀올게요.

광현 흙으로는 안 되고 모래주머니로 지탱해 놔야 할 거야.

필수 너 모래주머니 못 들잖아. 내가 같이 가볼게.

영민 괜찮아. 갔다 올게요.

영민이 앞장서서 나간다.
유리도 광현에게 인사하고 급히 영민을 따라 나간다.

필수   (뒤에 대고) 영민아, 지지대를 모래주머니로 받쳐야 돼. 모래주
머니.

태풍 직전의 거센 바람소리.

필수   (둘의 뒷모습을 끝까지 지켜보다) 커플우비네 커플우비… (광현에
게) 새로 왔다는 직원이에요?
광현   응.
필수   그 나무 말하는 거 맞죠…? 제가 안 따라가 봐도 될까요?
광현   … 아무래도 내가 가봐야겠다.
필수   저도 같이 가요. 차로 데려다 드릴게요.
광현   운전 괜찮겠어?
필수   한 캔도 다 안 마셨어요. 시동 걸어놓을 테니까 준비하고 나오
세요.

필수 손으로 비를 막으며 뛰어 나간다.
광현이 우산을 챙기러 들어가려는데,
주영이 우비와 우산을 들고 나와 광현에게 건넨다.
광현, 급히 우비를 입고 장화를 신으며 나갈 준비를 한다.
마루에 걸터앉아 영민이 나간 쪽을 바라보는 주영.

주영   아빠.
광현   응.

주영	저 여자랑 영민이랑 잘 어울려?
광현	갑자기 무슨 소리야.
주영	저 여자가 나보다 어리지?
광현	….
주영	나보다 예뻐?
광현	….
주영	별로 안 예쁘지?
광현	저 정도면 예쁘지. 너도 봤잖아.
주영	나이 들면 안 이쁠 얼굴이야. 난 나이 들면 예쁠 얼굴인데… 난 아빠 나이쯤 되면 정말 더 예쁠 얼굴이야.
광현	무슨 말이 하고 싶어서 그래.
주영	난 나이 들어도 예쁠 거라고.
광현	….

비바람소리.
광현 급한 마음에 일어나 대문 쪽으로 가지만 쉽게 발길이 떨어지지
않는 듯 돌아본다.
주영이 미소를 지으며 광현을 향해 손을 흔든다.
'난 괜찮을 거야, 잘 다녀와. 조심하고.'
광현 주영을 놔두고 나간다.
주영은 아빠가 누웠던 이부자리 안으로 쏙 들어간다.
비바람에도 아무런 상관없다는 듯 고요한 이부자리 속….
그러다가 차츰 주영의 흐느낌이 들려온다.
잠시 그렇게 흐느끼는 주영.

잠시 후 광현이 다시 뛰어 들어온다.

주영이 걸터앉아 있던 마루가 비어있는 것을 본 광현.
이상한 생각이 들어 방으로 주방으로 주영을 찾아다닌다.

광현　주영아! 주영아! 주영아!

광현은 주영이 사라져 버린 것은 아닌지 괴로워하며 정신없이 마당
을 뛰어다닌다. 하지만 주영은 보이지 않는다.
망연자실하여 마루에 걸터앉는 광현.
그때, 이불 속에서 딸 주영의 손이 살며시 나와 아빠 광현의 손을 잡
는다.

주영　(이불속에서) 난 괜찮다니까….

딸의 손을 바라보는 광현.

주영　아빠, 난 괜찮아….

광현, 주영의 손을 꽉 잡는다.

주영　(이불 속에서) … 아빠, 나 때문에 많이 힘들지?

이불 속에서 울고 있는 주영의 흐느낌이 손으로 전해져 오지만 가만
히 바라볼 수밖에 없는 광현.
광현은 힘주어 딸의 손을 더 꼬옥 잡아준다.
폭풍우가 마당가를 점령한 듯 거세진다.

3

어둠 속에서 매미소리와 강물 소리 들려온다.

무대 밝으면, 맑은 날 오후의 강가.

낚시할 준비를 하고 있는 영민과 유리.

영민은 전화를 받고 있다. 영민이 전화를 받는 사이 유리는 강가에 네 개의 접이의자를 펴서 나란히 놓는다.

영민　(전화 받는) 형, 우리 이쪽에 와 있어. (멀리 어딘가를 향해 손을 흔들어 보이며) 응. 아버님도 이쪽으로 올 거야… 아, 그게 카누야? 통나무? 그래? 여기서 보니까 바위 같은데. 어, 알았어. 우리 여기서 산천어 구울 건데, 와서 먹고 가. 음. (전화 끊는다) 통나무를 옮기는 중이래요.

유리　(의자에 앉아 낚시 바늘에 떡밥을 뭉쳐 끼우며) 저게 잉어섬인가 보죠?

영민　(의자에 앉아서) 저쪽이 머리예요. 이쪽이 꼬리… 저기가 지느러미. (떡밥을 뭉치며) 그렇게 하면 떡밥이 풀어져 버려요.

유리　(영민의 떡밥을 보며) 그렇게 크게 해요?

영민　이 정도는 돼야 고기들이 달려들지 않겠어요?

유리　큰 고기가 물었으면 좋겠다. 외국영화 보면요, 침엽수림이 쫙 둘러쳐진 강가에서 물고기 잡아가지고 구워 먹잖아요. 모닥불 피워놓고, 기다란 꼬챙이에 끼워서요. 저 그거 진짜 한번 해보고 싶었거든요.

영민　여기선 그렇게 큰 건 안 잡혀요. 잡혀도 우린 꼬챙이에 안 끼우고 호일에 싸서 구울 거예요. 밑에 돌 깔고 나무로 불 피워서.

유리　그것도 좋아요. 물고기를 구워 먹는다는 게 중요하니까.

영민   (떡밥을 자신의 낚싯바늘에 끼운다)

유리   전 어렸을 때부터 이런 곳에서 살아보고 싶었거든요. 여기서
            지내니까 매일 MT 온 거 같아요.

영민   우리 아버님이랑 일하다보면, 심심한 곳이니까 도시로 나가라
            는 얘기 수없이 듣게 될 거예요. (낚싯대를 드리우는)

유리   저한테는 좋은 곳이라고 하시던데요. 사람도 사귀고 많이 둘
            러보라고 그러시고요. (주변을 둘러보며) 근데 불은 어느 쪽에
            피워둘까요?

영민   일단 고기가 좀 잡히면, 그때 피울까요?

유리   아 맞다. 고기부터 잡아야죠.

유리와 영민 자리에 앉아 찌를 바라본다.
바람이 분다. 들릴 듯 말듯 강가의 바람소리.
따사로운 햇살, 평화롭고 나른한 오후의 햇볕이 내리쬔다.
잠시 후 유리의 찌가 움직인다.

유리   어! 움직였다. 이거 움직이는 거죠? 벌써 물었나 봐요.

영민   당겨 봐요.

유리   (일어서며) 그냥 당겨요?

영민   (도와주며) 이렇게 릴을 감으면서 당겨요.

두 사람, 열심히 당겨보는데 낚시 바늘에 걸린 것은 쓰레기다.
두 사람 허탈하게 웃는다.
유리가 열심히 떡밥을 만들어 끼우고는 낚싯대를 드리운다.

유리   어디서 들은 건데요. 이렇게 낚싯대를 물속에 드리우고 마음

속으로 전생… 전생… 전생… 이렇게 열 번을 속으로 외친 다음에 찌를 보고 있으면 낚싯대에 전생이 걸린대요.

영민   전생이요?

유리   네, 한번 해보세요.

영민   (하지 않는)

유리   손해 볼 거 없잖아요. 재미로 하는 건데. (눈을 감고 속으로 전생을 열 번 되뇌인다)

영민   (따라해 본다)

유리   (들릴락말락) 전생… 전생… 전생… 전생…, 이제 됐어요. 눈 뜨세요.

두 사람, 눈을 뜨고 찌를 열심히 본다.
다시 유리의 찌가 흔들린다.

유리   걸렸다. 또 걸렸어요.

영민이 가르쳐준 대로 릴을 당기는 유리.
낚싯대에 걸린 걸 확인하자 유리의 얼굴표정이 일그러진다.
유리가 건져 올린 것은 새우깡 봉지다.

영민   (웃으며) 전생이 새우깡이었나 봐요.

유리, 낚싯바늘에서 새우깡 봉지를 빼내고 떡밥을 끼워 영민에게 보여준다.

유리   이렇게 하는 거 맞죠?

영민	네, 잘했어요. 이번엔 고기가 덥석 물겠는데요.
유리	(낚싯대를 드리우며) 소장님 오실 때까지 대어 낚아서 자랑 좀 하려고 했더니 쉽지가 않네….
영민	벌써 쓰레기 두 개나 건져 올렸잖아요. 좋아하실 거예요, 강이 깨끗해졌다고.
유리	그럼 이참에 강 청소나 할까 봐요.
영민	…. (웃는다)
유리	홍보책자에서 일러스트 그리신 거 봤어요. 그런 그림은 처음이에요. 산이랑 강이랑, 뭐랄까….
영민	삐뚤빼뚤하죠?
유리	맞아요. 그래서 좀 신비로운 느낌이 든달까? 아무튼 독특하더라구요.
영민	(오른손을 보여주며) 제가 오른손잡이거든요. 그래서 그림도 당연히 오른손으로 그려야 한다고 생각했었어요. 그런데 어느 날 돌아보니까 내가 너무 평범하고 색깔 없는 그림을 그리고 있는 거예요. 그때가 아내랑 연애할 때였는데, 내가 그런 고민을 하고 있으니까 불쑥 나한테 그러더라구요. '그림을 왼손으로 그려보지 그래?' (왼손을 보여준다)
유리	그게 왼손으로 그린 그림이라구요?
영민	그때부터 일러스트는 왼손으로 그려요. 물론 왼손으로 그림을 그리게 되기까지는 무지 오래 걸렸지만, 만족해요. 그런 기회가 없었으면 난 왼손의 진가를 모르고 살았을 테니까.
유리	근사하네요.

영민, 자신의 왼손을 바라본다.
유리도 영민의 왼손을 쳐다보다가 자신의 두 손을 들어

눈높이에서 쥐었다 폈다 하며 번갈아 바라본다.

유리 저는 아직 둘 다 모르는데… 어느 손의 진가를 먼저 알게 될까
요. 아 참, 저는 씩씩이가 그런 나무인줄 몰랐어요.

영민 수목장이 흔치는 않으니까요.

유리 비온 후로 튼튼이가 약간 기운 거 아세요? 땅 한쪽이 꺼져서
지지대를 뺐거든요. 그랬더니 삐딱하게 한쪽 발 괴고 서있는
것처럼 (어깨 한쪽을 기울여보이며) 이렇게 불량스럽게 서 있어
요. 소장님한테 지지대 세울 거냐고 여쭤봤더니 뭐라고 하셨
게요?

영민 그냥 둬라. 자연스럽게 일어날 거다.

유리 어떻게 아셨어요?

영민 괜히 튼튼이랑 씩씩이겠어요.

유리 (웃는) 그 나무들 소장님 따님이 심은 거라면서요?

영민 네. 씩씩이는 아내가, 튼튼이는 제가 심었어요, 결혼하던 해에.

유리 그랬구나….

유리의 찌가 움직인다.

유리 어. 어. 또 물었다. 이번엔 진짜 거 같아요. 움직임이 느껴져요.

영민 릴을 풀었다 감았다 하면서 당겨 올려요.

유리 어떻게요. 이렇게요? 이거 엄청 힘이 쎄요.

영민 이리 줘 봐요.

유리는 놓칠까봐 낚싯대를 손에서 놓지 못하고
영민은 도와주려 낚싯대를 잡고 있다.

유리   이번엔 쓰레기 아닌 거 같죠?

영민   쓰레기는 이렇게 힘 못쓰죠.

유리   (신나서 낚싯대를 끌어올리는) 와 보인다. 물고기다 물고기!

영민   이 녀석 힘 진짜 좋은데요.

둘이 낚싯대를 잡고 기뻐하고 있는데
광현과 필수가 들어와 그 장면을 본다.
어쩐지 연인 같아 보이는 행복한 풍경이다.
그 모습을 보자 왠지 기분이 언짢아지는 광현. 표정이 좋지 않다.

필수   (괜히 목소리가 높아지는) 야, 니네 뭐 하는 거야!

유리·영민   (동시에 뒤돌아본다) !!

영민과 유리, 놀라서 동시에 낚싯대를 붙들고 있던 손을 놓는다.
필수가 심술부리듯 낚싯줄을 가위로 끊어버린다.
물고기가 파닥거리며 달아나는 소리가 들린다.
모두들 어이없다는 듯 필수를 쳐다본다.

필수   (손에 들린 가위를 뒤로 숨기며) 미안. 나도 모르게 그만 흥분해
서. 물고기 놓쳤냐.

영민   바늘까지 물고 달아났잖아.

필수   그러게 고기를 잡아야지 왜 손을 잡고 있는데.

필수는 유리와 영민의 사이에 자리를 잡고 앉는다.
광현도 그 옆자리에 앉는다.
유리와 영민, 남아있는 첫 번째 자리와 네 번째 자리에 엉거주춤 앉

는다.

영민 유리 씨가 산천어 잡아서 구워먹고 싶다고 해서… 잡는 중이 었어요.

광현 … 좀 잡았고?

필수 (빈 통을 보며) 잡긴 뭘 잡아. 한 마리도 없어요. 잡을 마음이 있 어야 잡죠.

유리 소장님 제가 뭘 낚았는지 아세요? 낚싯대로 전생 테스트 하는 게 있는데요, 저는 글쎄 전생이 새우깡인 거 있죠. 소장님도 한번 해보세요. 이렇게 눈을 감고요….

필수 (투덜투덜) 새우깡 나이가 몇인데. 올해로 40살이야 40살. 유리 씨. 전생이 될 수가 없지… 유리 씨 나이가 몇인데.

광현 필수야, 산천어 좀 갖다가 구워 먹자. 유리 양이 먹고 싶다는데.

유리 여기서 잡으면 안돼요?

필수 그게 잡는다고 잡혀요.

유리 축제 때 산천어 맨손잡기도 하던데.

필수 그거야 요렇게 그물을 쳐놓고 그 안에 양식어를 풀어 놓는 거 지, 어떻게 산천어를 맨손으로 잡아요. 산천어가 바본가.

영민 형이 좀 잡아주면 되겠네.

필수 내가? 난 잡는 건 못해. 양식장 가서 체로 떠오는 거면 모를까. 난 안해.

광현 잡긴 힘들 테고, 면장님 댁 가서 몇 마리 얻어와. 구워 먹고 시 작하자.

필수 제가 가요?

광현 그럼 내가 갈까?

영민 나랑 같이 갔다 와, 형.

필수 내가 왜 너랑 가는데. 유리 씨라면 모를까.

광현 너 혼자 갔다 와. 오면서 불 피울 나무도 좀 주워오고.

유리 (필수를 보며) 고맙습니다. 아주 큰 산천어로 얻어오세요.

필수 산천어는 커봤자 요만하다니까 그러네. (일어서며) 그건 그렇고 유리 씨, 나중에 영민이가 잡아왔네 어쩌네 그러면 안돼요. 지금 보이죠? 내가 산천어를 잡으러 가는 거 보이죠?

유리 네. 아저씨가 잡아온 거 꼭 기억해둘게요.

필수 나보고 아저씨랜다. 내가 꼭 가야 되냐. (유리에게) 안 믿기겠지만, 나 총각이에요.

영민 (필수를 떠밀며 함께 나가는) 다녀올게요.

필수와 영민 나가고, 유리와 광현만 남는다.
떡밥을 뭉쳐 바늘에 끼우는 유리.

광현 잘하네.

유리 오늘 배웠어요. 이렇게 적당히 집어서 뭉쳐야 된대요. 너무 단단하거나 풀어지지 않게요.

광현 (가방에서 루어 미끼를 꺼내 보여주며) 이건 루어낚시라는 건데 (루어를 던지고 릴을 당기며) 이렇게 먹이가 헤엄치는 것처럼 움직여 주면서 고기를 유인하는 거야. 한번 해봐.

유리 아. 해봐도 돼요?

광현 (유리에게 릴을 건넨다)

유리 (받아서 움직여보는)

광현 트릭을 잘 써야 돼. 맛있는 먹이인 척 유연하게.

유리 (움직여보며 연습한다)

광현 … 유리 양.

유리   네?

광현   우리 영민이 어떤 거 같아?

유리   (당황하여 켁켁거리는. 뭐라 대답할지 몰라 머뭇거리다가) 음…, 왜
       요?

광현   좋은 여자 있으면 소개시켜 주려고, 연애하라고. 그러려면 먼
       저 영민이가 여자들한테 어떻게 보이나 알아야지.

유리   글쎄요….

광현   예전에 누가 영민이 얘길 하면서 무지 재미없고 심심한 사람
       이라고, 말도 잘 못하고, 여자 앞에서는 쑥맥이라고 막 흉을
       봤었거든.

유리   누가요?

광현   어떤 여자가….

유리   그렇진 않은 것 같던데요.

광현   그래?

유리   … 네. 조용한 편이지만 얘기를 나누고 싶은 사람이랄까, 그런
       분위기가 있어요.

광현   아….

유리   그냥 그렇다는 거예요… (릴을 더 당기며) 더 빨리 움직여야 되
       나요?

광현   (릴을 받으며) 하다보면 감이 와. 그러고 보니까 우리집에 남는
       루어낚시 하나 있는데 그거 유리 씨 줘야겠다.

       광현이 말하는 사이, 루어낚시의 찌가 움직인다.

광현·유리 (동시에) 물었다.

광현, 릴을 당긴다.

낚시를 하는 두 사람, 다정한 부녀 같은 모습이다.

광현이 산천어를 낚아 올린다.

유리, 호기심 가득한 눈으로 상체를 굽힌 채 물속을 바라보고 서 있다.

4

같은 날 밤, 술집.

필수와 영민이 술을 마시고 있다.

필수   너 임마 그러면 안 돼.

영민   왜 또. 내가 뭐 잘못 했어?

필수   너 잘못했어. 아주아주 엄청 잘못했지.

영민   뭔데.

필수   넌 왜 술을 안 마시냐?

영민   나 원래 술 못하잖아. 소주 반병. 나 벌써 반병 넘겼어.

필수   너 나하고 술 마실 때는 두 병까지 마셔. 알았어?

영민   알았어.

필수   너 옷은 빨아 입고 다니냐?

영민   (자신의 몸에서 냄새를 맡아보며) 냄새 나?

필수   냄새 나지. 홀아비 냄새. 난 깨끗해 임마. 냄새도 안 나. 맡아 봐. 맡아봐.

영민   (자기 옷을 냄새 맡아보며) 안 나는데.

필수   너 샤워는 했냐?

영민　오늘 이상해, 왜 자꾸 이러는데?

필수　넌 예의가 없어.

영민　내가?

필수　오늘 내가 너한테 확실히 못 박아둘 게 하나 있다. 너 임마, 너… 밥은 제때 먹고 다니냐.

영민　그거야?

필수　새꺄. 이 새끼는 내가 걱정해줘도 불만이야.

영민　그 말하려고 했던 거야?

필수　내가 설마 그걸 묻고 싶었을까. 넌 왜 이렇게 눈치가 없냐. 넌 옛날에도 눈치가 없었어. 난 너 처음 봤을 때부터 마음에 안 들었어 임마.

영민　안 들었겠지. 주영이를 뺏어갔는데.

필수　이 새끼 말하는 거봐. 얌마, 난 주영이를 정말 여동생처럼 좋아했다고 몇 번을 말했냐 응?

영민　알았어. 그러니까 뜸들이지 말고 하고 싶은 얘기 해봐.

필수　… 술이나 따라봐. 내 잔 비었잖아.

영민　(술을 따라주는)

필수　넌 내 잔이 비었는지 안 비었는지 관심도 없지? 아까부터 비어 있었는데 왜 안 따라주는 건데!

영민　못 봤어.

필수　술자리에서 뭐가 제일 중요하냐. 상대방 술잔이 비었는지 안 비었는지 잘 살피는 거, 그게 가장 중요한 거야. 술잔이 비었는데 안 따라주면 그게 얼마나 서운한 줄 아냐. 나한테 관심이 없구나, 하고 마음에 상처를 받는단 말이야. 그렇다고 아무렇지 않은 척 혼자 따라 마셔? 아니면 좀 더 기다려봐? 이런 갈등을 하게 만들면 안 되는 거야. 근데 넌 내가 술잔 비었다, 하고 말할 때까지 기다리더라. 제때 따라준 적이 없어.

영민　내가 그랬어? 미안. 알았어. 미안해.

필수　아까부터 비어있었다고. 10분 넘게.

영민　시간도 쟀어?

필수　오늘은 쟀다. 니가 언제까지 안 따라주나 보려구.

영민　앞으로는 잘 살필게, 형 술잔이 비었는지 안 비었는지 눈 부릅 뜨고. 내가 술을 안 좋아하니까 내 술잔엔 항상 술이 차 있잖 아. 그래서 형 잔에도 술이 차 있겠거니 생각했나봐. 미안해.

필수　난 내 술잔이 항상 비어있으니까. 니 술잔도 비었겠구나 하고 자꾸 쳐다보게 된다고. 알아 임마?

영민　형, 그동안 많이 서운했겠다.

필수　서운했지.

영민　형!

필수　왜!

영민　(잔을 들어올리며) 한 잔 해.

필수　(잔을 들어올리며) 너두 한 잔 쭉 들이켜라

둘은 술잔을 부딪치고 마신다.

필수　(술이 쓴지 인상과 온몸을 뒤튼다) 아, 쓰다.

영민　이런 모습 처음이네. 술이 쓰다고 온몸으로 표현하다니.

필수　나도 낯설다.

영민　요즘 왜, 연애가 안 돼?

필수　(사례 걸린다) 뭐?

영민　또 누구 좋아하지? 형 이런 반응은 뭔가 연애가 안 풀릴 땐데. 누구야? 그 여자 어디 사는지 알아봐줘? 남자친구 있는지 없

는지? 무슨 과일 좋아하고 무슨 음식 싫어하는지?

필수　됐어 임마.

영민　누구야. 누구야. 내가 다 알아봐준다니까. 누구야. 말해봐, 빨리.

필수　… 있어.

영민　있어? 누군데.

필수　있다니까.

영민　어쩐지. 형 요즘 깨끗하게 빤 옷에 피죤 냄새 향긋하고, 온몸에선 바디로션 냄새에, 머리카락 사이로 꽃향기 샴푸냄새 폴폴 풍기고. 야 진짜 형만큼 향기 좋은 사나이가 어딨겠어? 형 같은 남자를 어떤 여자가 안 좋아하겠냐구. 그런데 모든 게 완벽한 이 가운데, 형한테 딱 하나 빠진 게 있다.

필수　딱 하나 뭐가 빠졌는데?

영민　딱 하나 빠져있는데 그게 뭐냐면.

필수　… 뭔데.

영민　용기.

필수　얌마, 내가 용기가 왜 없냐? 계곡에서 래프팅할 때 내가 매일 시범 보이지, 나무타기 바위타기, 나 암벽등반 하는 거 몰라?

영민　형. 여기서 내가 말하는 용기는 그런 용기 아니잖아.

필수　알아 임마. 나도 알아. 내가 바본 줄 알아.

영민　알면 됐어. 아무튼 결정적으로 형은 용기가 없어, 다 좋은데.

필수　넌 좋겠다.

영민　뭐가.

필수　용기가 있어서.

영민　내가 있어 보여? 나도 없어.

필수　나쁜 새끼. 넌 있어 보여 임마. 넌 없어도 있어 보이는 나쁜 새끼야.

영민 난 정말 용기 없는 사람인데.

필수 그러니까 나쁜 새끼지.

영민 … 맞아, 나도 내 인생에서 용기를 내 본 적이 딱 한번 있었지… 그게 언제냐면….

필수 됐어. 안 궁금해.

영민 그게….

필수 말하지 마. 너 또 그 얘기하려고 그러지. 넌 그 얘기 꺼내면 소주 두 병이잖아. 말하지마. 너 업고 응급실로 뛰어가기 싫다.

영민 내가 주영이를 처음 만났을 땐데….

필수 됐다니까. 그만하라구 새꺄. 너 조금 있으면 운다. 100% 울어.

영민 울긴 내가 왜 울어?

필수 하지 말랄 때 하지 마.

영민 내가 하고 싶다는데, 형이 왜 말을 못하게 하는데. (한잔 들이킨다)

필수 봐. 봐. 너 벌써 술 먹는 속도가 빨라졌어. 한 잔 원샷 했잖아.

영민 형하고 있을 땐 두 병까지 마시라며.

필수 됐고. 너 토하고 침 뱉고 그러면 가만 안 둔다. 저번에도 그거 내가 다 닦고 치운 거 알지? 그리고 너 토하면서 욕 좀 하지마.

영민 고마워, 형. 내가 토한 거, 침 뱉은 거 닦아줘서. 그런데 나 말하고 싶은 거 말 못하면 나는 어떻게 살아야 해? 술이나 마실까, 그냥 술이나 마시고 죽을까? (술잔을 채우고 마신다)

필수 벌써 취했네. (말리며) 알았어. 알았어. 말해. 말해. 술 그만 마시고 하고 싶은 말 해.

영민 그럼 말한다. 내가 내 인생에서 처음으로 언제 용기를 내야겠다고 생각했냐면… (차마 말을 못하고 술을 마시는 영민)

필수 지금 니가 말 하려고하는 의도가 나한테 용기를 주려고 그러는 거지?

영민 그렇지.

필수 그러면 내가 용기를 내면 되는 거지? 그런 거 맞지?

영민 그렇지.

필수 용기 낼게. 그럼 되는 거지?

영민 그렇지. 그렇긴 한데….

필수 그럼 됐어. (영민의 술잔에 술을 따라주며) 거봐, 항상 내가 먼저 따라준다니까.

영민 헤헤. 형도 술 한 잔 받아. (필수의 잔에 술을 채워주는)

필수 영민아, 나도 한마디 하자. 나는 진짜 너를 좋아하는데, 진짜 니가 보기 싫다. 그냥 서울 갔으면 좋겠어. 소장님 내가 잘 돌볼 테니까 그냥 가.

영민 우리 아버님은 형 싫어해. 내가 있어야 돼. 우리 아버님은 나 없으면 안 돼. 형을 얼마나 싫어하는데.

필수 너 반대로 알고 있는 거 아니냐?

영민 난 정확히 알아. 형이 반대로 아는 거야. 형 그런 말 알아? '가족은 삶과 같다. 삶은 결코 끝나지 않는다'

필수 뭔 소리야.

영민 우린 말야, 아버님과 나, 형과 나, 우린 모두 삶의 일부야. 난 있잖아 주영이가 있잖아….

필수 (말을 막으며) 알았어 알았어. 내가 용기를 낼게.

영민 그래, 용기를 내야지. 자자, 우리 형의 짝사랑을 위하여 (술잔을 드는)

필수 짝사랑 아니거든. 연애. 연애.

영민 그래그래. 형의 새로운 연애를 위하여.

필수   (술잔을 드는) 위하여~

영민과 필수 술잔을 부딪치며 위하여!를 외친다.

영민이 술을 원샷하곤, 토할 듯한 표정으로 필수를 바라본다.
화장실로 뛰어나가는 영민.
필수 혼자서 한숨을 쉬며 술을 마신다.
문 밖에서 들리는 영민의 토하는 소리.

필수   (술자리에서 일어나며) 그렇게 마시지 말라니까.

5

이른 아침, 광현의 집.
영민이 방에 누운 채 숙취를 이기지 못하고 괴로워하고 있다.
출근 준비를 마친 광현이 방에 들어와 영민을 바라본다.

광현   괜찮냐?
영민   (힘겹게 일어나 앉으며) … 네.
광현   속 쓰리지?
영민   네….
광현   얼마나 마신 거냐.
영민   죄송해요… 근데 저 혼자 왔어요?
광현   필수 등에 업혀 왔어. 필수가 다시는 너랑 술 안 마신다고 씩씩대고 갔다. 해장국도 끓여주지 말래.

영민 ….

광현 북어국 끓여 놨다. 먹고 출근해.

영민 … 네.

광현 더 자고.

광현이 나가자 무너지듯 다시 눕는 영민.
영민은 몸을 뒤척이며 속쓰림을 달래려 애쓴다.
주영이 들어와 누워 있는 영민 옆에 앉는다.

주영 (영민의 머리를 쓸어주며) 남편,… 괜찮아?

영민 ….

주영 그렇게 적당히 마시지. 다 토할 거 왜 그렇게 마셨어.

영민 …. (뒤척이는)

주영 머리 많이 아퍼?

영민 …. (눈을 감은 채 꿈결처럼) 응….

주영 물 갖다 줄까?

영민 으응. 찬물….

영민은 다시 잠속으로 빠져든다.
주영은 영민이 깨지 않게 방을 빠져나와 주방 쪽으로 간다.
물을 한 잔 가져와 마루에 놓고는 그 옆에 걸터앉는 주영,
헤드폰을 끼고 책을 읽는다. 'You are my sunshine'을 흥얼거리
는 주영.
영민 어떤 느낌에 사로잡혀 잠에서 깬다. 그리고 아내의 노랫소릴 듣
는다.

이불을 걷고 벌떡 일어나 앉는 영민,

주위를 둘러보며 주영의 모습을 찾는다.

마루로 나와 작은 방과 큰방 주방까지 다 둘러보지만 영민의 눈에는

주영의 모습이 보일 리 없다.

하지만 어딘가에서 주영이 노래 부르는 소리가 들린다.

이른 아침의 매미소리가 주영의 노래와 오버랩된다.

영민, 힘없이 마루에 걸터앉는다.

그제야 마루에 놓인 물컵을 발견하는 영민.

물컵을 들고 다시 주변을 두리번거린다.

찬물을 조금씩 천천히 마시는 영민.

물컵을 내려놓고 멀리 강물을 바라본다.

주영도 헤드폰을 빼고 함께 그곳을 바라본다.

영민   (어딘가 있을 주영에게 말을 건네듯 혼잣말로) 꿈속에서 어떤 여자
아이를 만났어. 아이는 혼자 강가에서 놀고 있었는데 작은 돌
멩이들로 밥을 짓고 있었지… (여자아이 흉내를 내며) 여보, 반
찬은 골고루 먹어야 해요. 그래야 힘내서 일할 수 있죠. 오늘
돈 많이 벌어오면, 저녁 때 제가 맛있는 돌멩이파스타를 만들
어 줄게요.

주영   (영민을 바라본다)

영민   … 그 여자아이는 돌멩이들로 열심히 요리를 했어. 저녁에 돌
아올 남편을 위해. 하지만 남편은 오지 않고, 한 해 두해 돌멩
이들만 가득 쌓여갔지. … 난 그 여자아이가 어린 시절의 너라
는 걸 알았어…
주영아…, 내가 니 이름을 부르자 여자아이가 날 돌아봤어. 꼬

마야, 내가 너의 미래 남편이란다. 이십 년이 지나면 우리는 결혼을 하고 함께 여행을 하고, 너는 세계를 돌아다니며 맛있는 요리들을 먹으러 다니는 꿈을 꿀 거야… 여자아이는 날 빤히 바라보다가 말했어. 난 아저씨하고 결혼하지 않고 요리사가 될 거예요.

주영 베트남의 월남쌈, 영국의 피쉬앤칩스, 필리핀의 파인애플볶음밥, 프랑스의 마들렌쿠키, 아르헨티나의 바비큐 빠리쟈다, 터키의 케밥, 멕시코의 브리또, 중국의 마파두부. ….

영민 … 아버님은 니가 남겨준 요리책을 마스터하셨어. 그 중에 반은 내가 만들었는데, 맛은 그저 그래. 난 달래된장찌개를 잘 만들고 아버님은 볶음밥 전문이야. 특히 해물볶음밥은 내가 먹어본 것 중에 최고야.

사이.

영민 … 매일 니가 요리하는 모습을 그리니까, 니가 더 보고 싶어….

영민, 보고 싶다는 말을 내뱉자 갑자기 슬픔이 몰려온다.

주영 아빠가 끓여 놓은 북엇국 있는데… 줄까?

영민 ….

주영 아빤 내가 울고 나면 이렇게 얘기했었어. 먹고 나면 기분이 나아질 거야. 그러고 나면 조금 진정이 될 거고 그때 다시 생각해보자….

영민 일어나 주방으로 가서 북엇국에 밥을 한 덩이 말아서 들고 나
온다.
마루에 걸터앉아 숟가락으로 국을 떠먹는 영민. 하지만 몇 숟가락 뜨
지 못하고 그릇을 내려놓는다.

주영 왜? 못 먹겠어?

영민 ….

주영 좀 떠봐. 안 먹은 거 알면 아빠가 걱정할 거야.

영민 … 나 정말 여길 떠나야할까? 아버님 말씀처럼 그래야 할까?

주영 … 응.

영민 니가 여기 있는데도?

주영 어쩌면 난 여기 없는지도 몰라.

영민 널 볼 수는 없지만 난 니가 옆에 있다고 생각해. (왼손을 보며)
이 손처럼.

주영 (영민의 왼손을 살며시 잡는다) 내가 만약 사라지면 이 손에 대고
주문을 외워. 그럼 언제든 돌아와 네 옆에 있을게.

영민이 스케치 노트를 꺼내 왼손으로 그림을 그리기 시작한다.
주영 다시 헤드폰을 끼고 음악을 들으며 흥얼거린다.
(영민이 그리는 그림이 영상으로 보여져도 좋겠다)

영민 (이야기하듯 자신이 그리는 그림을 읽어준다)
인디언 비오는산샛강은 이른 새벽 카누를 타고 강가 마을을
떠났어요. 할아버지가 계신 곳에 다다르면 자신이 누구보다
큰 물고기를 잡고 사나운 동물과 싸워 이겼다고 전해주고 싶
었거든요. 하지만 할아버지가 어디 계신지 비오는산샛강은 알

수가 없었어요. 그때 숲속에서 오래된 메아리가 비오는산샛강을 불렀어요. 그 메아리는 바로 할아버지의 것이었어요.

'비오는산샛강아, 카누를 만들 때는 크고 튼튼한 나무도 좋지만 너에게 말을 걸어오는 나무를 선택하거라. 카누는 네가 살아있는 동안 먹을 것이 있는 곳에 데려다주는 도구이기도 하지만, 죽어서는 네가 살아있을 때 가고 싶었던 곳에 데려다주는 친구이기도 하기 때문이야.'

비오는산샛강은 가장 밝은 별을 따라 노를 저어 나갔어요. 할아버지가 가장 가보고 싶은 곳은 어디였을까 생각하며 힘차게 힘차게 노를 저었어요.

영민과 주영의 머리 위로 오전의 여름 햇살이 드리워져 있다.

6

광현의 집.
필수와 영민이 카누를 끌고 마당 안으로 들어선다.
카누는 통나무를 반으로 깎아 만든 것으로 엄청난 위용을 떨쳤을 나무의 크기를 짐작케 할 만큼 크다.

필수　(힘겹게 카누를 끌며) 니가 진짜 나한테 사랑한다고 그랬다니까. 술이 떡 돼 가지고, 완전 징그럽게.

영민　(카누를 밀며) 설마 내가 그랬을까.

필수　진짜야 임마. 난 여자 좋아한다고 그렇게 말했는데, 니가 내

등에 찰싹 붙어가지고, 형 사랑해, 나한테 형밖에 없어 그러면서. 봐봐 생각하니까 또 닭살 돋잖아.

영민 난 형이 짝사랑한다는 얘기밖에 기억 안 나는데.

필수 내가? 내가 짝사랑을 해? 니가 나를 짝사랑하겠지. 너 아직 술 안 깼지?

광현 이쪽으로.

필수 (카누의 방향을 틀며) 소장님, 영민이 또 해장국 끓여주셨죠? 끓여주지 마시라니까요. 나한테 술 얻어먹고 장인한테 해장국 얻어먹고, 이렇게 신소리 하는 거 보세요.

광현 (책자를 보며) 필수야, 내가 영민이 편이겠냐 니 편이겠냐.

필수 설마 영민이 편이라고 하시는 건 아니죠?

영민 아버님이 형 편인 것도 이상하잖아.

필수 넌 임마, 내가 니 토한 거 다 치워주고 닦아주고 그랬는데, 나한테 그럼 안 돼. 나 뒤끝 쩌는 거 알지. 평생 물고 늘어질 거야.

광현 (수평계를 카누 위에 올려놓으며) 수평계를 이쪽에 맞춰야 되나?

필수 제가 해볼게요. (수평계로 앞쪽 뒤쪽 모두 재보며) 어라? 나무가 뒤틀렸나 본데요? 거의 변형이 없는 나문데, 왜 이러지.

광현 영민아, 가서 대패 좀 가져와라.

영민 네.

영민, 집 뒤로 나간다.

광현 … 참, 그건 알아봤어?

필수 아 예. 영민이가 하는 일이 많아서 그런가, 본인이 신청하는 거 아니면 어렵다고 하던데요.

광현 어렵긴 뭐가 어려워. 가족이 신청한다는데.

필수　출판사야 영민이 같은 인재 뺏기기 싫죠.

광현　영민이한테 여기 정 붙일 만한 일 주지 마. 가뜩이나 서울 안 간다고 난린데.

필수　알고 있어요. 그렇다고 저 좋아서 하는 걸 막을 수 없잖아요.

영민이 톱을 들고 나온다. 엄청 큰 톱이다.

영민　대패는 없고 톱밖에 없는데요?

필수　야 그걸로 카누를 어떻게 깎냐.

영민　못 깎겠지?

필수　끌이랑 망치 찾아와. 속 파낼 수 있는 거.

영민이 뒤쪽으로 나간다.

대문 쪽에서 유리가 들어온다.

유리　여기들 계셨네요?

필수　왔어요?

유리　우와, 실제로 보니까 엄청 크네요. 이게 진짜 통나무로 만든 거예요?

필수　제가 다 깎은 거예요. 이 두 손으로.

유리　(카누를 만져본다)

광현　어디 갔다 오는 길이야?

유리　우체국 들렀다가 사무소 들어가는 길이에요.

광현　교정은 끝났나?

유리　산림청에서 받은 자료랑 도감 목록 비교해서 일차교정 봤구요 감수해주실 선생님들한테 한 부씩 보냈어요.

광현　수고했어.

유리　네… (필수에게) 도지사님이 여기에 타시는 거예요?

필수　실제로 보고 안 탈 수도 있어요. (카누를 흔들어 보인다) 이게 보기보다 까다로운 배거든요.

영민이 끌과 망치를 들고 나온다.

영민　왔어요?

필수 영민에게 끌과 망치를 받아 한쪽을 깎는다.

필수　오늘까지 마무리하고 내일 한번 띄워봐야겠어요.

광현　그러면 좋지.

유리　무거워서 어떻게 옮겨요?

필수　괜찮아요. 영민이가 번쩍 들어서 옮기면 돼요.

영민, 필수의 대패를 들고 밀어보지만 잘 안 된다.

필수　줘봐. (대패질 시범을 보이며) 각도를 맞춰야지. 이렇게. (끌과 망치로도 시범을 보이며) 단단히 잡고 살살 내리쳐. 힘 조절이 중요해.

필수의 전화벨이 울린다.

필수　(끌과 망치를 건네며) 이것 좀. (번호를 확인하고 전화 받는) 어, 엄마, 왜. 나 소장님 댁이지. 제재소로? 그 자식은 나한테 전화를

	하지, 거기로 왜 가 있어. 알았어, 내가 그리로 간다고 해. (끊는)
영민	(쳐다보는)
필수	승구.
광현	승구는 축제 때 뭐 안 맡았나? 통 안보이네.
필수	그럴 정신 있겠어요? 결혼 준비하느라 바쁠 텐데. 식 올리기 전에 어머니가 하던 식당 넓혀서 가든으로 꾸민대요.
광현	잘됐네. 뭐라도 해서 자리 잡아야지.
필수	신부가 진짜 이쁘더라구요.
유리	부러우세요?
필수	부럽긴. 결혼 같은 거 하지 말라고 뜯어말리고 싶지. 짜식이 이 형님도 장가를 안 갔는데. 다들 예의가 없어. 필요할 때만 부르고 말야.
광현	필요할 때가 좋은 거야.
필수	유리 씨는 안 가요? 지금 들어갈 거면 내가 데려다 줄게요.
유리	이거 깎는 거 보고 갈게요.
영민	(끌과 망치를 들고 고군분투중이다)
필수	저거 보세요. 아무리 오래 봐도 별다른 변화를 느끼기 힘들 거예요.

영민, 망치로 끌을 내려치다가 손을 내려친다.
그러면서 끌에 손가락을 다친다.

영민	아야!
유리	어머. 괜찮으세요?
필수	괜찮아?
광현	왜 그래.

순식간에 영민의 손에서 피가 난다.

유리 어! 피 나요.
광현 어디 봐봐.
영민 괜찮아요. 좀 찍혔나 봐요.
유리 피 많이 나요….
필수 (상처 난 손을 보며) 누르고 있어. 소독약 갖고 올게.

유리가 영민의 손을 잡고 손수건으로 상처 난 곳을 눌러준다.
필수 영민의 손을 잡고 있는 유리의 모습을 보고 동요한다.

필수 (유리에게 다가가 영민의 손을 떼어놓으며) 내가 잡고 있을게요.

광현이 그런 필수와 유리를 보고는 방으로 들어간다.

광현 내가 갖고 올게.

유리는 영민을 걱정스런 눈으로 쳐다보고 있다.
필수는 영민의 손을 걱정하면서도 자신도 모르게 유리의 반응을 살핀다.
영민은 필수에게 손을 잡힌 채 유리와 필수를 번갈아가며 쳐다본다.

광현이 방에서 약상자를 갖고 나온다. 주영이 광현을 따라 나온다.

주영 김영민. 바보같이 왜 그렇게 덜렁대는 거야.
유리 (손가락을 가까이 들여다보며) 어디 봐요. 많이 다친 거 같은데.

주영   (영민과 유리 사이로 끼어들며) 그렇게 가까이 볼 필요 없잖아. 좀 떨어져. 거기서는 안 보여?

영민   괜찮아요.

광현   (소독약을 꺼내며) 이리 내봐. (상처를 보고는) 벌어지겠는데.

유리   꿰매야하지 않을까요?

광현   (소독약을 바르며) 그 정도는 아니고. 붕대로 감아두면 돼.

영민   (쓰라린지 얼굴을 찡그린다)

주영   참아.

광현   참아.

유리   (붕대를 꺼내들고 감아준다)

주영   (붕대를 든 유리의 손을 영민에게서 떼려고 하며) 왜 니가 감는데. (광현에게) 아빠가 해. 아빠가 감으라구.

필수   내가 할게요. (유리의 붕대를 받아서 감는)

광현   움직이지 않게 감아. (반창고를 떼어 주는)

필수   (반창고를 받아서 고정시킨다) 움직여 봐.

영민   (손을 쥐었다 폈다 한다) 괜찮은데요?

광현   깊은 건 아니니까 금방 아물 거야.

영민   승구 기다리겠다… 가봐 형.

필수   … 어.

광현   그래. 어서 가봐.

필수   네. (일어나며) 그대로 두세요. 제가 와서 마무리 할게요.

필수, 잠시 유리와 영민을 의식하고 번갈아보고는 그대로 나간다.
영민이 유리의 손수건을 돌려주려다 피가 묻은 걸 보고 망설인다.

유리   이리 주세요. (손수건을 받아 넣는다)

영민 미안해요, 더러워져서….

유리 괜찮아요.

광현 오늘은 대패질이나 해둬야겠다. 집에도 대패가 하나 있을 텐데.

광현 뒤쪽으로 대패를 찾으러 간다.

유리 왼손을 다쳐서 어떡해요….

영민 선이 좀 더 찌그러진다고 해서, 알아보는 사람도 없을 거예요.

유리 밤에 잘 때 많이 쑤실 거예요. 소염제 꼭 챙겨먹고 주무세요.

영민 네….

유리 저기 있잖아요….

광현이 낚시가방을 들고 뒤쪽에서 나온다.

광현 이거 저번에 얘기했던 루어낚신데, 여자용이라 쓰기 편할 거야. (유리에게 주며) 한 번도 안 써서 손질은 좀 해야 할 거야.

주영 (광현에게 따지듯) 아빠, 그건 나한테 사줬던 거잖아. 그걸 왜 줘.

영민 그건 아버님이 사셨던 거잖아요, 그걸 왜….

광현 (주영에게) 넌 이제 안 쓰잖아.

주영 쓸 거야.

영민 써야죠.

광현 이제 안 쓰잖아.

영민 써야죠.

유리 아, 쓰시는 거면 안 주셔도 돼요.

광현 괜찮아. 유리 양이 써도 되는 거라 주는 거야.

주영 안 돼, 주지 마.

영민	안 돼요.
광현	(영민과 주영을 바라본다)
광현	쓰지도 않는 걸 뭐 하러.
영민	….
주영	내가 쓸 거야.
광현	못 써.
영민	그래도… 그냥 두는 건 괜찮잖아요….
광현	….
유리	전 괜찮아요 소장님.

광현이 결심하듯 유리에게 낚시가방을 내민다.
영민이 가방을 잡는다.
짧은 사이. 어색한 침묵이 흐른다.

유리	… 저는 그만 들어가 봐야 할 거 같아요. 다 만들면 보고 가려고 했는데… 시간이 걸릴 거 같아서요. 그럼….
광현	….
유리	내일 뵙겠습니다.

유리 도망치듯 서둘러 나간다.
광현, 영민에게 뭔가 말하려다가 그만두고 마루에 올라가 앉는다.
영민만이 낚시가방을 든 채, 덩그러니 놓인 카누 옆에 묵묵히 서 있다.

7

저녁. 광현의 집.

주영이 평상에 앉아 요리책을 정리하고 있다.

무언가에 화가 나 있는 듯 책장을 넘기는 손길에 신경질이 묻어난다.

마당가에는 깎다가 만 카누가 그대로 놓여있다.

광현이 시장을 본 비닐봉지를 들고 들어온다. 봉지 안이 한보따리다.

주영 이런 건 영민이 시키지 그랬어.

광현 퇴근하는 길에 들렀다 온 거야.

주영 (봉투를 들여다보며) 뭐야. 다 인스턴트잖아. (3분 카레를 보며) 카레가 얼마나 만들기 쉬운 음식인데. 야채 썰어서 볶다가 물 붓고 카레가루만 넣으면 된다니까. 그런 거 귀찮아하기 시작하면 혼자 살기 힘들다고. 이것 봐. 시금치도 다 시들었네.

광현 (시금치를 받아 살펴보며) 안 시들었는데? 낮에는 채소들이 다 이래.

주영 비엔나소시지는 방부제 투성이라니까. (날짜를 확인하다가) 이 거 봐, 또 날짜가 내일까지잖아.

광현 (받아서 보는) 확인 했는데….

주영 유통기한은 기본으로 봐야지. 아빠처럼 맨 앞에 꺼 덥석 집는 사람이 있으니까 진열을 이렇게 해 놓지. (종이로 된 계란팩을 열어보며) 계란도 실금이 가 있잖아. 봐봐.

광현 괜찮아. 바로 먹을 건데 뭐.

주영 (짜증이 묻어나는) 혼자서 어떻게 이걸 다 먹어.

광현 … 너 낚싯대 때문에 그러냐.

주영   아빠가 사온 것들 좀 봐. 이러니 잔소리 않게 생겼어? (테이블 위의 책을 덮어버린다)

광현   (주영의 손에 달려 나온 것들을 비닐봉지에 도로 집어넣으며)… 난 내가 알아서 살 테니까, 이제 노트에 더 채울 필요 없어.

주영   아빠가? 나도 없고 영민이도 떠나면 매일 이러고 살게?

광현   걱정 마. 다 살게 돼 있어. (봉지를 챙겨 주방에 들여 놓는다) 너 서울서 대학 다닐 때도 아빠 혼자 잘 살았어.

주영   이런 게 뭐가 중요해. 이따위 요리책 보지도 않을 텐데. 이런 게 뭐라고.

주영, 책을 바닥에 던지듯 팽개친다.
노트들이 낱장으로 떨어져 바닥으로 흩어진다.

광현   … 왜 그러는지 말해봐. 뭐 때문에 이러는 건 알기나 하게.

주영   아빠까지 그럴 필요 없잖아. 아빠가 안 그래도, 그렇게 일일이 찾아다니며 소개시켜주지 않아도, 영민이는 다른 여자 만나게 될 텐데… 아빠가 그럴 필요 없잖아.

광현   그래. 니 말이 맞아. 영민이는 새로운 사람 만날 거고 나도 좋은 사람 있으면 소개시켜 줄 거야. 그런데 뭐가 문제야. 너도 알고 나도 아는 이 일이 왜 문제인데. 너도 이제 받아들일 때 됐잖아.

주영   받아들일 거야. 나도 알고 있으니까. 하지만… 하지만 내가 이 세상에 없다는 건 어떻게 받아들여야 하는데? 내가 아닌 다른 사람이 영민이 옆에서 늙어갈 텐데. 나는 이미 없는 사람인데, 영민이 옆에 있을 수 없는데. 난 이렇게 죽어버렸는데…! 어떻게 받아들여야 하냐구!!

광현	… (책을 집어 들고 주영의 옆에 앉는다) 아빠가 어떻게 하길 바라니.
주영	….
광현	영민이가 행복하길 바란다며.
주영	….
광현	영민이가 나랑 평생 살았으면 좋겠니? 여자는 쳐다보지도 않고, 퇴근하면 곧장 집으로 와서 나랑 저녁이나 먹으며 살았으면 좋겠어? 너 죽었을 때처럼 밥도 안 먹고 일도 못하고, 살아 있는 건지 죽은 건지도 모르는 눈빛으로… 그렇게 살길 바래? 영민이가 다시 그렇게 되길 바래?
주영	(고개를 가로젓는)
광현	그런데 왜 그래… 애기처럼 왜 그래… 아빠 힘들게 왜 그래.
주영	몰라. 나도 몰라. (눈물을 흘린다)
광현	난 영민이가 다시 말도 하고 사람들 만나 웃고 해서 좋아. 우린 여기 남아있고, 싫어도 살아가야 돼. 니가 서운해도 어쩔 수 없어.
주영	알아. 나도 알아. 그런데 나도 모르겠어. 나도 내가 왜 이러는지 잘 모르겠어 아빠.
광현	주영아… 이제 오지 마…
주영	(바라본다)
광현	이제 아빠 찾아오지 마. 영민이 보러 오지도 말고.
주영	(고개를 떨군 채 눈물을 흘린다)
광현	이제 영민이 놔줘. 그래야 영민이가 널 놓을 수 있어.
주영	… 싫어!
광현	….
주영	싫어!

주영이 엉엉, 목 놓아 운다.

광현은 미어지는 가슴을 쓰다듬듯 깊은 숨을 내쉬어본다.

팽팽하게 목까지 차오른 슬픔이 무엇으로든 터져 나오려한다.

주영   내 잘못이 아니야. 내가 죽은 건, 내 잘못이 아니야!

광현   … 알아.

주영   … 내가 잘못한 게 아냐.

광현   아무도 니 잘못이라고 안 해.

주영   날 원망하고 있잖아.

광현   원망하지 않아.

주영   내가 선택한 게 아니야. 난 할 수 있는 게 없었어.

광현   ….

주영   난 죽고 싶지 않았어.

광현   ….

주영   난 떠나고 싶지 않았다고!

광현   주영아.

주영   날 보내지 마.

광현   널 보내는 게 아냐. 그러고 싶은 게 아냐.

주영   날 잊어가고 있잖아.

광현   … 아니야. 아니야.

주영   날 잊었잖아.

광현   (고개를 젓는다)

주영   이제 내가 없어도… 영민이도, 아빠도…, 이제 괜찮아진 거
잖아.

광현   … 넌 살면서 엄마를 잊어본 적 있어?

주영   …. (아빠의 눈을 바라본다)

광현   (고개를 가로저어 보인다. 그런 거와 같은 거라는 의미로)

주영   나 잊지 마… 난 잊혀지고 싶지 않아.

광현   (고개를 끄덕이며) 잊지 않아.

주영   나 잊지 마 아빠….

광현   (고개만 주억거린다)

광현은 쪼그리고 앉아 우는 주영의 어깨를 쓰다듬는다.

처음으로 딸의 어깨를 감싸고 품에 안아준다.

울음을 그치는 주영.

주영   아빠, 나 세수하고 올게.

주영이 집 안쪽에 위치한 욕실로 들어간다.

물소리…, 점점 사라지고, 저녁 무렵의 풀벌레소리들 이어진다.

광현은 주영이 남긴 노트를 집어 든다.

노트는 낱장으로 떨어져 여기저기 흩어져 있다.

종이를 모아 맞추다가 마루에 걸터앉는 광현. 담배를 피워 문다.

영민이 들어온다. 손에는 아이스크림이 든 비닐봉지.

담배를 피우고 있는 광현의 표정을 살피는 영민, 광현 옆에 앉는다.

낱장으로 찢어진 요리책을 주워 모으는 영민. 순서를 맞추고 다시

책 형태로 정리해 놓는다.

영민   무슨 일… 있으셨어요?

광현   아니…. (비닐봉지를 본다)

영민 아이스크림이에요. 드리려고 사왔어요. 드실래요?

광현 … 하나 줘봐.

영민 (봉지 속을 보며) 바밤바, 돼지바, 메론바, 쌍쌍바.

광현 쌍쌍바.

영민, 쌍쌍바를 광현에게 건네고 나머지 아이스크림은 냉장고에 넣는다.
광현 아이스크림 봉지를 뜯고 쌍쌍바를 반으로 갈라 영민에게 한쪽을 준다.
두 사람 아이스크림을 먹는다.

영민 (멀리 강가를 바라보며) 여기 이렇게 앉아있으면, 갑자기 삼십 년이 훌쩍 지나간 어느 날처럼 느껴지지 않으세요?

광현 ….

영민 처음으로 이 집에 놀러왔을 때요, 주영이가 여기 앉아 강물 보면서 그랬거든요. '이렇게 강을 보고 있으면 삼십 년이 훌쩍 지난 어느 날 같아…' 삼십 년 후에도 예쁘게 나이 들어가는 자기가 여기 앉아 있을 것 같다구요….

광현 ….

두 사람 말없이 강물을 내려다보며 풀벌레소리를 듣는다.
두 사람, 아이스크림을 먹는다.

광현 사장님이 무슨 말 않든?

영민 … 했어요.

광현 ….

영민 안 간다고 했어요. 전 여기가 좋아요.

광현 (담배를 비벼 끄며) 이제 너도 가야지. 직장도 자리 났을 때 옮기고.

영민 그 얘기라면 벌써 말씀 드렸잖아요.

광현 이제 몇 달 있으면 삼년이다… 그만하면 됐어.

영민 전 여기가 좋아요, 여기 있을 거예요.

광현 여기가 뭐가 좋냐.

영민 아버님도 있고, 주영이도 있고요.

광현 주영인 없어. 죽었어. 주영인 이 세상 사람이 아니다.

영민 ….

광현 대체 니들은 왜 그러냐!

영민 … 주영이… 아직도 만나세요?

광현 ….

영민 (걱정스러운 듯) … 보시는군요.

광현 영민아… 이 집에서 나가라. 독립해.

영민 아버님….

광현 계속 이렇게 같이 살 거냐?

영민 ….

광현 난 싫어. 난 이제 누구랑 사는 거 귀찮다. 혼자 살고 싶어.

영민 밥은 누구랑 드시구요.

광현 혼자 먹어도 돼.

영민 안 돼요.

광현 왜 안 돼. 내가 혼자 있고 싶다는데 왜.

영민 안 돼요.

광현 도대체 왜 이렇게 말들을 안 듣는 거야. 죽은 딸이나 살아 있는 사위나, 왜 내 말들을 안 듣는 거야, 응?

영민   ….

사이.
광현이 담배를 다시 꺼낸 문다.

영민   아이스크림 하나 더 드실래요?
광현   (담배를 내려다본다)
영민   하나 더 드세요. (일어나 냉장고쪽으로 간다)
광현   … 됐어. (담배를 도로 넣는다)
영민   화 나셨어요?
광현   나지 그럼.
영민   …. (냉장고에서 쌍쌍바를 꺼내와 반으로 나누고, 광현에게 한쪽을 건넨다)
광현   …. (받는다)
영민   주영이랑 저 이 집으로 불러들이실 때 이런 일 생길 거 모르셨어요?
광현   ….
영민   아버님이 부르신 거잖아요, 우리.
광현   그때는 주영이가 아팠잖아. 요양이 필요하다니까 집에라도 내려와 있으라고 한 거지. 너도 서울에 혼자 남으면 배곯고 있을 거 뻔하고. 젊은 애들이 떨어져 있으면 안 좋겠다 싶어서!
영민   저 혼자면 다시 배곯아요.
광현   니가 왜 배를 곯아.
영민   못 먹어요. 혼자는 못 먹어요.
광현   영민아….
영민   혼자는 못 먹어요… 주영이가 죽기 전에 저한테 그랬어요. 아

버님이랑 꼭 같이 밥 먹어야 된다고. 주영이가 아버님 옆에 있
으라고 해서 있는 거예요. 주영인 자기가 남긴 요리책 한권이
끝나면, 우리가 이별에 훨씬 익숙해져 있을 줄 알았겠죠. 그런
데 그게 말처럼 되나요?

광현 ….

영민 아버님은 모르세요. 주영이 저랑 있을 때도 항상 아버님 걱정
만 했어요. 폐암 말기란 거 알았을 때도 아버님이 슬퍼하실까
봐 어떻게 말해야 할지 그것만 고민하던 애예요. 저 그런 거
하나도 서운하지 않았어요. 내가 사랑하는 여자 아버지니까,
혼자 곱게 키워서 나한테 보내주신 분이니까. 그런데 저 질투
났어요. 딸은 결혼하면 남편을 더 걱정한다는데, 주영이는 언
제나 아빠 생각만 하고 나는 안중에도 없었어요….

광현 멍청한 놈.

영민 ….

광현 내가 왜 주영이 보내고 너를 여태까지 끼고 살았겠냐. 주영이
가 내 걱정만 했겠어? 니가 처음 결혼하고 나 찾아 왔을 때, 가
족 생겨서 좋다고 울먹였지. 내가 그래서 니네 결혼 그렇게 반
대했던 거야. 외로운 사람들끼리 만나면 안 되니까. 넌 내가
부모 없는 자식이라고 널 싫어하는 줄 알았겠지만, 우리 주영
이 외로울까봐 그게 제일 걱정이었는데… (한숨) 니가 이렇게
덜컥 혼자가 될 줄 누가 알았겠냐.

영민 ….

광현 다른 말 하지 말고, 지금부터 집 알아보고 따로 나갈 준비해.
지금은 이렇게 사는 것도 나쁘지 않다 싶겠지만, 너한테는 니
인생이 있는 거야. 이제 주영이 없이 너 혼자 가야 된다.

영민 … 저를 안 보실 생각이신 거죠?

광현	너를 왜 안 봐. 설령 보지 않는다 해도 뭐 그리 나쁘겠니.
영민	….
광현	난 널 자식이라고 생각한다. 하지만 니가 옆에 있으면 내가 주영이와 헤어질 수가 없어. 니가 옆에 있어서는 안 되는 일이야.
영민	….
광현	영민아, 니가 원하는 건 뭐냐. 니 생각을 말해봐.
영민	… 저는요, 그냥 주영이가 보고 싶어요. 주영이가 보고 싶은 거뿐이에요. 한번이라도 좋으니까, 잠깐이라도 좋으니까, 그냥 보고 싶어요.
광현	….
영민	저는 다른 거 원하지 않아요. 그냥 예전에 주영이가 제 곁에 있었던 때로 돌아가고 싶어요. 그것뿐이에요. 그게 제가 원하는 거예요.

영민이 참았던 눈물을 흘린다.
아이스크림이 무심히 녹아 흐르고 있다.
마당 가득 내려앉은 어둠이 두 사람을 감싸며 무대 어두워진다.

8

늦은 밤. 마당가.
주영이 카누 안에 앉아 밤하늘을 올려다보고 있다.
밤하늘을 바라보며 (자신이 남긴 요리책의) 요리 이름들을 읊어보는 주영.

주영 텃밭채소볶음밥, 상추쌈간장불백, 매운김치오뎅탕, 두부계란 덮밥, 무지개감자샐러드, 삼겹살양배추말이, 달래부추된장찌 개, 매콤어묵버섯덮밥, 봄나물리조또, 삼색나물스파게티… (자신의 생일 요리였던 삼색나물스파게티 요리법을 읊는다) 먼저 프라이팬에 버터를 두르고, 다진 마늘과 양파를 넣어 볶아주 세요. 마늘과 양파가 투명해졌다 싶으면 닭가슴살을 넣고 고 기 표면이 익을 수 있게 몇 번 뒤적여준 뒤 나물을 넣습니다. 나물은 시금치, 고사리, 숙주, 도라지, 취 등 여러 가지가 가 능하지요….

주영은 요리를 하며 허둥대던 광현과 영민을 생각하며 미소를 짓는다. 카누 안에 놓인 두 개의 노를 바깥으로 빼내 어둠 속을 저어보는 주영.

주영 비오는산샛강은 이른 새벽 카누를 타고 강가 마을을 떠났어 요. 할아버지가 계신 곳에 다다르면 자신이 누구보다 큰 물고 기를 잡고 사나운 동물과 싸워 이겼다고 전해주고 싶었거든 요. 하지만 할아버지가 어디 계신지 비오는산샛강은 알 수가 없었어요. 그때 숲속에서 오래된 메아리가 비오는산샛강에게 말했어요. '비오는산샛강아, 카누는 언젠가 니가 가고 싶었던 곳에 데려다주는 좋은 친구가 될 거란다.' 비오는산샛강은 가 고 싶었던 곳들을 떠올려 보았어요.

언젠가 광현과 영민, 주영이 나누었던 대화 소리가 메아리처럼 들려 온다.

광현목소리 영민아, 이번 주말에 등산이나 갈까?

영민목소리 그러실래요?

주영목소리 나도 같이 가.

광현목소리 넌 힘들어서 안 돼. 정상까지 등반할 거야.

주영목소리 갈 수 있어. 내가 김밥도 쌀게.

영민목소리 그러지 마시고 주영이도 갈 수 있게, 가까운 데로 낚시 가요.

주영목소리 좋아 좋아. 낚시도 좋아.

광현목소리 낚시 못하잖아.

주영목소리 할 수 있어. 낚시도 할 수 있고 산에도 오를 수 있어. 영민이도 나 놓고 혼자서는 아무데도 안 갈걸?

영민목소리 난 아버님이랑 둘이도 갈 수 있는데.

주영목소리 배신자. 나 건강해지면 두고 봐.

세 사람의 웃음소리 메아리처럼 멀리 사라진다.

주영 비오는산샛강은 가장 밝은 별을 따라 노를 저어 나갔어요. 한라산, 치악산, 속리산, 북한산, 계룡산, 오대산, 덕유산, 월출산, 가야산, 지리산, 소백산, 내장산, 주왕산, 설악산, 무등산…

주영은 열심히 노를 저어 어둠속을 헤쳐 앞으로 나아간다.
가야할 곳이 어디인 줄 아는 사람처럼 힘차고 씩씩하게 노를 저으며 천천히 사라져간다.

9

겨울의 한낮. 광현의 집.

광현과 주영의 요리책이 출간되어, 출간기념회가 있는 날이다.

양복을 차려입은 필수가 광현의 넥타이를 점검해주고 있다.

필수　연습은 다 하셨어요?

광현　그냥 책 나눠주면 되지 꼭 출판기념회 같은 걸 해야 되나.

필수　하셔야죠. 소장님 책이기도 하지만 영민이와 주영이의 책이기도 하잖아요. 작가의 말도 멋지게 읽어주시고.

광현　내가 대답을 해야 되잖아. 무슨 작가의 말을 문답식으로 써놨나 몰라.

필수　작가의 말도 주영이다워요.

광현　(모습을 점검하며) 어때? 괜찮아 보여?

필수　저보다 더 젊어보이세요.

광현　자네도 오늘 장가가도 되겠어. 훤해.

필수　하하하하. 바로 신랑 입장 해버릴까요? 참, 영민이는 몇 시까지 온대요?

광현　강변가든으로 곧장 온다던데.

필수　자식 서울 가더니 전화도 뜸하고, 엄청 바쁜 척 해요. 배신자. 혹시 여자 생긴 거 아니래요?

광현　아직은 없는데, 생기면 나한테 제일 먼저 알려주기로 했어.

필수　진짜요? 나한테는 그런 말 없었는데.

광현　질투할까봐 그랬나보지.

필수　자식이 아직도 나를 띄엄띄엄 알고 있네. 영민이는 아직 철이 없어요. 여자 생기면 소장님이 꼼꼼히 따져서 장가보내세요.

광현　독립시켜서 어렵게 서울로 보내놨는데, 내가 독립한 사위 장가까지 보내야 되나? 안 해. 그렇게는 못해.

필수　(책을 보이며) 이렇게 예쁜 책도 만들어줬잖아요. 이런 사위 보셨어요? '아빠랑 딸이 요리하는 101가지 인생 레시피'

광현　됐어. 난 맘에 안 들어. (페이지를 넘겨보며) 봐봐. 주영인 이렇게 이쁘게 그려놓고 난 아주 찌그러진 아저씨 같고. 어떻게 선이 삐뚤어도 주영인 이쁘냐고. 희한해.

필수　소장님도 멋지신데. 빨강 초록 남방에, 보헤미안 같으세요. 마음에 안 드시면 두 번째 책 낼 때는 십년 전 얼굴로 그려 달라세요.

광현　또 내라고?

필수　'장인과 사위가 요리하는 101가지 해장국 레시피'. (웃는다)

화사하게 차려 입은 유리가 들어온다.

유리　안녕하세요 소장님.

광현　어, 유리 양.

필수　(유리의 아름다운 모습에 감탄하는) 오우~!

유리　준비는 다 마치셨어요?

필수　우리는 다 됐습니다. (마루를 내려서며) 유리 씨, 햇살도 따뜻한데 출판기념회 끝나고 빙어낚시나 갈까요?

유리　좋아요. 소장님도 같이 가세요.

광현　겨울마다 보는 빙언데 뭐.

필수　영민이는 빙어 축제 끝나기 전에 온다더니. 출판기념회만 하고 올라가 버리는 거 아닌가?

유리　설마요. 며칠 있다 가시겠죠.

필수	빙어회에 소주 한 잔 해야 되는데. 오늘 올라가기만 해봐라.
광현	길게야 있겠어?
유리	영민 작가님 낚시 잘하시잖아요. 오면 같이 가자고 해야겠다.
필수	유리 씨가 나의 빙어 낚는 솜씨를 모르는구나.
광현	자랑 안했어?
필수	그걸 또 제 입으로 어떻게.
광현	3년 연속, 빙어낚시 대회 우승자야. 같이 가면 로맨틱한 분위기야 떨어지겠지만, 빙어는 많이 잡아 줄 거야.
유리	아아, 그래서 매일 빙어 타령이셨구나.
필수	5초마다 한 마리. (낚아 올리는 시늉을 하며) 넣었다 하면 물어. 희한해.
광현	서둘러야 될 걸. 오후 되면 구멍 뚫을 자리도 없어, 사람 많아서.
필수	많이 잡으면 갖고 올게요.
유리	이제 출발하시죠.
필수	잠깐만. (책을 내밀며) 사인 좀.
유리	아, 제가 첫 사인 받으려고 했는데.
필수	줄 서요 줄.
광현	(쑥스럽게 웃으며 사인한다) 요리책에 사인하려니까 어색하네.
필수	(사인을 받아들고) 아싸 첫 번째 사인이다.
유리	(책을 내밀며) 작가의 말이 정말 감동적이더라구요. 읽는데 눈물이 나오려고 했다니까요.
광현	(사인하는)
유리	연습은 좀 하셨어요?
광현	(책을 건네며) 연습은 무슨….
필수	제가 하셔야 된다고 했잖아요. 첫 번째 출판기념회는 일생에 한

번뿐이잖아요. 그래서 첫 번째가 얼마나 중요한데요. 결혼도 마찬가지라 제가 아직까지 안 가고 기다리잖아요, 중요하니까.

유리, 앞쪽 작가의 말이 써진 페이지를 펴서 광현에게 건넨다.

광현　지금?

유리　한번 해보세요. 저희도 저희지만 사람들이 기대하고 있을 텐데, 멋지게 읽어주셔야죠.

광현　(책을 받고) 그럴까?

유리와 필수, 책을 들고 거리를 두고 선다. 경청하는 두 사람.

광현　(목소리를 가다듬고 읽는) 흠흠. 저는 어릴 때부터 궁금한 게 많은 아이였습니다. 아빠는 한 번도 제 질문에 귀찮아하지 않고 대답해주시곤 했습니다. '나무는 얼마나 오래 사나요?' '바람은 어떻게 노래를 부르나요?', '달빛은 왜 나만 따라 오나요?', '해가 지면 왜 사람들은 잠을 자는 것일까요'. 지금도 문득 그런 것들이 궁금해지면 어린 시절로 돌아가 아빠에게 묻고 싶을 때가 있습니다.
하지만 남은 시간이 많지 않은 요즘은 궁금한 게 있어도 물어볼 수가 없습니다. 그 질문들이 남아서 아빠를 슬프게 할까봐 걱정이기 때문입니다. 그래도 마지막 한번, 나는 이런 질문을 던져보고 싶어집니다. 나는 어디서 와서 아빠의 딸로 머물다 사라진 것일까요…?

광현은 책장을 넘기고 질문들을 바라본다.

질문을 읽는 주영의 목소리가 들려온다.

광현이 그 질문에 대답한다.

주영   아빠는 내가 태어날 때 기분이 어땠어?

광현   걱정되고 조금 무서웠어. 그리고 설레었지.

주영   진짜 아빠가 되었다고 생각됐을 때는 언제였어?

광현   니가 내 눈을 보며 '아빠' 하고 불렀을 때.

주영   처음으로 나 때문에 속상했을 때는?

광현   니가 세 살 때, 아빠랑 놀다가 귀밑이 찢어져서 꿰매야했을 때.

주영   내 딸 다 컸구나 생각했을 때는?

광현   처음으로 이를 뽑던 날, 넌 눈물을 매단 채 아픔을 참았었지.

주영   내가 제일 얄미울 때는 언제였어?

광현   몰래 만나는 남자친구가 있다고 고백했을 때.

주영   언제 나한테 가장 큰 배신감을 느꼈었어?

광현   니가 병을 숨기고 한참 후에 말했을 때. 그때는 이미 너무 늦
       었을 때.

주영   나랑 먹었던 가장 맛있는 밥은?

광현   네 엄마가 해준 밥을 같이 먹던 그때.

주영   내가 크면 나와 가장 가고 싶었던 곳은?

광현   설악산, 한라산, 지리산, 백두산, 에베레스트와 킬리만자로…
       그리고 동해 서해 남해… 북극과 남극….

주영   아빠는 언제 내가 가장 보고 싶었어?

광현   언제나. 항상 니가 보고 싶었어. 옆에 있어도 언제나.

사이.

광현·주영 아빠와 딸이 요리하는 101가지 인생 레시피는 쉰여섯 살의 아빠와 스물아홉 살의 딸이 함께 만들었습니다.

이 음식들이 서로를 덜 외롭게 하고, 서로에게 위로가 되며 서로를 웃게 하고, 서로를 함께 있게 하고 서로를 소중하게 느끼게 하는 음식이 되었으면 좋겠습니다.

필수와 유리 박수를 친다.

광현, 고개를 숙여 답례한다.

세 사람, 나머지 가방들을 챙겨 출판기념회장으로 출발한다.

따스한 겨울햇살만이 마당을 한가득 메우고 있다.

— 끝 —

그 여름이 다시
올 거예요!

이 도서는 한국출판문화산업진흥원
'2019년 우수출판 콘텐츠 제작지원' 사업 선정작입니다.

엑소더스

이시원 희곡집 · 2

초 판 1쇄 인쇄   2019년 9월 23일
초 판 1쇄 발행   2019년 9월 30일

글 쓴 이   이시원
펴 낸 이   이정옥
펴 낸 곳   평민사

주   소   서울시 은평구 수색동 317-9 동일빌딩 202
전   화   375-8571(대표) / 팩스 · 375-8573

          평민사 블로그에 오시면 출간된 모든 책을 보실 수 있습니다.
          http://blog.naver.com/pyung1976
          e-mail: pyung1976@naver.com

          ISBN 978-89-7115-712-1   03800

등록번호   제251-2015-000102호

값   16,500원